EXIL

BRIS

Ex Libris

FABIO BRUST

2020

Copyright © 2020 Fabio Brust
Todos os direitos desta edição reservados ao autor

Nenhuma parte desta publicação poderá ser reproduzida,
seja por meios mecânicos, eletrônicos ou em cópia
reprográfica, sem a autorização prévia da editora.

EDITOR Artur Vecchi

PREPARAÇÃO & Inari Jardani Fraton
REVISÃO DE TEXTO *Memento Design & Criatividade*

CAPA, PROJETO GRÁFICO, Fabio Brust
DIAGRAMAÇÃO & ILUSTRAÇÕES *Memento Design & Criatividade*

Dados Internacionais de catalogação na Publicação (CIP)
(Câmara Brasileira do Livro, SP, Brasil)

B 912

Brust, Fabio
Ex libris / Fabio Brust. – Porto Alegre : Avec, 2020.

ISBN 978-65-86099-39-3

1. Ficção brasileira   I. Título

CDD 869.93

Índice para catálogo sistemático:
1.Ficção : Literatura brasileira 869.93

Ficha catalográfica elaborada por Ana Lucia Merege – 467/CRB7

1ª edição, 2020

IMPRESSO NO BRASIL | PRINTED IN BRAZIL

AVEC EDITORA
CAIXA POSTAL 7501
CEP 90430-970 | PORTO ALEGRE – RS
contato@aveceditora.com.br | www.aveceditora.com.br
Twitter: @aveceditora

Para Inari;
você me inspira todos os dias.

E, sim, essa dedicatória
tem ponto e vírgula só
porque você não gosta.

"

Os dedos ágeis e finos correram pelas lombadas dos livros cuidadosamente desarrumados na estante.

As unhas bem cuidadas encontraram os títulos dourados, prateados ou meramente impressos no dorso daqueles exemplares esquecidos,

repletos de
dedicatórias
antigas
e nomes
há muito não
pronunciados. ”

CAPÍTULO UM

UM LIVRO PARA UMA VIDA

UM LIVRO
PARA UMA VIDA

OS DEDOS ÁGEIS E FINOS CORRERAM PELAS LOMBADAS DOS LI-vros cuidadosamente desarrumados na estante. As unhas bem cuidadas encontraram os títulos dourados, prateados ou meramente impressos no dorso daqueles exemplares esquecidos, repletos de dedicatórias antigas e nomes há muito não pronunciados.

Havia passos no andar de cima.

Pequenas nuvens de pó flutuavam no ar a cada um deles, descendo até os cabelos dourados da jovem que errava pelos minúsculos corredores formados pelas prateleiras do local. Ela desviava de caixas de papelão aqui, pilhas de livros ali, objetos aleatoriamente largados nos cantos e no meio do caminho. Seus olhos jamais deixavam os volumes enfileirados, como se exercessem nela um encanto único.

Sequer tropeçou no cabo de vassoura atravessado no chão, ou enroscou a blusa no prego afiado que despontava da madeira. Jamais espetou o dedo em qualquer farpa ou perdeu qualquer relevo ou textura novos nas conhecidas lombadas.

Até que o pó chegou ao seu nariz.

Ela fechou os olhos e abriu a boca, prestes a espirrar, mas não o fez.

Depois, olhou para cima e deu um meio sorriso, balançando de leve a cabeça.

— Davi, para de bater os pés! — disse em voz alta.

O que se seguiu foi uma profusão de batidas no andar de cima, fazendo uma avalanche de poeira desabar sobre ela, que protegeu a cabeça com os braços.

— Vai ficar fazendo esse tipo de coisa ou vai descer aqui pra ajudar? — perguntou.

Os passos se distanciaram, e ela viu o jovem que devia estar com ela, ali embaixo, descer a escada em espiral no canto do porão. O lugar era parcamente iluminado pelos raios de sol que conseguiam atravessar o vidro sujo das janelas pequenas no nível do solo, o suficiente para ver que ele tinha um sorriso nos lábios.

— Muito obrigado — disse ela, irônica, voltando aos livros.

— Pelo quê? Até agora, tudo o que eu fiz foi descer as escadas.

— Já é mais do que você tinha feito. Sem contar que, aqui, você pode ensaiar sapateado sem me causar uma crise alérgica.

Com um gesto de desdém da mão, ele embrenhou-se na selva de livros e estantes.

— Já sabe o que quer levar?

— É claro que não — respondeu ela, passando o indicador em um livro para tirar a sujeira sobre o título e lê-lo, ignorando-o em seguida. — Você sabe quanto tempo eu poderia passar em uma livraria antes de decidir.

— Seria mais fácil se você não tivesse vontade de levar todos.

— Seria, mas não teria graça nenhuma.

Ela passou por cima de um engradado vazio e empurrou para o lado uma lata de alguma coisa com o pé.

— A graça está justamente em não saber o que levar — disse. — O melhor de tudo é olhar para cada um deles, dar uma chance a todos e experimentar as primeiras páginas, ler a sinopse...

— E passar horas a fio fazendo isso.

— Essa é que é a questão.

A cabeça de Davi apareceu no final do corredor.

— Falando sério, o que você tá procurando?

Ela apertou de leve os lábios.

— Acho que qualquer coisa que não esteja mofada, comida por traças ou com páginas faltando, sei lá — disse ela. — Na verdade, eu preferia não ter de escolher. Como não tenho escolha, é melhor que seja alguma coisa memorável. Você me conhece.

— Então estamos procurando por um livro de capa dura.

— Provavelmente.

— Revestida de tecido. Se não, que tenha uma textura ou acabamento dourado.

— Ah, não é lindo quando as páginas têm as bordas coloridas?

Ele fez um sinal positivo com o polegar e desapareceu outra vez.

— Quer dizer que o conteúdo não importa? — perguntou por detrás da estante, aproximando-se da amiga e olhando para ela pelo espaço acima dos volumes. — Achei que o que mais importava era o miolo, não a capa.

— Claro que é — ela respondeu, quase ofendida.

— Então você quer um livro interessante, com uma história profunda e repleta de mensagens de moral duvidosa que tenha capa dura revestida por tecido, que tenha textura, ou acabamento dourado?

— Pare de definir desse jeito. É bem mais subjetivo do que isso.

Samanta parou na frente de alguns livros relativamente bem conservados e os tirou da prateleira, vendo que Davi apenas a observava, do outro lado.

— Você realmente perdeu o gosto por isso? — perguntou ela. Ele deu de ombros.

— Quero dizer, a gente costumava vir aqui todas as tardes. Passávamos o tempo inteiro andando por esses corredorzinhos, tropeçando nos livros e... — Ela procurou em volta, então foi até a escada em espiral e apontou para duas grandes almofadas no recuo da parede, em um canto escuro e pouco iluminado. — E gastando tempo sentados aqui!

O jovem se aproximou ao acaso, então se jogou na almofada vermelha – que a essa altura devia ter o formato de seu traseiro marcado por toda a eternidade, de tanto tempo que já passara nela. Ele deu dois tapinhas convidativos na almofada azul ao seu lado, e Sam se deixou cair nela.

— Claro que não perdi o gosto por isso, menina — ele disse, e passou os braços em volta dela apenas para apertá-la com força, quase deixando-a sem ar. — Você sabe o quanto eu adorava passar tempo aqui com você.

Davi a soltou em seguida e pôs os braços atrás da cabeça, apoiando-se na parede gelada. A garota o observou por um instante ou dois, depois fez o mesmo.

— O verbo no passado significa que você não adora mais?

— Não foi o que eu quis dizer.

— Eu sei. — Ela deu uma cotovelada nas costelas dele, e ele se encolheu.

— Quanto tempo a gente passou aqui, no total?

— Não sei. Estamos medindo em dias, meses ou anos?

— Acho que anos.

— Imagino que uns cinco. Ou quatro, pra não exagerar. — Ela sorriu sem mostrar os dentes, e ele imitou o jeito dela.

— Quatro e meio, então.

Os olhos dos dois passearam pelo ambiente úmido e atulhado de coisas, pelas estantes caóticas e aparentemente prestes a desabar. Pela escada em espiral em cujos degraus haviam batido as cabeças mais vezes do que seriam capazes de lembrar – Davi tinha até uma cicatriz no alto da testa, perto de onde começavam a crescer os cabelos, para nunca esquecer de uma daquelas ocasiões. Olharam para os livros confusamente organizados e para o título impresso na lombada de cada um deles. E, principalmente, para o canto onde estavam sentados, que os acolhera em um confortável silêncio todas as vezes em que dele haviam precisado.

— Eu nem acredito que o sebo está fechando — disse Samanta, com lágrimas surgindo em seus olhos, mas que se recusavam a cair.

Davi as percebeu e se inclinou um pouco na direção da amiga.

— O importante são as memórias — disse, em voz baixa.

— Eu sei — ela resmungou, enquanto uma lágrima rebelde descia por seu rosto.

Meio a contragosto, ela se levantou e voltou a analisar os livros. Davi ficou por mais alguns segundos sentado na almofada. Depois, acompanhou a amiga.

— Eu vou sentir falta disso — disse ele, cruzando os braços e se apoiando na estante, perto dela, enquanto os olhos atentos da moça perscrutavam as lombadas. — Vou sentir falta de nós, aqui.

— Vai?

— É claro.

Ele esticou a mão para empurrá-la de leve, como brincadeira.

— Você sempre vai ser minha melhor amiga.

— E, você, o meu melhor amigo — ela disse, e impediu a si mesma de se emocionar novamente, voltando a atenção aos livros. — Mas esse tipo de coisa é natural, não é? A gente não *decide* que vai gostar tanto assim de uma pessoa.

— É claro que não. — Davi se voltou para os volumes, também. — Afinal de contas, se decidisse, certamente não seria você. Eu costumo ter bom gosto pra essas coisas, mas, com você, ficou complicado. Quem diria que justo no primeiro dia em que vim me esconder aqui você estaria fazendo o mesmo?

Os dois riram.

— Falando nisso, como está a sua irmã?

— Bem, eu acho — ela resmungou, fechando um pouco o cenho. — Tento não pensar muito nisso. Principalmente agora.

— Principalmente agora, quando você não sabe o que fazer da vida, e ela está saindo da faculdade, prestes a se casar e ter filhos e ser a esposa perfeita para o marido perfeito, com o emprego perfeito, na cidade perfeita, com o salário perfeito?

Ela ergueu uma sobrancelha.

— De que lado você está?

— Do seu, é claro! — Ele puxou um dos livros da estante, depois empurrou de volta. — Achei que você tinha entendido a ironia.

Sam não disse nada.

— Quero dizer... qual é a graça de fazer as coisas desse jeito? — Ele deu de ombros, tirando outro exemplar da prateleira e folheando as páginas. — Seguir um rumo definido pela sociedade, ou pela pressão dos seus pais, pra viver uma vida medíocre e sem qualquer expectativa de que alguma coisa vá mudar? Ou sem a chance de se aventurar pelo mundo, ou mesmo mudar de ideia e seguir por um caminho diferente?

Ele sorriu com o canto da boca e estendeu o livro na direção dela.

— O melhor é poder escrever sua própria história — disse Davi.

Ela não entendeu o motivo de ele ter entregado aquele livro a ela, porque, quando ela o abriu, as páginas já tinham palavras, parágrafos e toda uma história. Aparentemente a metáfora não funcionara.

— Que livro é esse? — perguntou.

— É o livro que você vai levar para casa. — Ele passou os dedos pelas páginas de bordas douradas. — Se não quiser escrever uma história, pode só usar como diário. Ou um caderno qualquer.

Ele piscou um olho.

— Um caderno bem bonito.

— Caderno? Espera que eu escreva nas margens? — perguntou ela, mostrando-o aberto para ele.

— Por que nas margens? Tá tudo em branco. — Ele se virou para a escada e fez um gesto para convidá-la a subir. — Vamos? Eu vou me encontrar com a Carol daqui a umas duas horas.

Samanta o puxou pela camisa antes que ele subisse o primeiro degrau.

— Tá brincando? Tem toda uma história escrita nesse livro.

— O quê? — Ele se aproximou.

— Olha só.

O jovem examinou as páginas, erguendo uma das sobrancelhas e os olhos para ela.

— Não tem nada aí.

— Como você pode não estar vendo isso? — Ela esperou alguns segundos, então sorriu aos poucos. — Você tá de brincadeira comigo. Acha que eu vou cair nessa, né?

— Não. Eu só acho que você poderia começar a escrever uma daquelas suas ideias nesse caderno. — Ele parecia surpreendentemente sincero.

— Sério? — Ela segurou o braço dele para impedi-lo de tentar subir novamente.

Ele balançou a cabeça positivamente, bem rápido.

— É. Até porque eu acho que ficar juntando um monte de papeizinhos desorganizados não vai ajudar em nada — ele disse, dando um tapinha na capa do livro. — Aí, você teria tudo no mesmo lugar.

Samanta soltou o braço dele lentamente.

Abriu o livro e o examinou com cuidado. As margens sequer pareciam grandes o suficiente para fazer anotações, quanto mais escrever ideias ou roteiros para histórias. Ainda assim... fora o livro que ele escolhera – e com um desprendimento tão grande que ela se sentiu tentada a realmente levá-lo para casa.

— O que diz na frente, afinal? — ele perguntou.

Ela fechou o livro e examinou a capa, revestida de couro marrom. O único adorno era um floreio dourado abaixo do título, tão metalizado quanto. E, na parte de baixo, três letras: "*D.F.R.*".

— "*Ex Libris*" — murmurou ela.

Os dois se encararam, e ele fez um pequeno som de aprovação.

— Você pode colocar o seu nome na capa — disse. — Já viu algum outro livro que te deixasse fazer isso?

— Tecnicamente dá pra botar o nome na capa de qualquer livro, só que seria ridículo — ela disse. Davi olhou para o relógio. — Tudo bem, vou levar esse, até porque você tem esse encontro marcado.

Ele ergueu o polegar.

— Depois me diga o que você está enxergando aí.

Sam ergueu o polegar também, inclinando a cabeça de leve e sorrindo ironicamente.

— Vamos subir — disse.

CAPÍTULO DOIS

UMA ÚLTIMA VEZ NO SEBO

UMA ÚLTIMA
VEZ NO SEBO

— ESQUECEU ALGUMA COISA LÁ EMBAIXO? — PERGUNTOU DAVI, atrás dela nos degraus da escada em espiral.

— Ah... não.

— Então continua subindo, porque é a segunda vez que eu quase bato a cabeça no degrau de cima — disse ele, empurrando o traseiro dela com o ombro.

Samanta se apressou, e os dois chegaram à sala dos fundos do sebo, muito iluminada pelo sol que a invadia. As janelas, feitas de vidrinhos pequenos suportados por madeirinhas brancas, criavam bonitos quadriculados iluminados de sol no chão. No térreo, o ambiente era mais organizado, com prateleiras que formavam corredores uniformes – ainda assim havia livros empilhados aqui e ali no chão de madeira. O som de vozes se fazia ouvir, mas eram baixas e tranquilas.

— Não vai sentir falta daqui? — perguntou ela.

— Fica tranquila. Não é como se fossem demolir esse lugar da noite pro dia — ele disse, cutucando ela com o cotovelo. — Mesmo sendo uma região da cidade que está bastante valorizada, não vai acontecer tão repentinamente. Mesmo assim, eu não me surpreenderia se construíssem um prédio aqui. O terreno é bem grande, tem bastante potencial.

— Vamos torcer pra isso não acontecer — disse Samanta, com um sorriso amarelo.

— Por quê?

— Porque isso faz parte da minha infância e adolescência inteiras. — Com a mão, ela fez um gesto amplo. — Existem tantas memórias nesse lugar... isso não pode se perder.

— Você sabe que não deveria se apegar a *coisas*. O importante é *a lembrança*.

Ela deu de ombros, desgostosa com as palavras dele.

— Ah, se não é o casal de leitores! — disse uma das frequentadoras assíduas do lugar, dona Carmen.

Era uma senhora de, pelo menos, seis décadas de vida, quase excessivamente simpática e que vivia enfiada nos livros.

Muitas vezes os dois a haviam visto sentada em uma das poltronas perto das janelas, profundamente concentrada nas páginas à sua frente.

Os dois se limitaram a sorrir.

— Como vocês estão, meus queridos? — ela perguntou.

— Tudo certo! — disse Davi, dando um pequeno soco no ar, ao que Sam precisou conter um riso.

— Faz um tempo que eu não vejo vocês por aqui. O que andam fazendo?

— Ah, estudando muito. — Davi deu de ombros. — Vou tentar o vestibular para engenharia daqui a alguns dias. Estou bem esperançoso.

— Ótimo! Meu sobrinho está se formando no final do ano em engenharia mecânica... o Alberto, vocês lembram dele? — Os dois balançaram levemente a cabeça em negativa. — Não? Filho do André e da Pâmela? — Ficaram em silêncio. Mesmo assim, ela abriu um sorriso largo. — Bem, de qualquer maneira, boa sorte. E você, meu amor?

— Eu ainda não decidi o que quero fazer. — Sam tinha um quase imperceptível tom de pessimismo na voz.

Ela estendeu uma de suas mãos gordinhas na direção da garota e tocou em seu braço com delicadeza. Era tão elegante que o peso de seu toque parecia não ser maior do que de uma pluma.

— Que pena. Mas tenho certeza de que você vai descobrir o que quer fazer — disse. — Eu sempre achei essa idade muito cedo para as crianças decidirem o que vão fazer pelo resto da vida. É uma decisão e tanto!

Eles deram um risinho nervoso.

— E quanto ao sebo? — perguntou Davi, puxando assunto por algum motivo. — É uma pena que vai fechar, não?

— Com certeza. Eu já separei alguns livros.

Carmen mostrou a sacola de pano que sempre trazia a tiracolo, abrindo-a e revelando cinco volumes no interior.

— Você vai pagar por isso, né? — perguntou Davi.

Os dois riram muito alto, enquanto Samanta abstraía a conversa. Com o canto do olho, vislumbrou Rosângela, a esposa do dono do lugar, colocando alguns exemplares no fundo de uma caixa de papelão. Esquivou-se do diálogo e foi até a mulher.

— Encontrou o que estava procurando? — perguntou Rosa.

Samanta virou o livro que Davi escolhera nas mãos.

— Mais ou menos — disse.

— Bem... você pode voltar quando quiser, enquanto não tivermos nos mudado. Você sabe disso. — Rosa sorriu de leve.

— Acho melhor não — disse Sam, pousando o livro sobre a bancada e pegando uma pilha de outros volumes para ajudar a mulher. — Sei lá, acho que prefiro assim. Eu vim hoje pra me despedir. É o que eu pretendo fazer.

— Pra terminar esse capítulo, certo?

Samanta concordou de leve com a cabeça. Rosa sempre tinha conselhos que a faziam parecer uma personagem de livro, e a garota adorava isso. Ela era tão envolta por histórias e narrativas que praticamente já se tornara parte delas.

— Certo.

A livreira sorriu de leve mais uma vez.

— Vamos ter muito trabalho pra carregar tudo isso — disse.

— O que vão fazer com os livros?

— Um sebo de Porto Alegre decidiu comprar a maior parte — respondeu ela. — Eu e o Álvaro fomos até lá pra dar uma olhada. Parece que vai ser um bom lugar para eles... já que não podem mais ficar aqui.

— Por que decidiram fechar, afinal? O sebo é praticamente um patrimônio histórico da cidade. — Sam ergueu os ombros ligeiramente.

— Simplesmente não está dando pra manter o negócio — disse a mulher, alinhando alguns livros empilhados apenas devido àquele mínimo transtorno obsessivo-compulsivo que todo leitor nato tem. — A gente não tem como competir com as grandes livrarias, principalmente depois da inauguração daquela nova, no shopping. E eu também tenho medo que as pessoas já não leiam mais tanto quanto costumavam.

A garota ergueu a sobrancelha.

— Acha mesmo?

— As novas gerações são muito complicadas — disse Rosa, em um tom ao mesmo tempo divertido e triste. — Parece que não se interessam muito por livros que não interagem quando você toca nele. Tirando o fato de que livros interativos simplesmente *não são* livros.

— Mas eu já vi você jogando em um *tablet*, não adianta negar! — Davi aproximou-se.

Rosa ergueu uma sobrancelha.

— Bem... a tecnologia tem suas vantagens, também.

— Ela estava me contando por que estão fechando o sebo — disse a garota.

— Entendo — disse Davi, com um meio sorriso no rosto, abrindo-o para um inteiro logo em seguida. — Tem toda a questão econômica que não dá pra ignorar. Os tributos e impostos, que só crescem, as despesas fixas e...

— E o fato de que as pessoas já não leem tanto — Rosa emendou.

Um pouco sem graça, ele coçou o cotovelo.

— Mas as pessoas realmente não leem mais?

— É claro que leem, mas leem de jeitos diferentes. E não querem mais gastar o tempo espirrando por causa do pó que livros como esse acumulam — ela pegou delicadamente o que Samanta segurava contra o peito e o pôs sobre o balcão, do qual Álvaro, seu marido, se aproximava. — Acho que essa nossa atividade está fadada a desaparecer aos poucos. É melhor fecharmos enquanto o sebo ainda nos traz alegria.

Davi não se deu por vencido e se aproximou de Álvaro no saguão do sebo, que estendia a mão para o livro de capa marrom.

— Eu soube que essa região da cidade está em pleno desenvolvimento — comentou Davi, de maneira casual. — Deve ter recebido uma proposta interessante para decidir vender o imóvel tão rápido.

O senhor estreitou os olhos na direção do título do livro.

— Quanto eles ofereceram, Álvaro? — perguntou o jovem, batucando com os dedos sobre a bancada.

O outro pareceu, enfim, notar que estavam falando com ele.

— Do que você está falando? Eu é que sei se quero vender ou não. — Ignorando a expressão encabulada do rapaz, virou o olhar para Samanta. — Escolheu *esse* livro?

— Tem algum problema? — A garota se aproximou devagar.

— Não, claro que não — ele tentou soar despreocupado, sem sucesso. — Mas não conseguiu achar nada melhor?

— O Davi escolheu.

Os olhos dele resvalaram na direção do rapaz, então balançou a cabeça positivamente.

— Entendo.

Rosa parou o que estava fazendo.

— Você recolheu o material que estava lá nos fundos? — perguntou, e o tom de sua voz era até um pouco ameaçador. — Acho que eu vi alguns volumes de medicina embaixo da escrivaninha que não podemos esquecer de carregar.

O homem a encarou por um ou dois instantes, então se virou sem qualquer palavra e voltou pelo corredor de onde viera. Sam e Davi se entreolharam

— Ele... anda um pouco incomodado com tudo o que está acontecendo — disse Rosa, crispando de leve a boca. — Vocês conhecem a história. Ele assumiu o sebo depois da morte do irmão, e agora não consegue se desligar daqui.

— Deve ser difícil — disse Samanta, em voz baixa.

Houve um longo momento de silêncio, em que nenhum deles se atreveu a fazer ou falar qualquer coisa. Então, a jovem agarrou o livro e virou-se para Rosa.

— Quanto é?

— Pode levar por conta da casa, querida — a mulher respondeu, sorrindo gentilmente, e Samanta viu que lágrimas tímidas afloraram nos olhos dela. — Por todo esse tempo, como uma lembrança ou um suvenir. Um ponto final para o último capítulo, não?

A boca da garota se abriu de leve, mostrando um mínimo dos dentes por detrás dos lábios em um sorriso.

— É claro.

As duas se abraçaram enquanto Davi, apoiado no balcão, olhava para fora da porta de entrada, para a rua tranquila e arborizada. Ele viu, com o canto do olho, a mão de Samanta se estendendo na direção dele e o puxando para junto do abraço, que foi longo e apertado. Quando se afastaram, uma lágrima solitária correra seu caminho pela bochecha do rapaz, que se apressou a passar a mão por ela.

— Vocês fizeram parte desse lugar — disse Rosângela. — Serão sempre bem-vindos, onde quer que eu e o Álvaro estejamos. Pensamos em nos mudar para o litoral, então vocês podem passar para nos visitar antes do veraneio.

— Com certeza.

— Vamos tentar — disse Davi.

A garota segurou o livro com força contra o peito, e os dois se distanciaram na direção da porta.

— Você e o Álvaro vão conseguir ir à formatura, hoje? — perguntou, virando-se novamente para a mulher.

— Receio que não, querida. Temos muito trabalho por aqui — respondeu a outra. — Mas vou mandar muita energia positiva.

A jovem balançou a cabeça uma única vez, os cabelos dourados esvoaçando à frente do rosto. Antes que os dois pudessem sair, o braço de Davi a empurrando de leve pelas costas, ele ergueu a mão para o canto do recinto.

— Até mais, Carmen! Dê lembranças ao Alberto!

A senhora ergueu os olhos do livro e a mão do braço da poltrona, acenando com classe.

EX

LIBRIS

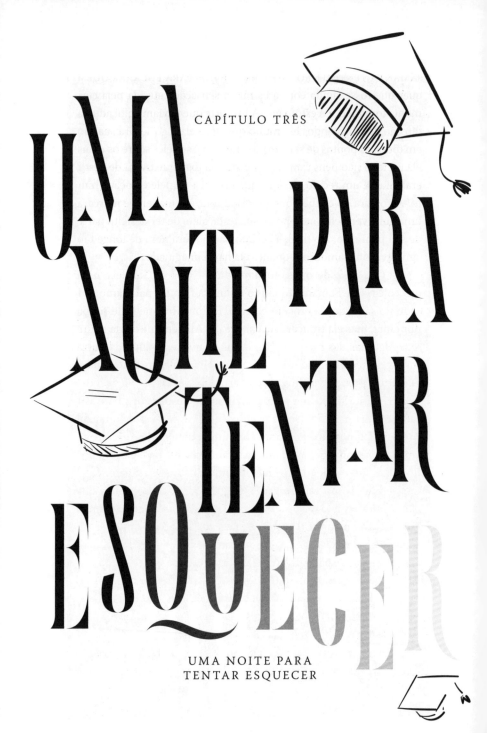

CAPÍTULO TRÊS

UMA NOITE PARA
TENTAR ESQUECER

SAMANTA TENTOU NÃO ERGUER OS OLHOS PARA ENCARAR QUEM quer que fosse, ainda com a estranha sensação causada pela cerimônia tomando seu estômago. A luz forte que haviam colocado na direção dos formandos era muito quente, e ela logo se vira suando em todos os pontos de seu corpo – inclusive aqueles sobre os quais ela preferia não pensar muito. A estranha toga que tivera de vestir era feita de um tecido nojento que grudava na pele e coçava muito. A costura do chapéu que precisou usar era malfeita e marcara uma linha vermelha no topo de sua testa, além de ter desfeito parte de seu penteado. No final, a cerimônia não fora nem de longe tão agradável ou glamourosa quanto ela havia imaginado.

— Que desespero essa toga maldita — dissera Gabriela, uma das colegas de Samanta, quando enfim saíram do palco improvisado no salão de eventos do colégio. Ela puxara a peça de roupa por cima, mas ela trancara na cabeça. — Alguém me ajuda aqui?

Algumas das meninas riram, mas Andressa, aluna da outra turma do terceiro ano, fora até ela e soltara alguns botões para conseguir puxar a vestimenta e libertar a garota.

Samanta tirara sua roupa sozinha, se vestira sozinha e voltara sozinha para o salão de eventos. Seu vestido era de um azul profundo, um pouco apagado, com um decote muito discreto fechado por renda. Era ajustado, marcando a cintura, e pairava uns dois centímetros acima do chão quando calçava seu sapato.

— E aí, como está se sentindo formada? — perguntou Elis, sua melhor amiga, se aproximando. Ela usava um vestido branco consideravelmente curto, que chegava até um pouco antes da metade de suas coxas. Ela puxara os cabelos para um lado só, mostrando o lado raspado do qual ela, por alguma razão, se orgulhava.

— Igual a quando não estava formada — resmungou Sam. — Esse é aquele tipo de pergunta que se faz em aniversários, mas remodelada?

— Vem, os seus pais estão lá na mesa. — Ela a puxou pelo braço sem muita cerimônia.

Atravessaram o salão na direção da mesa mal localizada com que ficara depois do sorteio. É claro que o grupo que organizara a cerimônia e o baile havia ficado com os melhores lugares. Pelo menos a mesa dela ficava perto da janela que, aberta, compensava com um ar fresco a falta de climatização do lugar.

A escassez de orçamento do colégio e o fracasso na venda das rifas para arrecadar dinheiro para uma festa de verdade acabara forçando-os a ficar com o simplório salão de eventos, que, apesar de tudo, tinha bastante espaço. A decoração também tinha ficado bacana, com arranjos de flores no centro das mesas que davam conta do recado. Uma armação com vários pedaços de tecido brancos e pretos repuxados enfeitava a entrada – a garota julgara aquilo extremamente brega, mas o pessoal que organizara tinha gostado. O centro do salão era rebaixado, como uma espécie de pista de dança, e algumas luzes haviam sido instaladas em duas pequenas torres de metal. Um garoto com um gigantesco fone de ouvido estava sentado atrás de uma mesa, com um notebook brilhando a maçãzinha e um mouse com mais luzes do que as que iluminariam a festa – ele seria o responsável por tocar todas as músicas clichês desse tipo de ocasião e mais alguns dos péssimos sucessos recentes.

A mesa de Samanta tinha oito lugares, e quatro estavam vagos quando elas chegaram. Ela se sentou em um, e Elis, em outro. Pelo jeito, sua tia, que morava no outro lado do estado, realmente não conseguira chegar a tempo.

— Onde está o Davi? — perguntou Fernanda, sua irmã. Ela, o noivo, sua mãe e seu pai preenchiam metade da mesa.

— A mesa dele ficou do outro lado do salão. — Sem qualquer pudor, Elis apontou para eles. Samanta olhou naquela direção e viu que o amigo estava concentrado em alguma coisa que Carol, sua namorada, falava em seu ouvido. A seu lado, o pai dele se servia de alguns salgadinhos.

— Quer dizer que, pela primeira vez, alguém conseguiu separar vocês? — perguntou Fernanda, rindo. — Achei que só a namorada dele conseguia fazer isso, mas parece que a galera da organização também deu um jeito.

Samanta optou por não dizer nada, e comeu um canapé que jazia solitário no pratinho branco de plástico sobre a mesa.

— Achei que ia ter mais coisas pra comer — disse, sentindo um aperto no estômago.

— Eu pedi pro garçom, e ele disse que ia trazer. — Seu pai, Carlos Augusto, que só atendia pelo segundo nome, esticou o pescoço para procurar pelo garçom. — Mas o maldito parece que esqueceu, ou não trouxe de propósito, e agora não olha mais pra cá!

— Deixa isso pra lá, Augusto — disse Teresa, sua mãe, estendendo a mão por cima da mesa para agarrar a da filha e apertá-la com força. — O que importa é que nossa filha agora está pronta para tomar um rumo na vida!

A garota se forçou a sorrir, mas na verdade preferia estar em qualquer outro lugar, ouvindo qualquer outra coisa.

— Nós estamos muito orgulhosos, filha — disse seu pai, abrindo um raro sorriso em sua face barbada. — E temos certeza de que você tem um caminho de sucesso pela frente.

— Obrigada. — Foi tudo o que conseguiu pensar em dizer.

— Já sabe o que quer fazer da vida? — perguntou Everton, o noivo de sua irmã.

— Ainda não.

— Não tá na hora de pensar nisso? — Fernanda ergueu uma sobrancelha, e as bochechas de Samanta arderam em rubor. — Quero dizer, a temporada de vestibulares começa em pouco tempo e você ainda nem se inscreveu.

— Mas vai se inscrever, não vai? — O pai também ergueu uma sobrancelha, e os dois ficaram muito parecidos.

— Claro. — A falta de empolgação na voz era mais do que evidente.

— Se estiver na dúvida de qual curso escolher, é melhor procurar uma opção mais geral, que dê margem pra muitas possibilidades quando você se decidir — disse Teresa, dando um sorriso gentil e tentando melhorar o clima do interrogatório.

— Tipo administração — disse a irmã, sorrindo exageradamente. Era o curso que ela fizera.

— Eu ainda vou decidir.

— Mas é melhor se adiantar um pouco. É bom ter um foco em mente, antes de fazer o vestibular — disse Augusto. — Se for para ir para a prova sem uma motivação, é melhor nem tentar.

— Bobagem. Ela precisa fazer a prova para se preparar para o próximo ano, se for o caso — disse a mãe.

— Próximo ano? Quer dizer que acha que ela deve ficar um ano inteiro de vadiagem lá em casa? — perguntou o pai, indignado. — Pode ter certeza de que eu vou botar essa menina trabalhar lá na loja, pra se ocupar e aprender que as coisas não vêm fácil na vida.

Com o canto do olho, viu Fernanda concordando com a cabeça, enfática, e Samanta deu uma ligeira bufada – felizmente, ninguém ouviu.

Recebeu uma cutucada do cotovelo de Elis nas costelas e virou-se, irritada, para ela.

— Olha lá — ela disse, antes que Samanta pudesse falar qualquer coisa.

Com a cabeça, indicou a entrada do salão, de onde surgia a figura do ex-namorado de Sam: bonito – lindo, na verdade –, mas burro como uma porta. Usava um terno cinza ajustado que dava destaque aos ombros largos – que pareciam prestes a arrebentar as costuras – e seus cabelos tinham tanto gel que nem um tornado tiraria um fio do lugar. Ela ainda sentia um frio na barriga quando o via, mas poderia ser tanto borboletas no estômago como algo muito mais desagradável. Ela não sabia o que pensar.

Quando voltou os olhos para o pratinho de plástico vazio na mesa, percebeu que todos olhavam na mesma direção.

— Por que você largou o Thiago, mesmo? Era um menino tão bom — comentou Teresa.

— Era um menino tão *burro*, você quer dizer — Elis disse, dando um meio risinho e tapando a boca com a ponta dos dedos, daquele jeito engraçadinho que ela sempre fazia.

A mulher do outro lado da mesa pareceu ligeiramente ofendida.

— Mãe, a gente simplesmente não tinha *nada* em comum — resumiu a filha, gesticulando com a mão. — Nada *mesmo*. Ele passava o tempo inteiro falando de si mesmo e sobre a programação da TV. E, quando não fazia nenhuma dessas coisas, estava procurando um reflexo no qual verificar se o topete ainda estava de pé.

— Cuidar da aparência é importante.

— Mas não é tudo.

Subitamente, o jovem parecia ter se materializado em pé ao lado de Samanta, apertando as mãos entre si, com um sorriso branco demais no rosto. Quase imperceptivelmente, a mão direita subiu para arrumar o topete por dois segundos antes de ele se esticar por sobre a mesa e cumprimentar o bigodudo pai da jovem.

— Boa noite, senhor Augusto — disse, com seu intenso carisma e simpatia. — Está elegante!

— Ah, obrigado. — Parecia que ele queria retribuir o elogio, mas não se permitiria.

— Dona Teresa, é bom vê-la de novo. — Ele apenas a cumprimentou com a cabeça, depois fez o mesmo com os outros dois. — Fernanda, Everton. É tão bom poder reunir a família, né? Lembro da minha formatura. Todo mundo veio pra prestigiar, tinha gente em todos os quartos da casa!

Virou-se para a ex-namorada sem esperar por qualquer resposta.

— Parabéns pela formatura — disse, dando-lhe um longo beijo na bochecha, que fez os pelos da nuca dela se arrepiarem. — Você tá linda.

— Hum... obrigada. — Ela não conseguiu suprimir o sorriso.

— Eu queria ter conseguido vir para a cerimônia, mas não saí do trabalho a tempo — continuou ele, galante. — Espero que dê tempo de eu compensar essa questão.

— Quem convidou você? — perguntou Elis, por cima do ombro da amiga.

— Eu tenho diversos conhecidos nessa turma — disse ele. — O Rafael tá se formando e decidiu me chamar pra dar uma animada na festa. — Elis deu uma risada. — A gente tava combinando de ir pra algum outro lugar, quando a festa terminar. O que acha?

— O que vocês têm em mente? — perguntou Samanta, ainda que não tivesse intenção de ir a qualquer outro lugar.

— O pessoal que está de carro vai até o antigo aeroporto. Eles têm uns destilados e oito engradados de cerveja. Se estiver interessada, você pode ir comigo. — Ele sorriu com seus dentes muito brancos, e a garota semicerrou os olhos. — Se pedir por favor, sua amiga pode ir junto no carro, também.

Elis devolveu o sorriso quase agressivamente, mostrando todos os dentes e deixando os olhos esbugalhados.

— Vou pensar.

Mesmo sem parecer muito satisfeito, o ex-namorado se afastou, erguendo a mão para os amigos e atravessando o salão pelo meio. Muitas das meninas, Samanta percebeu, acompanharam a passagem dele com os olhos.

— O que você tinha na cabeça? — perguntou Elis, entre dentes.

— Desespero. Puro desespero — murmurou Samanta de volta, sentando-se outra vez.

Nem percebera que tinha se levantado.

Era óbvio que seus pais não ficariam muito tempo na festa. Foram embora perto de uma e meia da manhã – o que era surpreendente – depois de dançar as primeiras músicas, que eram sempre das antigas, relembrando os tempos deles. O pai rira bastante, abraçando sua mãe vez ou outra, já um pouco bêbado; ela, por sua vez, dançara todos os sucessos de outrora com a disposição de vinte anos atrás. Mais tarde, os dois voltaram suados à mesa, logo antes de anunciar que iriam para casa.

— Filha, seu pai está um pouco cansado — disse sua mãe, o rosto corado e o penteado prestes a desmoronar. — Acho que ele bebeu um pouco mais do que deveria. Você vai ficar bem?

— Sim... acho que sim.

— Tem dinheiro, né? Pode pegar um táxi até em casa, se sua irmã já tiver ido embora.

A garota olhou para a irmã, ainda dançando com o noivo na pista, misturada a diversas outras pessoas. Imaginava que ela não ficaria por muito mais tempo também. Mesmo assim, preferia pegar um táxi a pedir carona para ela e ser analisada e interrogada no caminho até sua casa.

— Eu e a Elis dividimos o táxi — disse.

— Parabéns pela formatura, filha! — disse seu pai, muito alto, acima das batidas do som e da balbúrdia que tomava o salão. Ele puxou a chave do carro do bolso e sua mãe a tirou imediatamente da mão dele. — O quê? Um homem não pode mais dirigir até sua própria casa?

— Você tá bêbado, Carlos Augusto.

— Eu não bebi quase nada! Como pode dizer que eu tô bêbado?

— É só olhar pra esses olhos vermelhos.

— E daí se eu tomei uma cerveja ou outra? Não faz mal pra ninguém...

A voz deles desapareceu conforme eles se afastavam.

— Acho que eles também deveriam pegar um táxi — comentou com Elis, enquanto voltavam para a pista de dança.

A amiga só deu de ombros, ciente de que a garota se recusava a beber qualquer coisa que tivesse um pingo de álcool em sua composição. Ela, por sua vez, segurava um drinque com uma mão pouco firme e começava devagar a tropeçar nos próprios pés.

— Você precisa tomar um porre alguma hora — disse Elis, e seu hálito tinha um cheiro doce de álcool. — Ninguém faz amigos bebendo leite.

Samanta ignorou o comentário. Já fora tão criticada por suas convicções que simplesmente desistira de explicá-las ou tê-las compreendidas por quem quer que fosse. Mesmo Davi, que era tão parecido com ela e crescera com as mesmas influências, segurava um copo na mão e sorria abobalhado, o braço por sobre os ombros de Carol.

A jovem estreitou os olhos na direção da namorada do melhor amigo. Quando esta olhou para ela, Samanta sorriu amigavelmente.

— Oi, gente — disse.

— Parabéns, Samanta — disse Carol, sorrindo e dando-lhe um abraço e um beijo, este daqueles que só fazia barulho, direcionado ao ar em torno da outra. — Você deve estar muito feliz com a formatura!

— É, acho que sim.

— Vamos lá, alegria! — disse Davi, muito alto, rindo e pulando ao lado da namorada. O movimento dele fazia ela ficar toda instável, principalmente por conta dos sapatos de salto fino que usava. Ela o empurrou de leve e se afastou um pouco. Totalmente alheio a isso, o garoto continuou pulando e se aproximou de Samanta. — Cadê o sorriso nessa cara?

Samanta sorriu de leve, mas continuava sem graça.

O amigo parou de pular.

— O que foi?

— Não foi nada, Davi — disse. — É só toda essa situação estranha... toda a pressão que vem a partir de agora. — O som alto só atrapalhava a conversa. — Você não se sente incomodado com isso? Com precisar decidir todo o seu futuro tão cedo?

— Você só tá preocupada porque não sabe ainda o que quer da vida — respondeu ele, em um breve lapso de consciência em meio à embriaguez. — É melhor parar de se preocupar com isso e começar a viver o agora!

— Como se você fizesse isso — resmungou ela, mas o jovem já se afastava novamente.

Samanta apenas observou enquanto seu melhor amigo avançava na direção da namorada e a beijava acaloradamente na boca. Respirou fundo e se misturou às outras pessoas na pista de dança. Todos os seus colegas estavam ali. E, nisso, incluíam-se os bons e os ruins. Aqueles com quem ela gostava de conversar, capazes de manter um diálogo verdadeiro e interessante, e os outros, que simplesmente não tinham nada a dizer. Ainda assim, ela cumprimentou a todos e os parabenizou, recebendo congratulações da maior parte deles. Parecia que todo mundo estava feliz e bem encaminhado. Menos ela.

— Estou estudando pra passar no vestibular de medicina — disse Jefferson, ao que Dani concordou com a cabeça para se juntar à conversa. — É bastante concorrido, eu sei, mas tenho certeza de que vai valer a pena. Até porque eu sempre tive vocação para isso.

— Realmente é necessário ter vocação — concordou Samanta.

— Não é uma profissão fácil. — Ele anuiu com a cabeça. — Tem tanta gente que faz o curso só pensando em ganhar dinheiro, mas se esquecem do que se trata de verdade!

— Eu quero tentar enfermagem — disse a outra.

— Vai fazer cursinho?

— Sim, acho que vou me mudar pra Porto Alegre no começo do mês que vem. — Ela parecia bastante orgulhosa. — Tem umas opções bem interessantes pra quem está se dedicando à medicina, você já viu? No mesmo cursinho em que eu vou me matricular tem uma turma especial para...

A conversa logo enveredou pelos rumos que Sam tomaria na vida, mas ela arranjou uma desculpa para escapar. Viu que Elis conversava com uma de suas colegas mais bonitas e simpáticas, rindo exageradamente o tempo inteiro.

Davi estava sentado à sua mesa, beijando Carol de maneira quase inapropriada para o lugar e momento. Samanta sentiu-se um pouco tonta e foi amparada por Thiago.

— Sam — ele disse, sorrindo. — Tudo bem?

— Mais ou menos.

— O que houve?

Ela balançou a cabeça.

— Ainda vão para o antigo aeroporto?

— Acho que sim. O pessoal está se preparando para ir.

Samanta apoiou-se contra o peito dele e olhou em seus olhos, um pouco confusa, mas incomodada e desapontada demais com todo o transcurso da noite para se importar.

— Eu vou com você — disse.

CAPÍTULO QUATRO

D.F.R.

SAMANTA ACORDOU NA MANHÃ SEGUINTE AINDA COM UMA sensação estranha de nebulosidade mental e confusão. Sua cabeça doía, e parecia que seu corpo tinha sido atropelado por um carro de pequeno porte na volta para casa.

— Mas que merda — murmurou para si mesma, esfregando a testa e as têmporas.

Tentou se lembrar do que havia feito na noite anterior, sem sucesso. Parecia que nada tinha acontecido depois de sair da festa com Thiago. Devia ter ido ao antigo aeroporto e...

E o quê? Não tinha nem ideia.

— Merda — murmurou de novo, puxando os cobertores por sobre a cabeça, irritada consigo mesma.

Debaixo da tenda formada pelas cobertas, assoprou dentro das próprias mãos para cheirar seu hálito, que estava ainda pior do que o normal para uma manhã começando às onze e meia.

Tentou lembrar se tinha bebido alguma coisa, mas não conseguiu.

Bateu com o pulso na testa.

— Burra, burra, burra!

Sabia, desde o começo, que ir até o aeroporto era uma péssima ideia. Todos ficavam sentados nos capôs dos carros apenas fumando, bebendo, ouvindo música ruim em um volume desnecessariamente alto e jogando conversa fora. E era o pior tipo de conversa: fofoca e intriga. Além disso, é claro, o lugar servia para encontros amorosos de todos os tipos. De *todos* os tipos.

Ela botou o braço para fora da cama e agarrou o celular. Havia diversas notificações – incluindo várias de Elis, perguntando onde ela tinha se metido –, mas estava interessada em apenas uma.

> Adorei a noite de ontem.
> Podemos nos ver hoje de novo?

Podia até não ser uma confirmação de nada, mas significava que realmente tinha passado tempo com Thiago, e que haviam feito alguma coisa que ele havia "adorado". Sentiu os pelos do braço eriçarem só de imaginar o que poderiam ter feito, mas não sabia se essa reação era boa ou ruim.

Tocou com convicção sobre a pequena foto de Davi na lista de conversas recentes, esperando que houvesse alguma mensagem nova, apesar de não haver indicação de nenhuma. E realmente não havia. A última fora da noite anterior, quando ele lhe enviara uma foto vestido com o terno cinza escuro que havia alugado e fazendo uma careta engraçada. Um pequeno recanto de sua mente esperava que aquela foto tivesse sido direcionada apenas a ela, e não à namorada dele, também.

Digitou rápido.

> E aí, pegador, como foi ontem à noite?

Não queria saber a resposta de verdade, mas ansiava por começar uma conversa. Ele não visualizou a mensagem durante o minuto em que ela ficou encarando a tela muito brilhante do celular, então ela o pôs de lado em seguida.

Duas batidas à porta, e uma fresta se abriu de leve.

— Oi, filha — disse sua mãe, com a voz mansa. — Só pra te avisar que vamos almoçar fora hoje. Tem uma cerimônia de posse lá no clube. Você também vem?

Samanta negou com a cabeça, tentando não parecer muito veemente.

— Está com os olhos vermelhos. Você bebeu alguma coisa ontem?

A garota piscou algumas vezes, pensando no que poderia responder. Se dissesse que sim, estaria traindo justamente um dos princípios que mais prezava. E já conseguia ver um começo de sorriso surgir de mansinho na boca da mãe.

— Só tô com sono.

O sorrisinho morreu em seguida.

— Tudo bem com você, então, minha menina formada? — Ela se aproximou e sentou na beirada da cama.

— É, tudo bem.

Esforçou-se para fazer uma expressão não convidativa para ela, dando a entender que não queria iniciar conversa alguma. Principalmente não uma daquelas que a jovem já estava se acostumando a evitar.

A mãe sorriu, concordou com a cabeça e deu duas batidinhas na mão da filha.

— Tem alguma coisa que sobrou de ontem na geladeira, é só esquentar no micro-ondas.

— Tá, mãe.

— Eu posso deixar um ovo frito pra você, se quiser.

— Eu sei fritar ovo.

— Mas a sua gema sempre acaba estourando — disse a mulher. — Eu posso deixar pronto. Se quiser, já separo alguma coisa pra você comer.

Lançou um olhar afiado na direção dela.

— Mãe, eu me viro.

Ela pareceu ofendida.

— Se você não quer ajuda, tudo bem. Se precisar, estou aqui. — Ela se levantou e se afastou. Antes de fechar a porta, acrescentou:

— Tem remédio pra dor de cabeça no armário embaixo da escada.

Samanta se jogou no travesseiro e respirou fundo. Ficou olhando para o teto até ouvir o som do portão da garagem se abrindo e o carro saindo; depois, o portão fechando e o silêncio que se seguiu. Se espreguiçou, deixando cair no chão as cobertas, e levantou. Foi ao banheiro. Olhou para si mesma no espelho. Limpou a face e escovou os dentes, mas optou por não trocar de roupa. Achou que merecia ficar de pijama o dia inteiro.

A menina não estava com fome. Vagou a esmo pela casa, incomodada com a sensação estranha que a tomava. Sentia como se houvesse algo a pressionando para baixo.

Abriu as cortinas, mas o dia estava ensolarado demais para seu humor sombrio. Nuvens pesadas e chuva teriam combinado melhor com o que estava sentindo, mas mesmo nisso parecia não ter sorte. Chutou algumas almofadas que estavam no chão, sentando no sofá da sala, indecisa se queria ou não ligar a televisão. Decidiu que não.

Botou os pés para cima e ficou olhando para o teto. Ouviu um miado.

— Luna — chamou a gata preta de olhos amarelos, que se aproximou, esfregou as costas em sua mão e desapareceu logo em seguida.

Olhando de ponta-cabeça para a porta de entrada da casa, viu a mochila que trouxera do sebo no dia anterior pendendo de um cabide. Os fechos estavam abertos por nenhuma razão aparente, e ela podia ver o canto do livro que Rosa a deixara trazer para casa sem pagar nada. O livro que Davi encontrara e dissera estar vazio.

Por que ele dissera isso?

Samanta se deixou deslizar do sofá para o tapete no chão, então foi até a mochila e tirou o livro de dentro. Olhou para ele de todos os ângulos possíveis, percebendo que, apesar de ter vindo de um sebo e do pó acumulado, estava em ótimas condições.

Sentou-se nas almofadas que sempre estavam na reentrância de uma das janelas que se projetavam para fora e davam para o quintal. A luz do sol iluminava o pequeno recanto no qual ela costumava gastar seu tempo lendo, e dali ela conseguia enxergar uma pequena parte dos prédios do outro lado do quarteirão – entre eles estava o de seu melhor amigo. Da janela do quarto dele ela conseguia ver o lugar onde estava naquele momento, mas a persiana dele estava fechada.

Ela suspirou, chateada.

Logo depois pôs os pés em cima de uma almofada e apoiou o livro nos joelhos.

— *Ex Libris* — leu em voz alta para ninguém em especial.

Passou o dedo pelo título e ornamento dourados na capa.

Na parte de baixo da capa, "D.F.R.".

— Hum...

Ela folheou a esmo o volume, sem saber bem do que se tratava, já que o livro não tinha orelhas ou texto na contracapa. A princípio era impossível descobrir sobre o que era.

Então, ela parou.

Enrolou-se com algumas folhas, mas voltou umas três ou quatro e encontrou a palavra que chamara sua atenção: "Davi".

Não que um livro qualquer não pudesse ter um personagem com o nome de seu melhor amigo. Não que aquilo fosse algo extraordinário. Mas encontrar o nome dele por algum motivo parecia fazer sentido. Ela ergueu os olhos para a persiana fechada da janela dele e conferiu novamente o celular – que não tinha nenhuma nova mensagem.

Ela suspirou e, assim que leu o parágrafo em que o nome estava, arregalou os olhos.

Os dois estão debaixo da árvore grande no ponto mais alto da colina em que fica o cemitério. Ela seca as lágrimas que escorrem pelo rosto dele e beija sua bochecha. Ele olha para ela, confuso, mas ela avança na direção dele e o beija por cerca de cinco segundos. Davi se afasta. "Samanta, o que está fazendo?"

Sam fechou o livro com força e o jogou na almofada à sua frente.

Ela se levantou e andou de um lado para o outro, com as mãos na cintura e subindo para os cabelos a cada dois segundos. Deu uma olhada no livro com o canto do olho, como se suspeitasse que ele poderia explodir ou se transformar em alguma outra coisa a qualquer momento. Mas ele só ficou lá, encarando-a.

— Tá, calma — ela murmurou para si mesma, indo até a cozinha e bebendo um copo de água. — Isso não significa absolutamente nada. Nada.

Voltou para a sala e para o livro, mas continuou incapaz de ficar parada.

— Não é como se o autor não pudesse ter imaginado uma cena igual a essa envolvendo duas pessoas com os mesmos nomes. — Ela deu de ombros, dando o assunto por encerrado. — Tem tanta gente que se beija embaixo de árvores no cemitério e que se chamam "Davi" e "Samanta"... eu nem deveria estar preocupada com isso.

Tinha decidido fazer alguma outra coisa; quando viu, já estava sentada outra vez em frente ao livro lendo a primeira página de texto.

Davi Ferreira da Rocha nasce no dia sete de agosto de...

Ela fechou o livro de novo e o pôs com delicadeza sobre a almofada.

— Tá. — Foi tudo o que conseguiu dizer. — Tá — repetiu.

Ergueu as mãos para o livro, como se ele a estivesse ameaçando com uma faca, e se afastou de costas. Tropeçou em Luna, que deu um daqueles miados agudos típicos de gato, esbarrou em uma mesa de canto e derrubou um minúsculo vaso com um cacto gordinho solitário, que quebrou e espalhou mais terra no tapete felpudo do que parecia haver no pequeno espaço.

Samanta manteve as mãos erguidas por, pelo menos, mais dois segundos, então as abaixou devagar.

— Ótimo.

O celular apitou uma notificação. Era Davi.

> Adivinha quem se deu bem ontem de noite?

Samanta não sabia bem o que responder.

> O que aconteceu?

> Aconteceu...

Aquilo só poderia significar uma coisa.

Sentiu-se ruborizar, e uma mínima faísca de ódio surgiu no fundo de sua mente, embora soubesse que não deveria estar

FABIO BRUST

sentindo aquilo. Apertou o celular com a mão e então o jogou na direção do sofá – ciente de que, por mais irritada que estivesse, destruí-lo no chão seria uma estupidez completa.

Sentou no sofá, ao lado do aparelho, e pôs as mãos no queixo, sem saber exatamente o que deveria pensar ou sentir. Encarou a tela do celular mais de uma vez, esperando receber uma nova mensagem de Davi, mas o celular só notificou uma de Thiago.

> Eu vi que você visualizou, hein!
> E aí, vamos nos encontrar de novo, hoje?

Samanta levantou-se e foi até a cozinha, abrindo a geladeira e fechando logo em seguida. Deu uma volta e olhou de novo, servindo-se de um copo de chá gelado e retornando para o livro que deixara pousado sob o sol no recuo da janela.

Desviou da terra no chão e amaldiçoou a si própria – e Luna – pela bagunça.

Se acomodou novamente em meio às almofadas e olhou fixamente, com desconfiança, para o livro à sua frente. Parecia inocente, mas ela mal podia imaginar todas as coisas que poderia encontrar em suas páginas, caso suas suposições estivessem corretas.

Só havia uma maneira de descobrir.

Demorou-se um bom tempo folheando o livro. Ele não era necessariamente grosso, mas também não era tão fácil assim de encontrar o ponto que estava buscando. Não havia numeração de páginas ou separação por capítulos... havia algo melhor. Todo o texto era organizado a partir de datas.

Todos os dias da vida de Davi.

Ela avançou em meio às páginas, folheando rapidamente e encarando cada nova data, examinando o livro e refletindo se aquele *realmente* poderia ser um livro com a história de seu melhor amigo – o que seria um absurdo total. Mesmo assim, ela virou as páginas até, meio atordoada, encontrar o dia anterior.

Davi pega um táxi com Carolina, e os dois partem para um hotel da cidade. Os dois vão ao quarto emprestado de um primo de Carolina e fazem sexo.

Dessa vez, fechou o livro com cuidado, lentamente, as palavras se despedindo de seus olhos e as folhas se reunindo. Pousou-o na almofada à sua frente novamente. Olhou para o título em dourado, acusadoramente simples e lacônico, e afastou-se devagar. As iniciais na parte de baixo da capa brilharam no sol.

> Eu tô sozinha agora.
> Não quer vir aqui em casa?

Quando Thiago chegou, uns vinte minutos depois, ela o beijou na boca quase agressivamente e depois o conduziu escada acima até o seu quarto.

EX

LIBRIS

CAPÍTULO CINCO

UM CAPPUCCINO PARA DIVIDIR

— VOCÊ FEZ O QUÊ?

Samanta deu de ombros, sem saber o que responder. Ainda que fosse receber uma bronca do chefe se ficasse conversando à toa com os clientes, Elis se sentou em uma das banquetas que ficavam ao redor da mesinha alta em que Sam estava.

— Tá falando sério?

— Eu acho que não tenho motivos pra mentir sobre isso.

Elis esticou os braços por cima da mesa e apertou a amiga pelos ombros, chacoalhando-a.

— Tá louca, menina?

— Não — respondeu ela, inquieta. — Só acho que... foi uma justiça poética.

A outra balançou a cabeça.

— Não é justiça poética quando se trata de você mesma — comentou. — Foi você quem sempre defendeu que ia ser diferente quando chegasse a sua vez!

— Calma lá que você não é um grande exemplo de moral nesse sentido.

— Claro que não, mas foi justamente por conta desse tipo de coisa que você dizia que ia esperar a pessoa e o momento certos! Sem contar que as minhas experiências só me certificaram do que eu *não* quero. — A amiga tomou um gole da água de Samanta.

— O que você tava pensando pra fazer uma coisa dessas?

— Não sei se estava pensando em alguma coisa.

— Pois deveria ter pensado.

Elis estreitou os olhos na direção de Sam.

— Isso tem alguma coisa a ver com o Davi?

— Claro que não. — A jovem desviou o olhar para o lado de fora da cafeteria.

O lugar não era grande e tinha um charme característico. Havia uma grande vitrine que dava para a rua arborizada, e as paredes eram revestidas de madeira. Uma escada nos fundos – da qual Elis sempre se queixava por ter de subir e descer o tempo inteiro – levava para uma espécie de mezanino. Havia mesas altas e baixas, e banquetas e cadeiras estofadas. O balcão era largo e de trás dele vinha um som muito alto do moedor de grãos de café. Aconchegado atrás de um recanto próximo à porta de entrada ficava o chefe de Elis: um jovem de menos de trinta anos que ninguém sabia como tinha conseguido aquele posto na Pé de Café.

— Você não consegue me enganar. É por causa do Davi. — Ela cutucou Samanta com o indicador. Como ela não respondeu, continuou: — Eu vi que ele estava atracado na namoradinha dele. Foi isso que te fez ficar com o Thiago?

— O Davi realmente tava *atracado* nela, né? — Samanta se apoiou na mesa, mas recuou ao perceber o olhar da amiga.

— Você perdeu a virgindade com seu ex-namorado só pra se vingar do seu melhor amigo? — perguntou ela. — O que você esperava que acontecesse?

— *Elis.*

Era a voz do chefe dela, e ele fez um gesto com a cabeça para indicar um homem sentado perto da parede, que olhava para a garçonete. Ela se levantou rapidamente, deu um sorriso atrevido para o chefe, atrás de uma muralha de máquinas de cartão de crédito, e atendeu ao único outro cliente em toda a cafeteria.

Cinco minutos depois, voltou e sentou-se.

— O tal do Rodrigo não vai implicar com você, se ficar gastando tempo comigo? — Sam ergueu uma sobrancelha.

— Não se você pedir um daqueles *cappuccinos* chiques que sempre diz que são muito caros.

— Além de caros, são enormes.

— Porque foram feitos para duas pessoas dividirem.

Antes que a garota pudesse falar qualquer coisa, Elis se afastou rápido e desapareceu atrás do balcão e depois pela porta da cozinha adentro. Dez longos minutos depois, voltou com um *cappuccino* de caramelo com uma espuma branca muito alta e alguns grãos de café por cima.

— Resolvido.

— Você vai me ajudar a pagar, né? — perguntou Samanta.

— Claro que não.

Mas ela colocou dois canudinhos no líquido gelado e começou a beber.

— Eu não esperava que *algo* acontecesse com relação ao Davi — disse Sam. — Isso não tem nada a ver com ele. Tem a ver comigo.

— Tem certeza?

— Absoluta. Você acha mesmo que eu deveria me sujeitar às decisões e acontecimentos da vida dele pra guiar a minha?

— Meio a contragosto, bebeu do *cappuccino* também. A parte do caramelo era doce demais, e, a do líquido, amarga demais.

— Não mesmo. Sem contar que *ele* não parece nem um pouco preocupado com o que eu faço com a minha vida. Praticamente nem conversou comigo no baile.

— E isso quer dizer que ele ter ido embora com a namoradinha não significou nada pra você? Que você está *imune* a esse tipo de coisa?

— Não foi o que eu disse.

Elis tomou mais um pouco do café.

— Então quer dizer que você *se importa* com o que ele faz ou fez com a menina.

— Bom, sim. É o meu melhor amigo.

A outra batucou com os dedos sobre a mesa, fingindo estar pensando.

— Eu tenho quase certeza de que sempre notei uma atração entre vocês. Ou, pelo menos, de *você* por *ele* — falou, em um tom casual, olhando para o teto, para o chão e para o lado de fora, limpando a boca com um guardanapo com o logo da cafeteria impresso em marrom. — E eu poderia jurar que, alguns anos atrás, você tinha dito que imaginava que a sua primeira vez ia ser com ele.

— Eu *nunca* falei isso.

— Tá, mas falou que tinha que ser com alguém de quem você gostasse *muito*, que significasse alguma coisa pra você. — Enfim a jovem olhou nos olhos de Sam. — E eu não acho que o Thiago signifique tanto assim.

— Não importa — disse a recém-formada. — Eu tô descobrindo cada vez mais que a vida não é bem o que eu achava que seria alguns anos atrás.

— Por isso decidiu abrir as pernas pro cara que você disse ser a *última* pessoa pra quem faria isso?

Sam franziu as sobrancelhas com o jeito de falar da amiga.

— Não foi bem assim que aconteceu. Eu não "abri as pernas".

Elis deu de ombros.

— Por que mudou de ideia assim, tão de repente, a respeito do Thiago?

— Eu não mudei de ideia. Eu só achei que... sei lá... Que tinha chegado o momento de isso acontecer. Que fazer mais cerimônia em torno disso só ia adiar as coisas, e eu ia acabar me prejudicando. E me machucando. Então, talvez fazer isso sem nenhum grande compromisso tenha sido uma boa solução.

As duas se permitiram beber mais um pouco do café em silêncio.

Depois, Samanta olhou para fora da cafeteria e para a rua que se estendia, tranquila, ao longe. As árvores deixavam o lugar brilhando com respingos de luz dourada do sol do meio da tarde. Algumas nuvens passavam de quando em quando, deixando tudo em uma semiobscuridade agradável.

— O que foi, Sam?

— É toda essa situação chata — resmungou, suspirando e apoiando o queixo na mão espalmada. — Parece que todo mundo saiu do colégio com planos para o que fazer da vida, e comigo tá tudo muito diferente. Eu não sei pra onde ir, mas todo mundo espera que eu tenha um caminho já traçado, como se fosse minha obrigação ter certeza do que fazer. Só que eu não tenho certeza de nada.

Elis estendeu a mão por cima da mesa para segurar a da amiga.

— Depois de sair do colégio e entrar pra faculdade, eu descobri algumas coisas importantes — disse. — A principal delas é: ninguém tem a *mínima ideia* do que está fazendo. Todo mundo está tão perdido quanto você, ou ainda mais.

— Duvido.

— Ah, mas é. — Elis mascou com gosto um dos grãos de café. — Talvez você não perceba agora, mas em breve vai entender do que eu estou falando. Enquanto isso, pelo menos você tem alguma coisa que te define.

Ela indicou com a cabeça a mochila de Sam, pendurada pela alça na cadeira em que estava sentada e com o livro despontando pelo fecho. Tinha guardado o *Ex Libris* quando a amiga se aproximara. Não tinha certeza se queria mostrar a ela, mas Elis se esticou depressa e puxou o livro para fora.

— O que é isso?

— Eu fui com o Davi no sebo na sexta — disse Samanta, tomando mais um pouco do café. — Vai fechar daqui a alguns dias, então eu achei que precisava me despedir do lugar. Esse é o livro que eu escolhi pra fazer isso.

— Já começou a ler?

— Mais ou menos — respondeu, lacônica.

A amiga leu o título em voz alta para si mesma e abriu o livro, folheando as páginas sem realmente parar em nenhuma. Samanta lembrou-se tarde demais do marcador de cetim justo na página que marcava a noite da formatura – a *fatídica* noite da formatura. Estendeu a mão para pegar o livro de volta, mas Elis já lia as frases, os olhos correndo pelas linhas e se arregalando pouco a pouco. Quando terminou, ergueu-os na direção de Samanta.

— Sam... o que é isso? — perguntou, falando pausadamente.

A amiga abriu a boca para inventar alguma desculpa, mas foi interrompida.

— E não invente histórias. Que diabos é isso?

A garota franziu os lábios e cruzou os braços.

— Eu não sei.

— Não sabe.

Elas se encararam por alguns segundos.

— Mas sabe muito bem o que está escrito nessa página, né? — perguntou Elis, virando o livro para ela e apontando para uma linha em específico. Exatamente a mesma que Sam tinha em mente. — Percebeu que... tá meio estranho?

— Percebi.

A jovem tomou mais um pouco de *cappuccino*, mas era incapaz de agir com naturalidade.

— E...?

— E?

— E o que significa isso? — perguntou Elis, batucando com o indicador na acusatória frase do suposto sexo. — Você tem um livro que narra a vida do seu melhor amigo, ou é só impressão?

— *É bizarro*, eu sei, e eu estou apavorada com esse livro. Mas eu não tenho ideia do que é isso.

— Vai me dizer que também tem um livro da *minha* vida na sua casa? — Elis ficou alerta, aprumando-se na banqueta alta.

— Estava no sebo. Eu não sei de onde veio.

— E você fica lendo isso aqui só como um *hobby* ou você é *voyeur* mesmo?

— Nenhum dos dois. — Foi a vez dela de se empertigar na cadeira. — Escuta, eu também não tenho a mínima ideia do que significa esse livro, mas foi o *próprio Davi* que escolheu, no sebo. Ele tirou a esmo de uma prateleira e entregou pra mim. Disse que eu poderia usar como um caderno, pra botar no papel uma das minhas histórias. Só que, quando eu abri, o livro não estava vazio. E quando eu mostrei pra ele, ele simplesmente falou que não tinha nada escrito.

Samanta puxou o livro para si.

— Mas realmente parece ser um livro sobre o Davi. — Virou o exemplar para a outra e mostrou a folha de rosto. — São as iniciais dele.

— Como é possível?

— Eu não tenho ideia — respondeu. — Eu não sabia que se tratava disso. Só levei pra casa porque foi o livro que *ele* escolheu. Quando fui ler, percebi que tinha o nome dele, e, pra fazer o teste, decidi procurar o dia da formatura. E bateu. — Puxou o celular da mochila e mostrou a mensagem de Davi que contava o que havia acontecido.

O chefe de Elis deu um pigarro e ela se levantou rapidamente para atender outra vez o cliente solitário da outra mesa. O cliente parecia pouco preocupado com a falta de compromisso dela. A garçonete voltou em seguida.

— Ele só queria a senha da Wi-Fi.

— Sabe — disse Samanta, voltando ao assunto de antes. — Agora que estamos falando desse livro, eu meio que lembro de o Álvaro ter feito algum comentário sobre ele.

— Álvaro? O resmungão do sebo?

— Álvaro, o *dono* do sebo — corrigiu, decidindo mascar um grão de café também. Arrependeu-se no segundo seguinte, mas já era tarde, e ela não quis cuspi-lo fora. — Ele perguntou se eu não tinha encontrado nada melhor. E se, dentre todos os livros do sebo, era *esse* que eu ia levar.

— Será que ele sabe do que se trata?

Samanta enfiou o livro de volta na mochila.

— Só tem um jeito de descobrir.

CAPÍTULO SEIS

DE VOLTA
AO SEBO

COM A MOCHILA NOS OMBROS, SAMANTA ANDAVA ALGUNS PASsos à frente de Davi, que parecia se arrastar pela calçada.
— O que tem de errado com você hoje? — perguntou a garota.
— Eu passei a noite inteira estudando pro vestibular. É isso o que tem de errado comigo — resmungou ele. — Eu fui dormir às cinco da manhã. E acho que nem sei mais nada sobre o que eu estudei. Toda aquela matemática e as teorias de física...
— Você sabe o que vai ter de estudar, se passar em engenharia, né?
— Eu *vou* passar.
Ela ergueu uma sobrancelha, não por duvidar da capacidade dele de passar, mas pela forma brusca com que respondera.
— Tudo bem, sabichão.
— O que vamos fazer no sebo, mesmo? — ele perguntou, apertando o passo para alcançá-la. — Achei que você tinha decidido que a sexta-feira ia ser o último dia. O seu "último adeus" ao sebo.
— Era pra ser — admitiu Sam —, mas aí eu comecei a ler o livro que você escolheu.
— A ler? — perguntou Davi, passando os dedos pelas sobrancelhas. — Eu escolhi um *caderno bonito* pra você começar a escrever uma das suas histórias.
— Não é um caderno — ela falou, incisiva. Tirou o livro da mochila e o estendeu para ele mais uma vez. — É uma história inteira. E, ainda por cima, eu acho que não é *qualquer* história. Acho que é a *sua* história.
Davi até parou de andar.
— Quê?
— A *sua* história — repetiu a jovem, com a mesma gravidade de um instante antes.
Davi só a encarou.
— Eu decidi ler o livro no sábado e ele parece contar a história da sua vida.
— Para de bobagem. Por que estamos indo ao sebo, afinal?
— Exatamente por esse motivo. Quero saber se o Álvaro ou a Rosa tem algo a dizer sobre isso. — Ela abriu o livro em uma

página qualquer, tomando cuidado para não ser a mesma em que ela lera os acontecimentos da sexta-feira anterior e que a haviam desestabilizado. — Olha só.

Davi se apoiou no muro de um terreno baldio e pegou o livro nas mãos. Seus olhos correram a página, depois as outras, rapidamente. Ele folheou o volume do começo ao fim, sem parar em lugar algum para examinar melhor a narrativa. Fechou o livro e o devolveu para ela.

— Pronto? Continua em branco. O que você queria provar com isso?

— Nada. Não queria provar nada — disse ela, pegando o exemplar de volta e olhando para a capa. — Você realmente não enxerga nada?

— Não.

Ele respirou fundo e soltou o ar lentamente.

— Falando sério, Sam... tem alguma coisa acontecendo? Porque eu realmente não posso parar com os estudos por bobagem. O vestibular é no final de semana, e se você não dá importância pra isso só porque não conseguiu decidir o que quer fazer da vida—

— Davi, não começa — disse a garota. — Achei que você seria a última pessoa que ia implicar comigo por isso. Já basta toda a minha família me pressionando.

— Mas você sabe que tem um motivo, não sabe?

Os dois se encararam por alguns instantes.

— Escuta, se você não quer vir, ótimo. É melhor que fique enfurnado em casa, só estudando. Só não se esqueça de guardar um tempo para a sua namoradinha, tá? — A jovem enfiou o livro de volta na mochila, virando-se e se afastando pela rua.

— Sam, não é assim...

— É assim, sim — ela respondeu. — Faz um bom tempo que você tá me ignorando, agindo como se não fosse mais o meu melhor amigo. Não sei se é por causa da Carol, por causa do vestibular, ou porque você acha que eu sou uma fracassada que não vai para lado nenhum na vida. Não importa. Sei que você tá ficando

cada vez mais distante e não parece nem um pouco preocupado com isso.

— Isso não é verdade.

— Não? Então por que você mal falou comigo na formatura? — perguntou ela, parando e virando-se para ele.

— Eu tava com a minha família! — ele se defendeu, gesticulando com as mãos. — Não podia simplesmente ignorar que eles estavam lá.

— Mas podia *me* ignorar?

— Não, é claro que não. Eu não ignorei você — ele disse, mais baixo. — Eu fui conversar com você no meio da pista de dança, não lembra?

— Lembro. Completamente bêbado e sem noção.

— Olha, se você não sabe se divertir, não é culpa minha. Só não me culpe por *eu* saber fazer isso — ele retrucou, as sobrancelhas convergindo para baixo no meio da testa. — Se tá com ciúmes ou com algum problema comigo, que seja. Mas eu tenho mais o que fazer do que ficar dando trela para alguém que não se preocupa com o que é importante pra mim.

— Digo o mesmo — ela respondeu, ácida.

— Quer saber? Se você quer ficar vivendo nesse seu mundinho mágico em que não precisa estudar ou se preocupar com o seu futuro, a escolha é sua. Se quer ser uma imbecil, ótimo — ele disse, entre dentes, as palavras afiadas como navalhas —, mas não me obrigue a ir ao fundo do poço com você.

Foi a vez dele de se virar e sair andando, a passos largos, na direção oposta.

A garota sentiu as orelhas esquentarem e cerrou os punhos. Com raiva, continuou seu caminho pelas ruas, dobrando esquinas e atravessando ruas sem olhar direito para o movimento. Escapou por pouco de ser atropelada por, pelo menos, dois carros. Um deles freou em cima dela; o outro, ela notou a tempo e parou antes de ser atingida. Se tivesse dado um passo a mais, tinha ido para o hospital, não ao sebo.

Decidiu tentar se acalmar.

Sentou-se em um bloco de concreto esquecido perto da parede de uma casa e passou as mãos pelo rosto devagar, as batidas de seu coração diminuindo de intensidade aos poucos. Balançou a cabeça, tentando clarear os pensamentos, e abriu a mochila para tomar um gole da garrafa d'água que tinha lá dentro.

Sua mão topou quase descompromissada com o livro que estava levando de volta ao sebo. Tomou a água e devolveu a garrafa para dentro, fechando o zíper, mas continuou sentada onde estava.

— Será que...

Rendeu-se e abriu a mochila outra vez, puxou o *Ex Libris* para fora. Encarou aquela capa de couro e o título, e passou o dedo sobre as iniciais que imaginava serem de Davi. Testou as páginas e abriu o livro a esmo, folheando até encontrar o momento que acabara de vivenciar.

> Davi se afasta de Samanta e volta para sua casa. Irritado, vai até seu quarto e volta a estudar.

A garota fez um muxoxo.

— Acho que é melhor acreditar nisso e que ele não estava mentindo.

Ela fechou o livro com um baque e se levantou. Cinco minutos depois, chegou ao sebo.

Álvaro estava atrás do balcão, enquanto Rosa organizava alguns livros depois da curva que o prédio fazia. Samanta ficou um pouco indignada com a falta de compromisso do homem para com a própria mulher, delegando a ela tarefas que ele também deveria estar executando. Apesar da cena, decidiu que não iria se meter nos assuntos deles.

— Oi, seu Álvaro.

Ela se aproximou devagar dele, sem saber direito se deveria perguntar a ele ou a Rosa a respeito do livro que tinha na bolsa.

O homem apenas balançou a cabeça na direção dela e indicou a curva do prédio.

— A Rosângela tá terminando de embalar algumas coisas — comentou.

Sam agradeceu, mas não conseguiu deixar de pensar que ele tinha mencionado a mulher apenas para não ter de interagir com ela.

— Oi, querida — disse a mulher, sorrindo ao vê-la se aproximar. — Achei que não te veria mais por aqui.

— Acabei voltando. — Samanta sorriu, ainda que se sentisse um pouco murcha por dentro depois da briga com o amigo. — Sabe que eu não consigo ficar longe por muito tempo.

A livreira a abraçou.

— Bom, você já pode ver que as coisas estão ficando diferentes — ela disse, mostrando o interior do sebo. As prateleiras pareciam raquíticas sem os livros que antes as preenchiam, já guardados em inúmeras caixas de papelão. — Marcamos para segunda-feira o frete dos livros.

— Segunda-feira, já?

— Acho que não seria bom ficarmos prolongando essa despedida. — Ela apoiou as mãos nos quadris. — Vou sentir falta desse lugar, mas é preciso seguir em frente.

— É... acho que sim.

Rosa ajoelhou-se e abriu uma nova caixa de papelão.

— Pode me alcançar aquela pilha que está em cima da mesa?

Sam pôs sua mochila no chão e a ajudou.

— Está à procura de mais algum livro para a sua biblioteca particular? — perguntou a mulher, sorrindo, enquanto separava os livros por tamanho e formato, colocando os maiores no fundo.

— Com a quantidade que levou daqui, você já deve ter pelo menos uma estante inteira cheia deles.

— É, tenho bastante coisa no meu quarto. — Sam deu uma risada de leve. — Mas hoje vim pra conversar com você sobre o livro que eu levei no outro dia. Lembra dele?

— Não acho que eu prestei muita atenção, querida. O que tem ele? Está mofado? — Ela piscou um dos olhos. — Não que isso seja uma grande questão, já que a maior parte do que tem lá embaixo está em condições deploráveis. Nem sei por que você e o Davi gostavam tanto de passar tempo lá. Aliás, onde ele está?

— Disse que tinha de estudar.

— Ah, claro. E sobre o livro, o que tem ele?

— Eu dei uma olhada e tem... alguma coisa estranha com ele.

Rosa se ergueu e olhou para a menina. Sam tirou o exemplar da mochila e estendeu para ela.

Ela examinou a capa por um instante apenas, então pareceu parar de respirar.

Depois, encarou Samanta com gravidade.

— Você encontrou esse livro lá embaixo?

A garota assentiu.

— Eu não... não *acredito* que a gente tinha outro desses aqui — disse ela, parecendo apavorada. — Qual... qual é o nome dentro dele?

— Davi.

A mulher largou o livro sobre uma pequena mesa próxima e passou as mãos pelos cabelos, parecendo não querer contato com o objeto.

— Você conhece esse livro? — A jovem ergueu uma sobrancelha.

— Não esse.

— Mas outro.

— Sim, outro. — Ela olhou para a entrada do sebo, tentando um vislumbre do marido. O homem estava distraído com alguma coisa atrás da bancada. — Outro.

— De quem era o outro livro? E o que aconteceu com ele?

— É melhor não falarmos sobre isso agora. — Ela olhou para o volume como se fosse uma bomba prestes a explodir. — Você pode voltar à noite? O Álvaro dorme cedo, então poderemos conversar sobre isso.

— Ele não pode ouvir essa conversa?

Ela deu um meio sorriso.

— É estranho dizer isso, mas não. Ele não pode ouvir. — Rosa voltou a olhar para o marido.

Samanta tinha vontade de perguntar o motivo, mas percebeu que seria estender um assunto sobre o qual Rosa não queria falar naquele momento. Então calou-se e se limitou a fitar o *Ex Libris*.

— Tudo bem — disse.

— Venha depois das dez, aí poderemos conversar.

CAPÍTULO SETE

UMA BIBLIOTECA INTEIRA DE LES

UMA BIBLIOTECA
INTEIRA DELES

SAMANTA PASSOU O CAMINHO INTEIRO MEXENDO NO ZÍPER DE sua mochila, em seu colo, incomodada e irritada consigo mesma por ter pedido carona a Thiago para evitar andar sozinha pelas ruas à noite.
— Gosta dessa música? — perguntou Thiago.
— É, pode ser.

Na verdade, preferiria estar com seus fones de ouvido escutando qualquer outra coisa que não fosse a seleção de músicas chiclete que alternavam entre o funk e o sertanejo universitário – sem espaço para qualquer outro gênero musical – de seu ex-namorado.

Ele estendeu a mão e aumentou o volume.
— O seu amigo não tem carro?
— Não. E, mesmo assim, ele tá ocupado estudando pro vestibular — retrucou Samanta, sentindo as orelhas arderem só de pensar em Davi.
— E por que você não tá estudando? — perguntou o jovem ao seu lado, mudando a marcha e dobrando em uma esquina.
— Porque eu não me inscrevi.

Ele pareceu surpreso.
— Sério?
— Sério.
— E o que você pensa em fazer, agora que não vai mais estar no colégio?
— Ainda não sei — ela resmungou. Não tinham se passado três minutos ainda e ela continuava pensando se tinha sido uma boa ideia pedir carona para ele. Tinha decidido não pedir ao próprio pai justamente para evitar aquele tipo de conversa. — Quando eu decidir, vou me inscrever em todos os vestibulares e estudar vinte e quatro horas por dia pra contentar todo mundo que fica me perguntando isso.

Ele franziu os lábios.
— E nesse meio tempo? Falta um ano para os próximos vestibulares. Vai trabalhar?

— Provavelmente meu pai vai me obrigar a trabalhar com ele na loja — disse Samanta. — Também pensei em negociar com a Elis uma vaga de garçonete na cafeteria, ou então só vou ficar em casa gastando tempo e o dinheiro dos meus pais — terminou, injetando o máximo de veneno que podia em sua voz.

Thiago decidiu ficar calado.

Samanta quase estendeu a mão para diminuir o volume da música, mas mudou de ideia. Continuou abrindo e fechando os zíperes da mochila, incapaz de não olhar para o livro no interior dela.

— A gente quase não se falou desde aquele dia na sua casa — disse o outro, voltando a puxar assunto. — Já tava achando que você não queria mais sair comigo.

Sem graça, ela deu um sorrisinho.

— Que acha de nós sairmos pra valer, dessa vez?

— Tem alguma coisa em mente?

— A gente poderia comer alguma coisa em um restaurante, sei lá — ele disse, descompromissado. — Lá na avenida tem bastante coisa bacana. Eu vi uns hambúrgueres *gourmet* que...

— Mas eu não como carne — ela disse, seca.

— Como é?

— Eu não como carne.

— Mas comia, um ano e meio atrás.

— Um ano e meio atrás, sim. — Dizer que não comia carne não era de todo uma mentira. Ela estava *tentando* virar vegetariana, mas era difícil. Ou talvez estivesse lhe faltando a força de vontade para botar isso em prática. De qualquer maneira, só sabia que não queria sair com Thiago, e qualquer desculpa era válida.

— As coisas mudam.

— Tenho certeza de que eles têm opções sem carne. — Ele deu um de seus sorrisos brilhantes e atraentes, e ela sentiu as pernas amolecerem de leve. Ainda assim, forçou a si mesma a se focar no que estava indo fazer. — De qualquer forma, tem tantas outras opções que *alguma coisa* você vai *ter* de comer comigo.

Samanta queria não sorrir genuinamente, mas não conseguiu.

— Tudo bem — ela disse, estendendo a mão para tocar na dele, pousada no topo do volante. A decisão de não sair com ele já fora por água abaixo.

Ele sorriu ainda mais.

Alguns minutos depois, chegaram à frente do charmoso prédio do sebo. A entrada ficava bem à esquerda, e todo o espaço que ele ocupava para o lado direito tinha arbustos de aparência fofa abaixo das janelas. Dois degraus davam para a porta principal, e no andar de cima havia sacadas minúsculas com grades de proteção ornamentadas. Trepadeiras se estendiam por toda a parede até o lado do prédio e se emaranhavam em uma espécie de pergolado nos fundos. A garota sempre acabava dando uma espiada nas estreitas e claustrofóbicas janelinhas do porão, na altura da calçada.

— Pronto. Quer que eu te espere? — perguntou Thiago.

— Não. Eu vou ficar bem — respondeu a jovem. — Eu ligo pro meu pai me buscar.

— Claro que não. Me dá um toque quando sair, que eu passo pra te levar pra casa.

Ela saiu do carro sem dizer se ia mesmo fazer isso ou não e ignorando a expressão dele, que mostrava, sem dúvidas, que ele esperava por um beijo de despedida.

Samanta deu a volta no prédio enquanto ouvia o carro partir. As luzes do andar de cima estavam ligadas, e ela esperava que tivesse dado tempo de Álvaro adormecer. Prostrou-se junto à porta dos fundos e ficou um pouco receosa sobre bater ou fazer qualquer tipo de som. Havia uma campainha, mas tinha certeza de que, se a apertasse, Álvaro acordaria e nada daquilo faria qualquer sentido.

Talvez não fizesse sentido de nenhuma maneira.

— Que bobagem — murmurou para si mesma, sentindo o sereno da noite se acumulando sobre seus cabelos e começando a deixá-la com frio. A noite estava bastante fresca, e ela só tinha vestido uma camisa xadrez por cima de uma blusa não muito fechada.

Bateu de leve na porta. Esperou. Bateu de novo.

Ouviu o som de passos se aproximando pelo lado de dentro, então Rosa abriu a porta, olhando para ela.

— Olá, Samanta — disse, dando um sorriso.

Esse não era tão acolhedor quanto os de costume.

— Boa noite, Rosa.

— Entre.

Samanta nunca tinha entrado no sebo em qualquer hora que não fosse durante o dia. Visitá-lo à noite e com as luzes desligadas lhe passava uma sensação esquisita. Ainda assim, o lugar sustentava aquela estranha aura mágica repleta de poeira, dessa vez com o luar entrando pelas janelas. O cheiro ali dentro era característico demais, mas o fato de as estantes estarem praticamente vazias fazia o coração da garota se apertar.

A dona do sebo foi até um interruptor e pressionou o botão. Luzes se acenderam, deixando o lugar com uma iluminação suave e agradável.

— Você trouxe o livro?

— Sim.

Rosa mostrou as duas poltronas lado a lado junto de uma janela, onde a dona Carmen costumava ficar, e se sentou em uma delas. Havia uma mesa pequena entre as duas, onde Sam pousou o *Ex Libris* ao se acomodar.

A livreira olhou para o exemplar com suspeita, estreitando os olhos. Pegou-o com cautela, virou nas mãos e folheou as páginas, voltando para a capa em seguida e encarando as iniciais.

— Até onde você leu?

— Pouca coisa. Não tive muito tempo pra ler nos últimos dias, com toda a história da formatura e tendo de resolver algumas coisas lá em casa — respondeu Samanta, meio sem graça ao pensar que não tinha *de fato* uma ocupação ou motivo para não ter lido mais.

A mulher respirou fundo.

— Por quê? Eu deveria ter lido mais?

— Não — ela disse.

Rosa não falou nada por algum tempo, olhando para a capa do livro, muito séria. Samanta nunca a tinha visto daquele jeito. Esfregou as mãos nas pernas, como que para aquecê-las, sem saber o que fazer.

— O que é esse livro? — a garota perguntou, por fim.

A mulher sorriu, apesar de tudo.

— Eu acho que você já sabe.

Samanta deu de ombros, sem jeito, e limpou com cuidado a capa do *Ex Libris* de seu melhor amigo quando a livreira o devolveu.

— Sim, acho que sim. Só não sei o que significa. Ou de onde vem, por quem foi escrito. Ou qual é a sua função...

O sorriso da livreira tornou-se melancólico.

— Sinto muito em dizer que eu não tenho a resposta para essas questões — disse. — Eu gostaria de ter. Isso simplificaria muita coisa, mas eu não sei dizer.

— O que você sabe, então? — perguntou Samanta.

— Infelizmente, não muito mais do que você, a respeito do livro em si — respondeu a mulher. — Para mim, ele continua sendo um mistério completo, e eu não consigo entender como veio parar aqui no sebo. Depois do que aconteceu com o Norberto, eu e o Álvaro fizemos um pente-fino para tirar daqui qualquer outro *Ex Libris*, mas parece que fracassamos.

— Você disse que já tinha visto outro livro desses. Norberto...

— O Beto. Era o irmão do Álvaro.

— Eu já ouvi falar dele. Meus pais me contaram a história, há muito tempo, mas eu não lembro *qual* era a história. Lembro de me dizerem que ele tinha ficado maluco e ido pra uma clínica psiquiátrica, ou coisa parecida.

— Não é verdade. Ele morreu.

Ela falou com tanta naturalidade que Samanta se espantou.

— Ele não estava louco.

— O que aconteceu?

— Isso sempre acontece em cidades pequenas, não é? — perguntou a livreira, se levantando. — Não importa qual seja a verdade sobre qualquer assunto, os boatos são mais fortes. Como nós

65

optamos por não divulgar o que aconteceu, o boato de que ele tinha ficado louco se espalhou e tornou-se "verdade". — Ela fez aspas com os dedos no ar. — Quer beber alguma coisa? Eu vou passar um café.

Rosa foi para os aposentos atrás do balcão perto da entrada do sebo. Samanta foi atrás e se apoiou no balcão, decidida que era melhor não ultrapassar aquele limite para não destruir completamente a noção que tinha daquele lugar.

— Eu aceito um café — disse.

Ela ouviu os sons da livreira mexendo em utensílios de cozinha e ficou surpresa com o fato de haver algo assim logo depois do corredor atrás da bancada.

— O que aconteceu com o irmão do Álvaro? — perguntou, tentando soar descompromissada. — É por isso que você me pediu pra vir de noite? O Álvaro não podia saber que a gente ia conversar sobre o irmão dele?

— Não, não podia — disse Rosa, lá de trás.

A jovem entortou a boca.

— E então?

— É uma história complicada, Samanta — comentou a outra, separando duas xícaras e aparecendo por um instante do canto da parede. — Talvez o Beto tenha *realmente* ficado um pouco louco, mas tinha seus motivos.

— Tinha?

— Sim — respondeu ela. — Ele era o dono desse sebo, você sabia?

— Acho que você comentou, uma vez ou outra.

— Ele era um homem letrado, um escritor. Vivia de livros em todos os sentidos. Foi ele quem encontrou o outro *Ex Libris* aqui. Eu até imagino que devam existir muitos outros — disse.

— Uma biblioteca inteira deles.

— Talvez.

— E esse livro que ele encontrou... era o dele?

— Não, não. Acho que isso não seria possível. — A água fazia um barulho gorgolejante dentro da máquina de passar café. — Não sei o que aconteceria se alguém tentasse ler o próprio.

— Não veria nada. O Davi abriu o livro e falou na minha cara que eu poderia usar como um caderno. Eu acho que ele só viu páginas em branco.

— Você quer o café puro ou com leite?

— Com leite.

Ouviu o vácuo desfeito de uma geladeira sendo aberta, passos para um lado, depois para o outro.

— O livro que o Beto encontrou era da Ana, a esposa dele — disse Rosa, abrindo e fechando gavetas. — Ou, melhor dizendo, da então *futura* esposa dele.

— Ele não a conhecia?

— Não, mas não foi difícil descobrir que ele estava naquela história. — Rosa apareceu e apoiou parte do corpo no corredor, esperando que o café ficasse pronto. — Através do livro, ele descobriu que iria se casar com aquela mulher, além de tudo sobre a vida dos dois juntos.

— Isso é trapaça. — Samanta deu um sorriso debochado.

— É, acho que é. — Rosa a acompanhou, dando uma breve risada. — Por outro lado, ele se descobriu incapaz de não cometer os erros que *sabia* que ia cometer. De alguma maneira, parecia que aquele livro *sabia* que seria lido.

— Como assim?

— Parecia que toda a história que estava no livro *acompanhava* o fato de Norberto tê-lo. — Ela voltou-se outra vez para a cozinha. — É claro que diversas coisas que ele efetivamente fez só aconteceram porque ele tinha lido que iriam acontecer. Ele nunca se esquecia de nenhuma data comemorativa, trazia buquês, fazia declarações com as palavras que a Ana queria ouvir. A questão é que a narrativa do livro considerava que seria encontrado por Norberto desde sempre.

— Como se não houvesse a possibilidade de ele *não* encontrar o livro — comentou Sam.

— Exato.

Rosângela desligou a máquina de passar café e serviu duas xícaras. A jovem aceitou o açúcar que a mulher ofereceu e misturou com uma pequena colher, pensativa.

— É claro que eu e o Álvaro não sabíamos disso, na época — disse a livreira, tomando um gole de seu café preto. — Só descobrimos depois que o Beto morreu e encontramos o livro. Foi quando as coisas começaram a fazer sentido. Antes disso, nós também achávamos que ele tinha enlouquecido, mas imaginamos que fosse por conta da doença da Ana.

— A mulher dele estava doente?

— Sim. Ela faleceu depois de lutar contra a leucemia por um ano inteiro — disse Rosa, olhando para fora da janela. — O estranho foi que ele definhou com ela, mas em um ritmo ainda maior. Como se estivesse ainda mais doente.

— E você sabe o porquê? Ele estava realmente ficando louco?

Ela deu de ombros.

— Não sei. Ele insistia o tempo inteiro no quanto queria poder mudar tudo e como era incapaz de fazê-lo — disse Rosa, tomando mais um gole de seu café. — Ele dizia que as coisas não mudavam, não importava o que ele tentasse. Hoje nós sabemos que ele estava se referindo ao livro. Aparentemente, ele sabia o que ia dar errado, mas não conseguia acertar as coisas.

Samanta coçou o queixo, pensativa.

— Mesmo os erros que *ele mesmo* cometeria?

— Não sei, mas imagino que sim... — respondeu a outra, andando lentamente pelo sebo, olhando para as prateleiras vazias.

A garota ficou em silêncio por algum tempo, apenas bebendo seu café com leite e olhando para fora das janelas, sem saber exatamente como fazer a pergunta seguinte.

— Então ele sabia que ela ia morrer. Esse era o final do livro?

— Era o final da história dela — Rosa disse.

Inconscientemente, as duas olharam para o livro de Davi, silenciosa e misteriosamente pousado sobre a mesinha no meio das duas poltronas, sob um luar sutil e enigmático.

— Isso não quer dizer que toda essa história seja verdadeira — disse a livreira, ainda que suas feições estivessem sérias e frias.

— Até porque eu ainda não tenho certeza *do que é* esse livro.
— Samanta deu um meio sorriso torto. — Não é como se esse livro contasse todo o destino dele, não é?

Rosa pousou sua xícara no pires.

— Não, querida. Claro que não.

CAPÍTULO OITO

FLORES DE VERDADE

A SOMBRA DA ÁRVORE MUDAVA CONFORME AS FOLHAS FARFA-lhavam para lá e para cá, ao sabor da brisa, completamente alheias à presença da garota sob a copa. Sentada na grama, com as costas apoiadas no tronco, Samanta observava o cemitério plácido.

Dali conseguia ver o túmulo da mãe de Davi.

Ela encontrara seu amigo mais de uma vez junto daquela árvore, olhando para o túmulo à distância. Ele fazia isso com uma frequência perturbadora, mas ela jamais pensara em dizer a ele para não ir até lá, sabendo o quão delicado era aquele assunto para o amigo. Então, ela o deixava ficar lá, calado. Quando chorava, limpava o mais rápido possível o rosto, fingindo que nenhuma lágrima jamais correra pela sua face.

Nos últimos tempos, porém, ele se esquecera do cemitério. Nunca mais o visitara. Nunca mais sentara debaixo da árvore, e os dois nunca mais haviam apoiado as costas um no outro para observar a paisagem, pensando, como se nenhuma palavra no mundo fosse capaz de transmitir o que aqueles momentos significavam.

Na verdade, Davi parecia ter esquecido de Samanta, também.

Ouviu o som de uma porta de carro se fechando e olhou para trás. Uma idosa era acompanhada por um homem que provavelmente era seu filho para fora do automóvel e depois pelos estreitos caminhos de pedra do cemitério.

A jovem fechou o *Ex Libris* e o guardou de volta na mochila. Ainda não estava pronta para ler o final.

Com um suspiro, levantou-se e andou até o túmulo da mãe de Davi.

O cemitério não era como aqueles de mármore e granito empilhados de outros pontos da cidade. Era uma longa colina gramada com pedras marcadas por inscrições profundas despontando do solo e caminhos de pedra que enveredavam por entre elas. Havia flores junto de cada uma das pedras, mas a maior parte delas – como era de se esperar – eram de plástico.

A pedra da mãe de Davi era simples e possuía algumas margaridas de plástico por trás, em um recipiente integrado à estrutura.

RACHEL FERREIRA
05 / 05 / 1969 – 19 / 07 / 2004

Não havia mais nada escrito, não era necessário. Todas as lágrimas que Davi já derramara à frente daquela pedra e todas as palavras que murmurara tinham de ser suficientes.

Dessa vez, não era para chorar em frente ao túmulo dela que Samanta estava ali.

Virou-se e seguiu por um dos caminhos do cemitério, evitando a idosa e seu filho. A mulher se abaixou para deixar uma rosa branca sobre uma das lápides. O homem ao seu lado usava óculos escuros e guiava a mulher com uma gentil mão em suas costas, os passos dela eram pequenos e lentos.

Samanta percebeu, enquanto estava ali, que ela queria que Davi estivesse lá para tentar ajudá-la a resolver o problema que era aquele livro. O que ela sentia, porém, é que ele não se interessava o suficiente para estar com ela naquele momento.

Na verdade, queria que ele estivesse presente para apoiá-la na difícil decisão que precisava tomar: o que fazer, afinal, de seu futuro. As opções e possibilidades eram tantas que ela simplesmente não tinha a mínima ideia de que caminho seguir. E não parecia haver qualquer solução para a situação, exceto confrontá-la. Algo para o que a jovem ainda não se sentia preparada. E não sabia quando estaria.

Sacudiu esses pensamentos para fora da mente, cogitando se não deveria estar feliz por ter o livro com que se preocupar. Se não fosse por ele – sentiu seu formato contra suas costas, na parte de trás da mochila –, teria de refletir sobre outros assuntos.

Procurou traçar um caminho pelo cemitério de maneira a passar por todas as pedras, mesmo as mais isoladas. Algumas ficavam à sombra de árvores, um pouco mais para cima ou para baixo no terreno do que as outras.

Depois de meia hora andando e passando os olhos pelos sobrenomes, encontrou o que buscava.

NORBERTO FREITAS ALBUQUERQUE
11 / 09 / 1953 – 22 / 02 / 1988

Não havia nenhum motivo em especial para visitar o túmulo do homem que um dia fora dono do sebo. De qualquer forma, Samanta sentira-se inclinada a ir até o cemitério para encarar o nome dele. E encontrou o que procurava:

"-Ah, se para mudar o destino fosse necessária
apenas a tinta da pena sobre o branco do papel..."
Antonio Goularte Francez.

Deu um sorriso.

Tirou a mochila das costas e a colocou no chão, puxando um pequeno bloco de notas e a caneta que levava sempre consigo. Anotou a frase e o nome do autor. Não estava decepcionada com o que encontrara. Se ele, de fato, ficara louco por não poder mudar o que estava escrito, não era de se admirar que seu epitáfio fosse a respeito disso.

Ao lado da pedra dele ficava a de sua mulher.

ANA BEATRIZ DE FÁTIMA
30 / 08 / 1954 – 15 / 04 / 1988

Samanta coçou a sobrancelha.

— Espera aí... ela morreu *depois* dele. O que será que aconteceu?

Obviamente não haveria nenhuma outra resposta ali. Virou-se e atravessou o cemitério, passando pela idosa e seu filho, ainda pacientemente auxiliando sua mãe a trocar as flores de verdade que enfeitavam a lápide de seu falecido marido.

CAPÍTULO NOVE

O VALOR
DA MULTA

NÃO SERIA NEM UM POUCO SENSATO RECORRER AO SEBO OUTRA vez tendo em vista a situação pela qual passara com Rosa, além de toda a história envolvendo Álvaro e seu irmão falecido. Não que ela não tivesse vontade de ir ao local novamente, mas sentia-se mal por estar trazendo à tona memórias tristes do casal que administrava o lugar.

Parou em frente ao balcão na porta de entrada da biblioteca municipal e deu um leve pigarro para chamar a atenção da recepcionista.

Samanta até gostava do ambiente da biblioteca, ainda que possuísse livros mais antigos do que os exemplares do sebo, funcionasse com a limitante obrigatoriedade de ficar em silêncio e tivesse um pé-direito muito baixo. A principal razão para ela não visitar o lugar com mais frequência, porém, era a bibliotecária.

— Oi, Bianca.

Ela apenas ergueu os olhos do celular, sentada atrás de um computador. Tinha uma aparência tão cansada e desmotivada que fazia Sam sentir um aperto no estômago toda vez que a via.

— O que deseja?

— Eu tô procurando por um livro, mas não sei qual é o título.

Bianca bufou quase imperceptivelmente, digitou mais duas palavras na tela e enviou uma mensagem. Lentamente – e sem qualquer sinal de boa vontade – largou o celular ao lado do teclado e pousou os dedos sobre as teclas, olhando para a tela antiquada daqueles computadores que ainda tinham tubo e uma segunda tela de vidro escurecido à frente.

— Não achou no sebo, Samanta?

Esse era um agravante: as duas se conheciam do colégio. Bianca tinha se formado dois anos antes e saíra do ensino médio direto para... a biblioteca. Não seria ruim, não fosse o fato de que ela nunca lera um livro sequer na vida. Samanta ainda não sabia como ela conseguira aquela vaga.

— Eu não procurei. O sebo vai fechar, inclusive.

75,00 EX LIBRIS

— É, eu soube. — A mulher ergueu o canto direito da boca, o mais perto de um sorriso que Samanta já a vira esboçar. — Acho que os ataques de rinite vão diminuir pela metade, quando isso acontecer.

Sam ergueu uma sobrancelha, intrigada.

— Qual é o título? — perguntou a outra.

— Eu só sei o nome do autor. Antonio Goularte Francez.

Como se catassem milho, os dedos indicadores – e *apenas* os dedos indicadores – de Bianca tocaram uma tecla por vez, digitando vagarosamente o nome do autor no campo indicado na tela.

— Esse autor só tem um livro. É *O Livro do Destino*.

— Ótimo, é isso que eu queria. Onde fica?

O celular dela vibrou ao seu lado, e ela esticou o pescoço para ler a mensagem.

Depois, com um longo suspiro, olhou para a tela do computador outra vez e deu a indicação.

— Tem dois exemplares na terceira fileira de prateleiras, no fundo.

— Legal.

Virou-se para ir em direção à sala principal da biblioteca, mas Bianca a interrompeu.

— Você sabe que não vai poder retirar o livro, né?

— O quê? Por quê?

— Pelo que consta na sua ficha, você retirou um livro há cinco anos e não devolveu — respondeu a mulher, erguendo de novo o canto da boca. — Teríamos de calcular a multa. Não sei bem quanto ficaria.

— Eu achei que, quando esse tipo de coisa acontecia, as bibliotecas davam uma colher de chá para os usuários.

— Talvez antes de *eu* começar a trabalhar aqui — disse ela, com uma ponta de sarcasmo e crueldade na voz.

— Mas que raio de livro é esse, afinal de contas? — Samanta coçou a cabeça, tentando se lembrar de quando fora a última vez que retirara um livro na biblioteca e procurando não se desesperar com o valor que imaginava para a multa.

— *O Senhor dos Anéis.*

Ela se lembrava muito bem do que acontecera. Samanta pegara o livro emprestado na biblioteca porque não tinha certeza se conseguiria ler inteiro, então decidiu fazer o teste antes de comprar um exemplar. Logo de cara percebeu que não era o tipo de livro para ela, mas Davi apareceu na sua casa e disse que queria fazer um teste similar. Ela apagou a lembrança da mente até aquele exato momento, mas logo ficou clara a memória do tijolo que era o volume único de *O Senhor dos Anéis* em meio aos outros livros na estante de Davi. Ele tinha dito que, se não gostasse do livro, ia devolver no lugar dela.

— Ah, sim. Vou ver se consigo encontrar.

Bianca nada disse, mas mostrou os dentes – seria uma segunda versão de um sorriso dela? –, e voltou para a tela do celular.

A garota passou pela porta aberta que dava na sala principal da biblioteca e foi direto para a terceira fileira de estantes, até o fundo. O lugar não era exatamente grande, mas guardava um número considerável de livros. A biblioteca ocupava o subsolo inteiro de um prédio municipal cedido a uma universidade, por isso tinha o pé-direito tão baixo. O topo das estantes quase tocava o teto.

Como não tinha anotado a referência do livro, precisou dar uma olhada geral em todos que estavam naquela região de estantes. Não demorou muito para a menina puxar para fora um livro não muito grosso, de capa mole e com uma ilustração meio brega. O título estava impresso em amarelo, tentando imitar um acabamento dourado, e o nome do autor aparecia na parte de baixo. A capa apresentava a entrada de uma construção encravada em um paredão de pedra, parecida com Petra.

— *O Livro do Destino*, A. G. Francez — leu a garota em voz alta.

Com a obra em mãos, foi até uma das grandes mesas retangulares com fortes luzes fluorescentes que serviam para leitura, procurando a mais próxima possível de uma janela. Virou-se de frente para a luz do dia e sentou.

Seriam as páginas de um livro capazes de definir o destino de alguém?

Daniel era um garoto normal, com uma vida pacata em uma cidade do interior, até descobrir a existência de um livro mágico capaz de contar sua própria história. Surpreso com a descoberta, Daniel empreende uma busca pela origem do livro: uma biblioteca onde existe um exemplar que conta a vida de cada pessoa do planeta.

Abismado, mas exultante com a possibilidade de construir seu destino, Daniel decide que a melhor chance de conquistar a garota que ama é escrevendo sua própria história e, pelo menos uma vez na vida, trilhar seu verdadeiro caminho.

Samanta torceu o nariz.

— Quer dizer que o que impulsiona o personagem é a vontade de conquistar a garota de quem ele gosta? — perguntou-se, intrigada. Virou o livro nas mãos uma vez e outra. — Não é muito original.

Ocorreu-lhe, então, a razão pela qual estava na biblioteca, pesquisando sobre aquele livro. Imediatamente sentiu-se sozinha no mundo, desconectada da realidade. Parecia uma personagem de um livro de ficção qualquer, incapaz de tomar suas próprias decisões, à mercê das ideias de um escritor imaginário – muito maior que ela e responsável por todo e qualquer ato de sua parte.

Para testar sua própria realidade, Samanta beliscou o próprio braço. Doeu, mas a metafísica não desapareceu, como queria que tivesse acontecido. Um pouco perturbada com o pensamento, optou por simplesmente deixá-lo de lado. Não era hora de se preocupar com as coisas que realmente importavam.

Abriu o livro e analisou o sumário. Os capítulos eram numerosos, os títulos pouco criativos. Alguns sequer tinham título, contando apenas com um número solitário que marcava a continuidade da história.

— Será que é tão difícil assim dar um título para cada capítulo? — pensou em voz alta.

O capítulo que realmente a interessava era o intitulado "A Biblioteca do Destino".

Passou os olhos por todo o livro até chegar à página 226. Daniel estava na oitava série e tinha uma paixão platônica pela menina mais bonita da classe, cobiçada por todos os seus amigos. Todos eles tinham o desejo de algum dia namorar com a garota – chamada Vanessa –, mas nenhum tinha coragem de se aproximar dela. Certo dia ele encontrara um livro que narrava sua própria vida e descobrira que seu destino era ficar com ela. Para isso, porém, precisaria inserir definitivamente nas folhas de papel as palavras que tornariam isso possível, já que uma parte da obra estava em branco.

Samanta pulou uma boa porção do livro, passando pelos dilemas adolescentes do garoto, da rejeição pela menina de quem ele tanto gostava, da busca pelo seu destino.

Havia uma ilustração na abertura do vigésimo segundo capítulo, com uma versão da imagem da capa mais aprimorada e detalhada. Toda feita com hachuras – como as lindas imagens de uma edição antiga de *A Divina Comédia* que a garota admirava há muito tempo –, a ilustração mostrava a tal Biblioteca do Destino, que parecia realmente imponente. A fachada aparentava ser esculpida em pedra nua, com duas colunas de cada lado de uma fabulosa porta dupla.

Daniel olhou, assombrado, para a grande porta de entrada da Biblioteca do Destino. Ficou sem palavras ao ver a magnitude do lugar, convidando-o a entrar por sua grande porta para o estranho frio que vinha lá de dentro.

Não se demorou do lado de fora, sabendo que o que procurava estava no interior. Havia centenas de milhares de livros, cuidadosamente posicionados em altas prateleiras com pequenas escadas com rodinhas que se movimentavam por trilhos para os lados e permitiam alcançar os mais altos. Antes que pudesse examinar o lugar mais a fundo, uma voz ressoou por todos os lados, fazendo um arrepio percorrer sua espinha.

"Daniel Freitas, eu estive esperando por você.", disse a voz.

"Quem é você?", perguntou Daniel, inseguro, pensando se deveria mesmo estar naquele lugar.

"Eu sou o Escrivão."

Samanta decidiu parar por ali. O diálogo era muito forçado, e a ideia de existir uma pessoa responsável pela tutela de um lugar chamado "Biblioteca do Destino" e que ainda se intitulava "Escrivão" era um pouco demais para ela levar a sério – considerando-se a suposta gravidade da situação que envolvia Davi e seu *Ex Libris*. Além do mais, a história d'*O Livro do Destino* contava que Daniel lia seu próprio livro, o que Davi não conseguia fazer.

Segurou um leve riso. Estava tão certa de tudo o que estava acontecendo que nem mesmo se dava conta do quão ridícula era a situação em que se encontrava.

Quando ia saindo, Bianca a chamou.

— Espero que eu não precise revistar a sua mochila, certo? — disse, erguendo uma das sobrancelhas e batendo de leve com a caneta sobre os lábios, distraída. — Tenho certeza de que você deixou o livro em cima da mesa.

Ainda que sentindo algum peso na consciência, além do que o próprio livro fazia em sua mochila, a garota sorriu.

— Claro que não — respondeu à pergunta, e foi embora o mais rápido que pôde.

EX

LIBRIS

CAPÍTULO DEZ

OUTRA VEZ A HISTÓRIA DE FUTURO

OUTRA VEZ A
HISTÓRIA DE FUTURO

— SAM, POSSO ENTRAR?

Aprumou-se na cama, apertando o botão de bloqueio do celular e o largando de qualquer jeito sobre a mesa de cabeceira.

— Hã... claro, pai.

Ele abriu a porta com um cuidado até engraçado, como se tivesse receio de fazer muito barulho. Era algo anormal ele entrar no quarto da filha. Geralmente ficava do lado de fora e falava com ela por detrás da porta, chamando-a para jantar, oferecendo-lhe conselhos fortuitos ou dizendo que o banheiro estava liberado. Ele andou na ponta dos pés até junto da cama e ficou na dúvida sobre o que fazer, ameaçando sentar-se na beirada e desistindo em seguida. Por fim, acabou puxando a cadeira de rodinhas que ficava junto da escrivaninha e sentando-se.

Samanta mordeu inconscientemente o lábio inferior, sabendo exatamente qual seria o assunto a ser tratado, e apoiou a cabeça na mão, esfregando os pés debaixo do cobertor.

— Como está o Davi? — perguntou o homem, dando um sorriso que não mostrava os dentes.

— Acho que está bem — disse Samanta, pouco segura de sua resposta, ainda lembrando da briga entre os dois três dias antes.

— Faz uns dias que eu não falo com ele. Ele estava ocupado estudando pro vestibular.

— É nesse final de semana, né?

— Sim. Acho que agora ele já deve ter pegado o ônibus.

Sam não saberia bem descrever a sensação que a tomava por estar sem falar com seu melhor amigo há dias. Parecia quase uma traição ele ir embora para resolver uma coisa tão importante quanto a sua vida profissional sem dirigir mais uma palavra sequer à garota que deixaria para trás, desiludida com o que faria de *sua* vida.

— Acho que sim. Ele ia tentar...?

— Engenharia civil, pai.

— Sim, isso mesmo.

Ele tentou relaxar, se inclinando para trás na cadeira, mas o fato de uma das rodinhas estar quebrada fez com que ele perdesse o equilíbrio e quase caísse no chão. Ele rapidamente voltou à posição normal, de olhos arregalados.

— Por que não me falou que a sua cadeira estava quebrada? A gente tem que dar um jeito nisso, é perigoso—

— Pai, eu sei que você veio aqui pra falar sobre o que eu vou fazer da minha vida, então não precisa ficar dando desculpas — disse a jovem, que poderia rir da quase queda do pai se a conversa não fosse novamente sobre o *mesmo* assunto de sempre.

Ele respirou fundo e soltou o ar devagar, olhando para todos os cantos do quarto até finalmente parar nos olhos da filha.

— Olha, Sam, eu sei que é difícil decidir tão cedo o rumo que você quer tomar para a sua vida — começou. — Mas você sabe que precisa estudar mais, não sabe? Não pode simplesmente decidir que já sabe tudo e que pode ir trabalhar no que quiser. Ninguém vai levar o seu currículo a sério se você não tiver nada para mostrar.

— Mas tem gente que nem consegue estudar em uma faculdade.

— É verdade, mas você tem a chance de fazer isso. E precisa aproveitá-la.

A garota revirou os olhos.

— Eu sei que eu preciso tomar um rumo, mas não é tão fácil assim. Eu pensei durante todo o ano, eu tentei decidir o que queria fazer, mas não consegui! Eu queria muito ser como o Davi, ou como a Nanda, que sempre souberam o que queriam fazer da vida. Ou, pelo menos, sempre fingiram muito bem. Eu sou mais como... sei lá, como a Elis, sem um rumo definido. E eu gosto disso. Gosto de não ter um objetivo tão específico, porque isso significa que eu posso mudar de ideia no caminho. Eu sou livre pra ser o que quiser, não é?

O pai não parecia exatamente satisfeito com a resposta.

— Não é assim que funciona, Samanta.

Ela olhou para fora da janela, preparando-se para escutar o sermão.

— No mundo do trabalho, tem muita coisa em jogo, e você não vai poder "mudar de ideia" a qualquer momento — ele disse, sério.

— Eu não eduquei você para ser uma empregada qualquer. Eu não tenho nada contra a Elis, mas espero mais de você do que se contentar em ser uma atendente de cafeteria. E, para isso, você precisa estudar mais, fazer cursos, se capacitar para ser *alguém* na vida. A última oração pareceu um pouco deslocada para ela. O que seria ser *"alguém"*?

Preferiu não perguntar.

— Sim, pai. Eu sei.

— Você precisa continuar estudando, precisa se aperfeiçoar. Ninguém mais aceita pessoas desqualificadas para nenhum cargo. Até pra ser gari é preciso ser formado em alguma coisa! — Ele deu um sorrisinho. — E eu não quero te desmotivar, nem pressionar. Só quero que saiba que eu e sua mãe estamos aqui para ajudá-la no que for preciso. Só queremos o melhor pra você.

— Eu sei.

Augusto deu mais um sorrisinho sem graça e dois tapinhas no joelho da filha. Depois, levantou-se e foi embora, deixando a cadeira onde estava.

A garota respirou fundo e deu uma olhadela na direção do celular, cuja minúscula, mas insistente, luz de notificações piscava de quando em quando. Virou a tela para baixo e puxou o *Ex Libris* de Davi para suas mãos. Estava interessada em descobrir se, afinal, toda a dedicação dele em estudar renderia uma vaga na faculdade.

Passou os dedos pela borda dourada das páginas perguntando a si mesma em que ponto da história estaria o vestibular. Abriu a esmo e, horrorizada, fechou em seguida.

Foi naquele momento que ela percebeu o quão gritantemente curto era o livro.

Abriu-o de novo e folheou rapidamente.

Quantas páginas seriam no total? Nem todos os dias eram computados e, ela notou, até meses se passavam sem sequer uma nota. O começo da história era especialmente nebuloso, com uma entrada aqui, outra ali, mas muito tempo de história não narrado. Seria isso o que se chama "livre-arbítrio"?

Depois de mexer bastante no livro, quando finalmente encontrou o dia do vestibular, percebeu que não faltava muito para o final do livro.

— Isso significa que...

Significava que Davi não viveria muito.

Segurou entre os dedos o pequeno maço de folhas que correspondia ao restante da vida dele. O resto da vida de seu melhor amigo estava escrito em algumas páginas no final de um livro antes esquecido no subsolo de um sebo. Entre seus dedos estava a vida do garoto que passara toda a sua infância com ela, incentivando-a a ser ela mesma e a não ter medo do mundo.

Pelo menos costumava ser assim.

Observando o fim da história de Davi, ela só conseguia pensar em como as coisas haviam mudado, e no quanto ele havia se distanciado dela. Agora, eles quase não iam ao sebo e dificilmente se encontravam para não fazer nada como antigamente. Nunca mais haviam passado a tarde inteira debaixo da árvore do cemitério ou assistindo a uma maratona de filmes ou séries, apostando quem conseguiria encontrar mais *easter eggs*.

— Isso é uma bobagem — disse, subitamente. — Esse livro é uma coincidência.

Uma estranha coincidência.

Samanta colocou o livro sobre a mesa de cabeceira. O objeto empurrou o celular, que levou o despertador ao chão. A pilha do objeto voou para um lado e a tampinha, para outro. A garota, irritada, levantou da cama para recolher ambos.

Quando ela inseriu a pilha de volta, o relógio zerou.

Lentamente, como se atingida por um sinal divino, colocou cuidadosamente o despertador de volta em seu lugar, arrumando a superfície. O episódio a fez ter dúvidas sobre pegar o *Ex Libris* ou lançá-lo para fora da janela.

De volta à cama, escondeu-se debaixo do cobertor, apertando os olhos. Talvez, se dormisse, o livro teria desaparecido ao acordar, e tudo não teria passado de um sonho besta.

FABIO BRUST

Quando abriu os olhos de novo e espiou para fora da coberta, lá estava ele.

Antes que se desse conta do que estava fazendo, o exemplar estava em suas mãos e os dedos finos e ágeis correram para o final. Ela sabia muito bem que não era dessa forma que devia resolver o assunto, mas o impulso era mais forte do que ela, e, incapaz de resistir a ele, ela olhou para as últimas palavras.

Após uma série de eventos marcantes e sentimentos conflitantes que, de certa maneira, mudam sua vida por completo, Davi morre em um incêndio.

Samanta ficou pelo menos um minuto inteiro olhando para aquela última frase, sem saber exatamente o que fazer ou pensar. Então, largou o livro sobre o edredom e agarrou o celular desesperadamente.

— Atende, atende, atende...

Caiu na caixa de mensagens. Não se deu ao trabalho de gravar uma.

Mesmo assim, ligou mais uma vez. E outra. E mais uma.

Em nenhuma delas ele atendeu.

CAPÍTULO ONZE

SORVETE VAI BEM COM TUDO

SORVETE VAI
BEM COM TUDO

— VOCÊ SABE QUE ELE PODIA JÁ ESTAR FAZENDO A PROVA, NÃO sabe? — Elis gesticulou com a colher longa na direção de Samanta. A garota olhou para a taça de sorvete que a amiga fizera questão de que ela pedisse, mas não sentia vontade de prová-la. Seu estômago revirava. E, depois da frase da amiga, talvez não fosse exatamente o medo de algo acontecer a Davi que a fazia ficar assim.

— Será?

— É claro. Os portões abriam à uma, e você disse que tinha dormido até mais tarde, né?

A jovem torceu a boca e concordou.

— Bom, sim. Mas não quer dizer, quer?

— "Quer dizer", sim. Pode ter sido por isso que ele não atendeu.

Sam passou a mão pela testa.

— Droga! Eu sou uma idiota.

Elis deu outra colherada no *sundae* e puxou o *Ex Libris* para si, por cima da mesa. Leu o final em uma passada de olhos.

— É um final bem... aberto.

— Sim. Não tem nada detalhado. Só diz que é num incêndio — disse Samanta, preocupada.

A amiga a analisou friamente por um instante.

— Você está *mesmo* considerando que esse livro é verdade? — perguntou.

— É muito específico para ser uma coincidência, Elis. — Ela abriu as mãos sobre a mesa, exasperada. — Esse livro narra toda a vida do Davi, *toda a vida dele*. Tem coisas específicas demais. *Eu* apareço aí o tempo inteiro. Inclusive a vez em que...

Sentiu-se corar.

— A vez em que vocês se beijaram.

— É. Tá aí também.

Elis deu de ombros, não parecendo levar a situação tão a sério quanto a outra menina.

— Ainda assim, não significa necessariamente que vai acontecer tudo o que está escrito. — Apontou para a taça de sorvete.

— Você não vai tomar, não? Eu tô começando a me arrepender de ter me oferecido para pagar.

Samanta deu uma colherada, mesmo que a contragosto.

— Não significa que vai acontecer, mas *tem acontecido*. Desde que eu peguei o livro lá no sebo parece que só fica mais e mais evidente que esse livro tem algo de...

— Estranho?

— Especial.

— Isso é verdade. Não é um livro normal.

As duas ficaram em silêncio por algum tempo, só tomando o sorvete. O estabelecimento não estava muito cheio – provavelmente pelo fato de não ser um dia muito quente.

— Eu fui até o cemitério no outro dia — disse Samanta.

— O quê? Por quê?

— Eu não sei. Só achei que talvez tivesse alguma coisa para ser descoberta por lá, e tinha — disse a garota. — Lembra da noite em que fui conversar com a Rosa?

— O dia em que você pegou carona com o Thiago.

— Sim. A Rosa me contou que o irmão do Álvaro, o dono do sebo, tinha o livro da esposa dele. Eu não entendi muito a fundo a história, mas a mulher dele tinha uma doença e acabou morrendo. Ele, não tendo suportado perdê-la, acabou morrendo também.

— Linda história. — Elis ergueu uma sobrancelha.

— Eu encontrei as lápides dos dois. E tinha uma citação desse cara.

Sam colocou sobre a pequena mesa redonda da sorveteria o livro que arranjara na biblioteca.

— *O Livro do Destino* — leu a outra. — Eu acho que já li. Não era um dos obrigatórios do colégio?

— Não. Eu me lembraria. Além do mais, é péssimo. — Deu um tapa na capa, como se enfatizasse a falta de qualidade do livro. — Não é à toa que eu não conhecia.

— Por que você tá com ele, então?

Samanta deu de ombros, ainda que soubesse a resposta.

— É a história de um garoto que encontra seu próprio livro e decide ir atrás da Biblioteca do Destino para escrever sua história — explicou Samanta. — Não encaixa perfeitamente com o que está acontecendo, já que o Davi não consegue ler o livro dele, e na história o livro não tem título... mas é parecido o suficiente pra me deixar incomodada.

— Você não acha que tá exagerando?

— Achava, até ler sobre a morte do Davi — respondeu a jovem, inquieta, já tomando o sorvete de forma automática. — Agora já não sei bem o que pensar. Pode até ser que isso seja uma coincidência ridícula, mas eu não tenho como ignorar. Não depois do que a Rosa me contou.

— E você acha que esse livro da biblioteca pode te ajudar?

— perguntou Elis, olhando para a ficha vazia de retiradas da biblioteca pública, no verso da contracapa. — Espera aí... não tem o carimbo da sua retirada.

— Parece que eu não posso retirar livros na biblioteca — resmungou a garota.

— E aí você *roubou um*? — Elis começou a rir. — *Samanta!*

A jovem riu também e fez um som característico para pedir silêncio. Um casal, sentado na outra ponta da sorveteria, olhou para as duas, curioso.

— Eu não *roubei*, eu só peguei emprestado.

— Certo. E o que pretende descobrir com ele?

— Ainda não sei — respondeu ela, francamente. — Mas espero descobrir.

As duas se encararam por alguns instantes, e Elis roubou uma das balas de goma que estava por cima do sorvete de Sam. Quando ela ia reclamar, a garota levantou o indicador.

— Eu vou pagar, não vou?

LUZ AMARELA
E LARANJA

COM O CANTO DO OLHO, SAM VIU A LUZ DO QUARTO DE DAVI se acender.

Não estava realmente olhando para ela, nem ao menos estava pensando nele, mas era impossível não perceber que ele estava de volta.

Imediatamente se sentiu aliviada. A menina pousou o livro que estava lendo ao seu lado, em seu canto preferido, e suspirou. Então, tocou o vidro da janela na altura em que via a luz acesa.

Lodo depois, pegou o celular e escreveu uma mensagem, digitando rápido e enviando em seguida.

> Que bom que você voltou.
> Como foi no vestibular?

Demorou alguns segundos para ele responder, mas, antes de fazê-lo, sua cabeça surgiu na frente da luz da janela do quarto, desaparecendo logo depois.

> Você tava de vigília pra saber quando eu ia chegar?

> Não, só vi a luz acesa.

> Ah.

> Como foi no vestibular, afinal?

Samanta ficou olhando para a tela, ansiosa.

> Tranquilo.

> Eu tentei te ligar. Você não viu?

> A prova já tinha começado.
> Não tinha como atender.

93

> Não viu depois da prova?

> Eu vi, mas achei que já tinha perdido o *timing*.

> Podia ter me ligado. Eu tava preocupada.

Havia sombras dançando dentro do quarto dele. Ela imaginou que ele estava desfazendo suas malas. O vestibular durara dois dias, e ele tinha ficado no apartamento de uma tia na capital durante esse período.

> Preocupada por quê?

> Preocupada, ué. Você ainda é o meu melhor amigo.

> É.

Samanta coçou a cabeça e, enfim, decidiu marcar a página do livro, ainda aberto ao seu lado. Depois, voltou ao celular.

> Aconteceu alguma coisa?

> Não.

> Você tá estranho.

> Eu? Estranha tá você, me perseguindo.

> Qual é o problema?

> O problema é que não é porque eu não tenho mãe que você precisa assumir esse papel.

> Eu não tô tentando assumir o papel da sua mãe!

> Então para de encher o saco.

Seu peito apertou, e os olhos marejaram.

> É isso que você acha que eu estou fazendo? Enchendo o saco?

Ele não respondeu, e ela não sabia mais o que dizer. Seus dedos começaram a tremer sobre o teclado, mas as palavras certas não vinham à sua mente. Reprimiu a si mesma por olhar de novo para o *Ex Libris*, pousado sobre uma mesa próxima.

> Davi, a gente tem que conversar. Vem aqui em casa. Entra pelos fundos.

Receou que ele fosse ignorá-la, diante dos quinze minutos de espera que teve de enfrentar depois de apertar o botão para enviar a mensagem.

> Ok.

Samanta respirou fundo e largou o celular ao seu lado. Levantou os olhos para a luz do quarto dele e viu ela ser desligada logo em seguida. Ele devia estar a caminho.

Durante dez minutos ela ficou sentada no canto envidraçado em que costumava ler, incapaz de se concentrar em seu livro novamente.

Não sabia exatamente sobre qual assunto queria conversar com ele. Queria apenas vê-lo e ter certeza de que estava bem. E ainda havia o *Ex Libris*, que a intrigava e a fazia ter vontade de falar com Davi sobre o assunto, mesmo que ele o abominasse. Poderia mostrar a ele *O Livro do Destino*, mas isso não a levaria a nada.

Estava se enganando, é claro...

Ela sabia perfeitamente bem quais eram as palavras certas...

Uma sirene cutucou seu ouvido, vinda de longe, passando de forma urgente pela frente da casa dela. Ficou atenta por alguns segundos, mas decidiu deixar para lá.

Não conseguiu ignorar, entretanto, a aproximação de duas outras sirenes, que se movimentaram tão rapidamente quanto a primeira. Já era tarde da noite, e seus pais tinham ido para a cama. Então, ela correu para a janela da cozinha e deu uma olhada para fora, mas não conseguiu enxergar nada.

— Mas que...

Tropeçou em Luna no caminho até o pátio de trás. Saiu para o ar noturno e a gata escapou dela com uma facilidade incrível, desaparecendo por cima do muro. Poderia até se preocupar, mas Luna ia e vinha tantas vezes, que já não se incomodava mais.

Olhou para o céu noturno, repleto de estrelas, e percebeu um estranho clarão alaranjado vindo de algum lugar próximo, maculando o véu de astros no firmamento. A coluna de fumaça que espiralava para o alto foi o suficiente para ela sair correndo pela porta da frente e tomar a rua, carregando o livro da vida de Davi consigo.

Quase nunca ia para a rua à uma da manhã, muito menos completamente descalça. Tudo estava estranhamente vazio e quieto, ainda que fosse possível escutar as sirenes.

Fez a curva da quadra, com a vã esperança de ver Davi em algum lugar por ali, mas não havia sinal dele.

Correu pelo calçamento na direção do sebo.

Diminuiu a velocidade conforme se aproximava. Os caminhões dos bombeiros estavam ali, já lançando jatos fortes de água na direção do edifício. Labaredas escapavam pelas janelas e estalavam para

cima, cuspindo fagulhas e aumentando a coluna de fumaça preta que ela vira do quintal de sua casa. O calor ao redor do lugar era intenso, ainda mais em contraste com a noite fresca, quase fria. Passo a passo aproximou-se, os olhos vidrados no fogo. Encarou a capa do *Ex Libris* em suas mãos. Sem pensar muito, abriu-o e encontrou fácil a passagem que narrava o que estava acontecendo.

Davi sai de sua casa, mas não vai até Samanta, pois vê que o sebo está sendo destruído por um incêndio.

Simples assim.

Toda a história daquele lugar, todas as memórias que o envolviam... tudo estava perdido.

Caiu de joelhos no chão. Lágrimas escorriam por seu rosto, alcançando seu queixo e descendo pelo pescoço. O maldito livro narrava a destruição do sebo, e ela o tinha nas mãos. Mesmo assim, fora incapaz de lê-lo a ponto de impedir o incêndio.

— *O que está fazendo?* — perguntou um dos bombeiros, erguendo uma das mãos para ela. — *Afaste-se! É perigoso!*

— Tem alguém lá dentro? — ela conseguiu perguntar, tentando manter a voz firme.

O homem não respondeu, afastando-se rapidamente para continuar seu trabalho.

Samanta forçou-se a ficar em pé, dando pequenos e trêmulos passos atrás para se afastar do prédio em chamas. Suas mãos estavam sobre o rosto, sentindo o calor intenso ardendo em sua pele, mas ela não conseguia desviar os olhos.

Sentiu a mão de Davi pousando em seu ombro e olhou para ele.

Seus olhos também estavam marejados, e não havia qualquer palavra a ser dita.

Ele a tomou em seus braços e, sentindo-se sozinhos e desamparados em meio à noite, os dois choraram juntos.

DESSA VEZ, SAMANTA NÃO ESTAVA SOZINHA DEBAIXO DA ÁRvore do cemitério.

Ainda assim, preferia nem estar lá.

Deu uma fungada e limpou os olhos na manga da blusa. Já tinha chorado o suficiente.

— Davi, a gente *precisa* conversar.

— É. Eu sei.

Estavam de costas um para o outro. Faziam isso com frequência, quando eram menores, mas, naquele momento, tratava-se mais de timidez do que qualquer outra coisa. Samanta adquirira a estranha e irritante mania involuntária de ruborizar toda vez que enxergava o melhor amigo, então olhar para o outro lado era mais fácil. Além disso, o contato com as costas dele era reconfortante.

Já haviam se passado cinco dias desde o incêndio e, mesmo assim, ela não se sentia totalmente sã. Alguma coisa dentro dela parecia ter se quebrado. E, mesmo sentada debaixo da árvore, na tranquilidade daquele lugar, seu peito apertava.

Ela e Davi não tinham conversado muito até então. Pelo menos, não seriamente.

Tinham estado lá um para o outro, sendo ombro amigo e solidário. Davi secou as lágrimas dela com cuidado, e ela o fez também. Ele se mostrara forte durante muito tempo, mas, depois do funeral de Rosa, os dois se sentaram debaixo daquela mesma árvore e ele chorara. Não havia nada a ser dito, então eles simplesmente ficaram em silêncio.

Sucederam-se três dias quietos e perturbadores.

Três dias em que o sol se recusara a aparecer, refletindo o estado de espírito de ambos. Três dias e noites em que Samanta sentara-se para ler no seu recanto de vidro, mas não conseguira passar de um parágrafo, uma linha, uma palavra. Largara os livros e decidira apenas que não havia nada a ser feito que não fosse ficar em silêncio e pensar.

Sua mãe tentara consolá-la; seu pai, também. Ela dera muito valor às atitudes deles, embora não tivesse dito nada. Uma pequena parte de seu coração se aquecera com o abraço que ambos lhe haviam dado, em momentos diferentes – seu pai insistindo em ter de consertar a cadeira de rodinhas dela, a mãe sentando-se à beira de sua cama e lhe pousando um beijo de leve na testa.

Desde a noite do incêndio, recusara-se a passar na frente do sebo, crendo que, se demorasse tempo suficiente, o encontraria intacto um mês depois, ou um ano.

Elis apareceu em sua casa em um daqueles dias e a abraçara com força. As duas conversaram por horas a fio sobre qualquer outra coisa apenas para não pensar no que acontecera. Thiago ligara para seu celular várias vezes, mas ela não atendeu em nenhuma. Não estava no clima de falar com ele.

Na internet, dona Carmen postou um longo texto homenageando o sebo e, principalmente, Rosa. Rosa e o seu trabalho, Rosa e a sua dedicação, Rosa e seu carisma e simpatia. Dona Carmen escrevera tudo o que estava no coração de Sam, mas ela não conseguia expressar. Pensou em ligar para a mulher, ou encontrá-la em algum lugar para conversarem, mas não conseguia se ver fazendo isso. Decidiu mandar uma mensagem na internet e aproveitou para perguntar como estava o sobrinho dela.

A cidade não falava de outra coisa. Várias teorias haviam surgido sobre o que acontecera, mas os bombeiros disseram que havia sido um curto-circuito. Apenas... falta de sorte.

Ela tinha visto a cabeça do Davi uma vez ou outra espiando de sua janela na direção da casa dela, mas sabia que os dois precisavam de um tempo antes de conversar.

E, debaixo da árvore, os assuntos se tornaram muito mais profundos do que antes daquela noite.

— Você está bem? — perguntou ele, estendendo a mão para trás para pegar na dela.

Os dedos de ambos se encontraram, mas estavam gelados. Tanto ele quanto ela recolheram as mãos, sem graça.

— Acho que sim. E você?
— Vou ficar bem.
Ela anuiu com a cabeça, mesmo que ele não pudesse ver.
— Davi, naquela noite... eu fiquei desesperada. Achei que você, por algum motivo, poderia estar no incêndio.
— Por que eu estaria?
— Porque no seu livro...
Ela parou de falar, ciente da grande bobagem ou revelação que estava prestes a fazer. Não conseguia se decidir se pendia mais para um lado ou para outro, mas sabia que *precisava* falar sobre o assunto. Ela só não sabia se *queria* falar.
— Está escrito no seu livro que você vai morrer em um incêndio.
Demorou algum tempo para ele conseguir entender o que ela havia dito.
— O quê?
— No seu livro. O livro que a gente pegou no sebo.
— O caderno?
— Não, Davi. — Ela se desencostou dele e virou-se para observá-lo. — O seu *livro*. Seu *Ex Libris*. É um livro que narra toda a sua vida. Eu já te disse isso, e você continua ignorando a importância que isso tem.
Ele respirou fundo e virou-se na direção dela também.
— Sam, eu não tô de brincadeira. Achei que você também não estava.
— E não estou.
— Então, que história é essa?
— A história é que esse livro maldito conta toda a história da sua vida. E eu tô completamente desesperada porque li o final e está escrito que você *vai morrer em um incêndio!* — ela disse, aumentando o tom da voz, indignada.
Puxou o volume de dentro da mochila. Há algum tempo que ele se recusava a sair de lá.
— E o livro é... bem curto.
A menina mostrou o objeto ao amigo.

101 EX LIBRIS

— Sam, você sabe que—

— Davi, eu queria que você tentasse ignorar todos esses seus preconceitos e uma vez só me ouvisse falar sobre isso — ela o interrompeu. — Eu *não* estou brincando! Eu *jamais* faria uma piada tão sem graça sobre um assunto tão sério, principalmente depois do que aconteceu. Você pode me dar uma chance de contar tudo em que tenho pensado?

Ele torceu os lábios, mas concordou em silêncio.

— Eu só levei esse livro pra casa porque foi você que escolheu. E, quando eu mostrei o miolo, você não via nada e insistia que era um caderno. Isso me deixou curiosa, então decidi tentar descobrir do que se tratava. Em casa, quando fui ler, eu vi as suas iniciais e percebi que era a história da sua vida. Tinha sido logo depois da formatura, e estava tudo lá. Todos os seus passos, escritos um a um, nas páginas desse livro.

Ela pousou o livro no chão.

— Eu fui conversar com a Rosa sobre isso — engoliu em seco ao falar o nome da mulher. — Ela disse que o irmão do Álvaro, o antigo dono do sebo, tinha o livro que contava a vida da esposa dele. Ele sabia tudo o que ia acontecer, mas era incapaz de impedir os problemas, as discussões. E também sabia tudo o que devia fazer para deixá-la feliz.

Havia uma máscara de indiferença no rosto de Davi, e Sam não sabia se ele estava aceitando ou ignorando o que ela dizia.

— Eu não tive coragem de ler o final até o dia do vestibular. Não sei por que eu decidi ler justo naquele momento, mas aconteceu. E, quando você não atendeu o celular, eu fiquei desesperada. O final é muito aberto... não diz quando, nem onde, nem como. Só diz que você vai morrer em um incêndio.

— E você achou que ia ser justo no dia do vestibular?

— Não sei, Davi. — Ela sentiu os olhos marejarem, mas sabia que não devia chorar. — Eu não consegui me controlar. Achei que, por alguma razão... sei lá.

Ela passou a mão pela grama.

FABIO BRUST

— Naquela noite, eu poderia ter evitado o incêndio — murmurou a garota. — Estava escrito no *Ex Libris*, mas eu não li. Eu poderia ter lido, descoberto o que ia acontecer e tentado avisar alguém... pra salvar a Rosa, salvar o sebo, salvar todas as nossas lembranças de lá. — Deu uma fungada e esperava que o amigo a abraçasse, mas ele não o fez.

Sam esfregou os olhos com as mãos.

— A Carol terminou com você, né?

Finalmente Davi pareceu surpreso.

— Como você sabe?

Com a ponta do tênis, Sam empurrou o *Ex Libris* na direção dele.

Passaram-se dois longos minutos em que nada aconteceu, exceto pelo movimento das folhas da árvore por conta de uma brisa fresca, que descortinava as mechas do cabelo dela e desarrumava o dele. Então, a mão trêmula do garoto estendeu-se à frente, incerta, até tocar no livro. Puxou-o para si e o abriu.

— Continua sendo um livro em branco, pra mim.

— Mas está aí. Está tudo aí.

— Prove.

Os dois se encararam. Não era necessariamente um desafio – ou, se fosse, não passava de um como eles se propunham de brincadeira quando eram mais novos.

— O que você quer que eu faça?

— Quero que você prove.

Ela pegou o livro de volta e olhou para a capa.

Não queria fazê-lo chorar, mas apenas *uma* coisa poderia realmente provar a ele a veracidade do livro. Apenas *um* acontecimento seria capaz de tocá-lo tão profundamente que ele não poderia, jamais, rejeitar a verdade. E, ainda que fosse doer, era necessário. Ela queria apenas protegê-lo. Queria, com todo o seu coração, mantê-lo seguro.

Errou pelas páginas, sabendo exatamente aonde queria chegar, mas adiando encontrar a data certa.

Abriu o livro e olhou para as duras palavras em suas páginas, respirando fundo antes de ler.

— *"Davi tem cinco anos."*

Ela percebeu, com o canto do olho, que ele prendera a respiração.

— *"Ele está dormindo no banco de trás do carro, e seu pai e sua mãe estão nos bancos da frente. Todos viajam para visitar parentes distantes. Está chovendo muito. Um carro que vem na direção contrária perde o controle e gira na pista. Ele acerta o carro em que Davi está. O veículo derrapa e cai ribanceira abaixo, capotando três vezes."*

Os olhos dele brilharam da pior forma possível, e uma lágrima desceu do canto de seu olho.

— *"Quando o carro para, no fundo da encosta, Davi está consciente e percebe que seu braço está quebrado. Bateu a cabeça no vidro da janela e está meio tonto. Seu pai olha para trás, perguntando se ele está bem. Mas ele só consegue perceber que sua mãe não está sentada onde estava antes."*

Quando Samanta leu sobre o braço quebrado, a mão direita dele inconscientemente foi até seu antebraço esquerdo.

— *"Davi olha para fora, pela janela do carro. Em meio ao matagal, ele vê—"*

— Chega.

Ele estendeu a mão para tocar nas páginas do livro, mas parecia ter medo de fazê-lo.

Então, tirou-o das mãos de Sam e o fechou lentamente, em silêncio.

— Chega.

Seus olhos estavam inchados e vermelhos, e as lágrimas desciam por suas bochechas, abundantes. Ele apertou a capa de couro contra a própria testa, mostrando os dentes e chorando.

Samanta se aproximou dele e abraçou-o, puxando-o para seu colo e deixando que deitasse a cabeça sobre suas pernas. Nenhuma palavra escapou dele, nem mesmo ar. Seu choro era contido e quieto, mas muito, muito doloroso.

— Desculpe — disse a jovem, percebendo que também chorava. Passou os dedos pelos cabelos dele.

— Eu só... eu só *não posso* perder você.

CAPÍTULO CATORZE

O DONO DO SEBO

O DONO DO SEBO

OS PASSOS DOS DOIS PARECIAM SOAR ALTO DEMAIS NO CORREdor apinhado do hospital.

Havia burburinho, e palavras eram trocadas para cá e para lá entre as inúmeras pessoas sentadas nas cadeiras desconfortáveis que ladeavam os corredores. O hospital era um lugar que Samanta preferia evitar sempre que possível, mas sabia que não poderiam deixar de visitar Álvaro.

— Você acha que deveríamos ter vindo antes? — perguntou Davi.

— Não sei. Talvez ele estivesse com a família. Acho que só iríamos atrapalhar.

Ele deu de ombros.

— É, acho que sim.

Samanta ajeitou o crachá de visitante preso no peito, e eles caminharam por algum tempo até encontrar o quarto certo. Quando o fizeram, pararam à frente da porta e se entreolharam, em dúvida sobre o que estavam fazendo.

— Bate.

— Bate você.

Ela bufou, mas bateu de leve na porta. Como não houvesse resposta, bateu de novo, abrindo uma fresta em seguida.

— Seu Álvaro?

O quarto estava imerso em um lusco-fusco causado pela persiana parcialmente fechada. Curiosamente, ele estava sozinho, apesar dos três outros leitos ali dentro. Havia uma televisão portátil, muito pequena, ligada em cima de uma mesa no canto. A novela estava no mudo, mas o *closed caption* corria pela tela, três segundos atrasado.

Deu um passo inseguro para dentro, sem saber o que fazer. O dono do sebo estava deitado na cama, de olhos fechados. Na mesa de cabeceira, ao seu lado, havia um livro e um par de óculos pousados sobre ele.

Davi cutucou seu ombro.

— *Sam, será que a gente não devia ir embora?* — sussurrou, muito baixo. — *Ele tá dormindo.*

A garota considerou a possibilidade. Já estava prestes a ir, quando o senhor abriu os olhos e virou a cabeça lentamente para os dois. O homem abriu a boca, como se quisesse falar alguma coisa, mas não disse nada.

— Oi, Seu Álvaro — murmurou a garota, aproximando-se.

Era possível perceber que o corpo dele estava enfaixado em diversos pontos, mas a principal evidência de que fora afetado pelo incêndio era uma faixa atravessada em seu rosto, cobrindo a cabeça e seu olho esquerdo. Sua expressão era de dor e sofrimento, e nenhum dos dois era capaz de imaginar o quão ferido ele poderia estar.

Davi andou atrás da garota e levantou a mão em um cumprimento, talvez tímido, talvez temeroso de fazer alguma coisa errada.

— Como você está? — perguntou a jovem, ainda que a resposta fosse um tanto quanto óbvia.

Ele não respondeu nada.

Samanta torceu a boca, incerta do que fazer ou falar. Seus olhos foram até a cabeceira onde estava o livro e ela pôde ler seu título: *O Livro do Destino*. Ergueu uma sobrancelha, mas não estava de todo surpresa por ser isso o que ele estava lendo.

— Nós viemos para te visitar e dar uma força — disse Davi, ainda que as palavras tivessem saído um pouco truncadas, como se ele não tivesse certeza do que estava falando.

— Sua família veio visitar? — perguntou a garota.

Álvaro balançou a cabeça positivamente.

— Que bom. Fico feliz em saber disso.

Samanta olhou para um pequeno vaso de flores na mesa de cabeceira e pensou se não deveriam ter trazido algumas.

— O que aconteceu no sebo, aquele dia? — perguntou Davi.

O homem balançou a cabeça negativamente dessa vez.

— Vocês já estavam dormindo.

Ele concordou.

— Os bombeiros disseram que foi um curto-circuito — comentou Davi, tentando fazer parecer que a conclusão não envolvia ninguém que estava no recinto. — E aí, como havia muito papel e muitos livros, o incêndio ficou maior e acabou destruindo tudo.

O olhar de Álvaro parecia indiferente, mas Sam deu uma cotovelada no amigo.

— Está tudo bem com você? — ela repetiu a pergunta.

Ele negou.

— *Rosa*.

O dono do sebo estendeu um braço fraco na direção do livro sobre a cabeceira, empurrou seus óculos e, sem querer, os fez cair no chão. Davi se abaixou rapidamente para pegá-los, feliz por encontrá-los inteiros.

— O *Livro do Destino*? — perguntou Samanta.

— Rosa.

Como ele era incapaz de pegar o livro, a garota o fez por ele, colocando-o à frente do homem deitado na cama. Ele piscou algumas vezes, como se tentasse focalizar melhor a capa. Então, virou o objeto de forma a ler a contracapa, abriu a segunda orelha e apontou para o nome do autor.

— Rosa.

Bateu com o indicador, resoluto, sobre o nome dele.

— O autor? O que tem ele?

— Acho que ele quer que a gente encontre o autor — resmungou Davi.

Álvaro concordou.

— Rosa.

Samanta olhou para Davi, confusa.

— Salvem a Rosa — sussurrou o homem.

— Como? — perguntou Samanta, e Davi pôs a mão no ombro dela.

— Salvem a Rosa. — Foi tudo o que o dono do sebo disse.

CAPÍTULO QUINZE

DOIS ESTADOS DE DISTÂNCIA

DOIS ESTADOS
DE DISTÂNCIA

OS DOIS SAÍRAM DO HOSPITAL MAIS CONFUSOS DO QUE HAviam entrado.

— Eu acho que é melhor irmos até a minha casa — disse Samanta, o rosto impassível.

Davi concordou, e os dois caminharam lado a lado até a casa dela, sem trocar quase nenhuma palavra. Evitaram propositalmente a rua do sebo, sabendo que não seria uma visão bonita, muito menos desejada.

Entraram pelos fundos. Davi cumprimentou os pais da jovem, e eles subiram para o quarto dela. Já há muito tempo ninguém na casa de Sam parecia se preocupar com o fato de os dois passarem tardes e noites inteiras sozinhos lá dentro – normalmente assistindo a filmes no computador, lendo livros um em cada canto ou jogando conversa fora. Dessa vez, os dois se limitaram a sentar na beirada da cama.

— Você está bem? — perguntou ele.

— Melhor não começar com essa pergunta.

— Tá. Então com qual pergunta eu devo começar?

Sam não falou nada. Foi até sua escrivaninha para pegar *O Livro do Destino* que emprestara da biblioteca. Jogou-o no colo do amigo.

— O que você acha que ele quis dizer? — perguntou Sam.

— Exatamente o que eu te disse quando a gente estava no hospital.

— Acha que ele quer que a gente procure o autor do livro? — perguntou ela, sentando-se na cadeira de rodinhas e quase caindo para trás por conta da rodinha quebrada. Amaldiçoou a si mesma e equilibrou-se melhor. — Por que faríamos isso?

— Para... hã, salvar a Rosa?

Ele ergueu uma sobrancelha.

— Tirando o fato de que ela *morreu*. — A última palavra foi sussurrada.

— *Eu sei* — ele sussurrou de volta.

— Então, o que você, ou ele, quer dizer?

— Acho que, considerando que você alega ter um livro que narra minha vida do começo ao fim, significa exatamente o que ele disse. Quer que salvemos ela — disse Davi, jogando o livro que estava em seu colo por cima dos desorganizados cobertores da cama.

— Isso é impossível.

— O livro também é.

Ela estreitou os olhos na direção dele.

— Você tá sendo irônico comigo, Davi?

— Não.

Ele deu uma risada de leve, então estirou-se na cama.

— Então, o que vamos fazer? — perguntou Sam.

Davi coçou o queixo, fingindo-se pensativo. A garota espreguiçou-se na cadeira e quase caiu outra vez. Irritada, levantou-se e sentou na beira da cama. O amigo tirou os tênis, empurrando os calcanhares com as pontas dos pés, lançando os sapatos na direção da porta.

— Davi!

— O quê? Até parece que eu nunca fiz isso.

Ela torceu a boca.

— Deita aqui e vamos pensar no que fazer.

Samanta, a princípio, pensou em recusar a oferta, mas acabou tirando os tênis do mesmo jeito e os lançando na direção da porta. E, quando ela se pôs ao lado dele, compartilhando da cama estreita, ambos tiraram as meias e as jogaram em cima dos sapatos, rindo.

— Agora que nos livramos disso, podemos conversar direito — disse Davi.

Ainda assim, os dois ficaram em silêncio, dividindo o travesseiro e olhando para o teto.

— Talvez... — começou a garota.

Então virou-se para olhar para ele, e ele fez o mesmo.

— Talvez o Álvaro estivesse supondo que vamos procurar o autor do livro de qualquer maneira — comentou. — Afinal de contas, nós temos um motivo para isso.

— Temos?

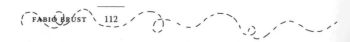

— Sim. O seu *Ex Libris*.

O jovem suspirou.

— O que você quer dizer com isso?

— Quero dizer que, por mais ridícula que toda essa situação possa parecer, e por mais improvável que a existência desse livro seja, ele *existe*, e isso *está acontecendo* — ela disse, séria, os olhos assumindo muita profundidade. — Quem sabe o autor desse livro saiba alguma coisa que nós não sabemos.

— Tipo o quê?

— Tipo de onde veio o *Ex Libris*.

— Por que saberia?

— *O Livro do Destino* inteiro fala sobre isso. É a história de um garoto que encontra seu próprio livro e decide mudar seu destino, indo atrás de uma tal "Biblioteca do Destino" para falar com um certo "Escrivão".

— Terrivelmente clichê — desdenhou Davi.

— De qualquer forma, é a mesma situação em que estamos.

— Isso quer dizer que a nossa história é basicamente um grande clichê? — ele perguntou.

Samanta se remexeu na cama, refletindo a respeito da palavra "história", quando acompanhada de "nossa".

— E o garoto desse livro consegue mudar o destino?

— Acho que sim. Eu não lembro bem, li muito rápido e... sinceramente, o livro não é muito bom — respondeu ela.

Davi pregou seus olhos no fundo dos de Sam.

— Deixa eu ver se entendi direito — disse, aproximando-se de leve, o suficiente para que ela sentisse o calor de sua respiração. — Você quer ir atrás do autor desse tal *Livro do Destino* para perguntar a ele de onde surgiu o *Ex Libris* que diz que vou morrer em um incêndio. É isso?

— Eu não estava *realmente* fazendo essa proposta, mas acho que sim.

— Certo. E quando descobrirmos de onde veio o livro que narra a minha morte, o que vamos fazer?

— Acho que vamos atrás do "Escrivão".

Os dois sorriram um para o outro, achando graça da situação. Ainda assim, havia uma seriedade estranha por trás daquelas palavras que não poderia ser ignorada.

— Quem é o autor dessa história, afinal? — perguntou Davi.

Samanta se levantou da cama e foi até sua escrivaninha, ligando o computador.

— Antonio Goularte Francez — disse ela, mostrando a ele o bloquinho de anotações no qual passara a limpo a frase que vira na lápide do irmão de Álvaro.

— O que não me diz absolutamente nada — respondeu ele, colocando as mãos atrás da cabeça e espreguiçando-se na cama.

— Nem pra mim.

Ela puxou a cadeira de rodinhas, pensando na grande probabilidade de acabar com a cara no chão se não resolvesse logo a situação da rodinha quebrada. Mesmo assim, sentou-se à frente do computador e pesquisou pelo nome do autor do livro.

Não demorou muito para descobrir mais a respeito do homem por trás da história. Leu algumas páginas na internet e acessou diferentes artigos e entrevistas. Não havia muitas informações a respeito de *onde* exatamente ele morava ou qual era sua aparência, mas descobriu que ficava em outro estado.

— Ele mora no Paraná — comentou.

— E o cara não tem e-mail, telefone, alguma forma de contato?

Ela pesquisou por mais dez minutos.

— Parece meio recluso — resmungou Sam. — Li aqui que ele prefere separar completamente suas vidas profissional e pessoal. Por isso não existem informações de contato.

— Ainda tem espaço pra escritores reclusos no mercado editorial? — perguntou Davi, ainda de olhos fechados e deitado na cama.

— Pelo jeito, sim.

— Então vamos ter que ir até lá pra conversar com ele, não?

— Ir até lá? — perguntou Samanta, girando na cadeira de rodinhas na direção dele. — Tá falando sério?

— Claro! Por que não?

— Porque fica a *dois estados de distância*.

— E daí?

— E daí que nós não temos como ir até lá. Sem contar que não faz sentido nenhum.

Ele abriu um dos olhos para espiar a garota.

— Não faz sentido a gente procurar uma forma de me salvar de morrer em um incêndio? — Ele não parecia estar falando sério, mas, ainda assim, Samanta considerava o assunto muito importante.

— Claro que faz, mas como iríamos até lá?

— De ônibus.

— Com que dinheiro?

— Até parece que você não tem nada guardado — ele disse, fechando o olho outra vez.

— Você tem?

— O suficiente pra ir e voltar tranquilamente.

— E o que diríamos para os nossos pais? — perguntou Samanta. — Os meus não me levam a sério mais depois que não me inscrevi para o vestibular. Eles falam de você, em como você fez a prova e tudo o mais.

— É só sair sem falar nada.

Depois de dez segundos de silêncio, ele abriu os dois olhos e encarou a garota, sorrindo.

CAPÍTULO DEZESSEIS

FUGA

UMA SEMANA INTEIRA SE PASSOU ANTES QUE ELES TIVESSEM coragem de fazer qualquer coisa. Afinal, o improvável plano de fugir para conversar com um escritor recluso não passava de uma possibilidade muito remota ou um sonho distante. Duas ou três vezes eles olharam um para o outro pela janela, e Davi fez o sinal de "Vamos?", enquanto Samanta apenas levantava o polegar e erguia a sua mochila até o campo de visão dele.

Mas nenhum dos dois realmente levava a viagem a sério.

Ou, pelo menos, era o que a garota pensava.

> Eu sei que tenho sido um péssimo amigo nos últimos tempos. Sei que tenho deixado a nossa amizade de lado e que esqueci de você quando deveria tê-la o tempo inteiro ao meu lado. Eu quero melhorar. Você me dá um voto de confiança?

Sam esfregou os olhos e tirou uma remela do canto do olho. O relógio na mesa de cabeceira marcava o horário em dígitos vermelhos: 3h22.

Surpreendeu-se com o fato de ele ter escrito tanta coisa em uma mensagem no celular – Davi sempre reclamava que os botões das letras de seu teclado eram muito pequenos, o que lhe tomava um tempo absurdo para digitar "longos textos reflexivos". Ela focou a tela e digitou a resposta.

> Ok.

Fechou os olhos outra vez, caindo no sono imediatamente.

Dois minutos depois, o toque de uma nova mensagem a acordou. Irritada, ela puxou o celular para perto e desbloqueou a tela.

> Tô aqui embaixo.

Ela piscou algumas vezes, confusa.

> Onde?

> Aqui embaixo. Vem abrir
> a porta que tá frio.

Samanta se espalhou na cama, incrédula com o fato de ele estar à porta de sua casa àquela hora. Tapou os olhos com as mãos, sentindo-os pesados. Tinha dormido apenas uma hora antes. Ficara lendo "só mais um capítulo" de um livro e perdera a noção do tempo.

Botou as pantufas e se arrastou até a porta do quarto. Espreitou para o lado de fora. A luz da lua entrava pelas janelas do corredor, e não havia ninguém à vista. Fingiu não se assustar com Luna enquanto ia até a janela da frente – a gata passou se esfregando em suas pernas no momento em que ela puxava a cortina para o lado para enxergar para fora.

E lá estava ele: Davi, parado à porta de sua casa, com uma mochila enorme nas costas, vestindo uma roupa confortável de viagem e com um sorriso torto no rosto.

A garota destrancou a porta o mais silenciosamente que pôde e a abriu, deixando o frio da noite invadir o hall de entrada. Ela abraçou a si mesma.

— *Davi!* — gritou em um sussurro. — O que você tá fazendo?

— Já arrumou as malas?

Sam deu alguns passos para fora e o agarrou pela camiseta, puxando-o para dentro da casa e fechando a porta. Esfregou os braços, sentindo-se estremecer.

— Você tá louco? — perguntou ela.

— Não. Achei que já tínhamos combinado de viajar.

— Mas *agora*?

Ele deu de ombros.

— Amanhã sai a lista dos aprovados no vestibular — resmungou ele, meio sem jeito. — Eu ainda não sei se tenho coragem de ver. Se a gente for, vamos ficar uns três dias fora, provavelmente o final de semana inteiro. Então, quem sabe seja um bom momento para... bem, para fugir.

Samanta balançou a cabeça.

— Talvez justamente por isso seja o momento para *não* fugir. Você precisa resolver as suas coisas do vestibular, e eu...

Ela calou-se.

— E você, o quê?

— Eu tenho que tomar um rumo na vida.

Davi sibilou, tirando a mochila das costas e pousando-a delicadamente junto da porta de entrada da casa. Sam adiantou-se e trancou a porta.

— E como vai esse assunto?

— Bem, eu... — Samanta cruzou os braços e voltou a esfregá-los para se esquentar. Franziu as sobrancelhas. — Eu estou trabalhando nisso.

— Acho que um final de semana não vai fazer tanta diferença assim no resultado final, vai? — perguntou Davi. — Sem contar que pode até ser que você se inspire com a viagem. Não tem algum ponto turístico onde mora esse escritor recluso, não?

— Cataratas.

— Então vamos para Foz do Iguaçu! Ótimo. Você já arrumou a sua mochila? Não esquece de levar o seu caderno de anotações e escrever alguma coisa nele — disse o jovem, parecendo atarantado e botando as mãos na cintura. — Quanto tempo faz que você não escreve nele, falando nisso?

Samanta segurou a resposta por alguns segundos, enquanto Davi ia para a escada e subia os degraus até o quarto dela nas pontas dos pés.

— Algum tempo — disse, lacônica, seguindo-o.

— Está bem, então faz *meses* desde a última vez em que você escreveu uma palavra que seja nele — resmungou o amigo, empurrando a porta e entrando no quarto, sem ligar a lâmpada. Abriu as cortinas da janela em silêncio e deixou que a luz da rua iluminasse o ambiente.

Davi olhou em volta e começou a remexer nas coisas da garota, antes mesmo que ela entrasse. Quando ela o fez, devagar, ele já tirava a mochila dela de uma porta do armário e a colocava sobre a escrivaninha. O jovem procurou embaixo de algumas pastas e cadernos até encontrar o caderno certo: um volume pequeno com capa verde e um elástico preto ao redor. Ele o segurou em frente aos olhos.

— Você ainda tem aquele ritual de só escrever com uma determinada caneta? — perguntou, tateando a mesa e os porta-objetos sobre ela.

— Não é bem um ritual, é só porque...

— Era a caneta nanquim, né?

A jovem deu de ombros, e ele encontrou o pequeno estojo quadrado que tinha apenas a *caneta-especial-de-escrita* da garota. Colocou-o de qualquer jeito dentro do maior compartimento da mala e voltou-se para ela.

— São três dias. Quantas calcinhas? — Ele ergueu as sobrancelhas.

— Pode deixar que eu decido esses detalhes operacionais — disse Samanta, empurrando-o para a cadeira de rodinhas e abrindo seu guarda-roupa.

Davi se sentou, perguntando-se o porquê de ela ainda não ter arrumado a rodinha defeituosa de sua cadeira. Então, enquanto ela separava algumas roupas e colocava sobre a cama, puxou o caderno verde de dentro da mochila, começando a ler. Virou as páginas devagar, analisando o que lia, até chegar ao final da história, cinco folhas depois.

— É só isso? — perguntou.

— Eu não ando muito inspirada — resmungou Samanta, guardando sua roupa de baixo em uma nécessaire de pano antes que o amigo a vislumbrasse e soltasse algum comentário. — Eu até tento escrever, mas não consigo. Fico encarando a página em branco e parece que as palavras não querem ser escritas. Esse período conturbado da minha vida deve estar me afetando.

— Pode ser — respondeu ele, sem comentar nada sobre o teor da história, ou se tinha gostado dela.

Samanta escondeu o fato de isso tê-la deixado incomodada. Passaram-se quase dez minutos em que nenhum dos dois falou nada, com a garota apenas separando suas roupas e itens de higiene, além de dois calçados. De repente, ela parou em frente à cama e cruzou os braços de novo.

— Que merda de ideia é essa? — perguntou.

— Como assim?

— Ir atrás desse escritor é uma péssima ideia — ela disse, torcendo a boca. — Eu sei que foi uma ideia *minha*, mas não quer dizer que seja boa. Não quer dizer que esse livro seja verdade, nem que encontrar esse homem solucione alguma coisa.

— A ideia *realmente* foi sua — admitiu Davi.

Os dois se entreolharam, então ele se levantou.

— Vamos lá?

— Você não ouviu o que eu acabei de falar? — perguntou ela.

— Ouvi.

Davi colocou as duas mãos atrás da cabeça, em um ato supostamente descontraído.

— Mesmo assim, eu acho que a gente tem que ir — comentou ele. — É a nossa chance de fazer uma viagem incrível juntos e aproveitar esse tempo em que ainda temos certeza de que estamos no mesmo lugar. Se eu passar no vestibular, vou precisar me mudar, e não vamos mais nos ver com tanta frequência. Quem sabe fazer essa viagem juntos seja o que estamos precisando. Inclusive você, para tentar descobrir o que quer fazer a seguir.

— E quanto ao livro? — Samanta indicou o *Ex Libris* sobre a mesa.

— Eu não sei — admitiu ele. — Mas o que temos a perder?

— Tem tanta coisa que pode dar errado nessa viagem, Davi...

— Mesmo assim, eu ainda acho que vale a pena tentar — respondeu ele, ficando sério. — Eu sei que o que aconteceu com o sebo e com a Rosa foi muito dramático, e que não deveríamos considerar toda essa situação uma oportunidade de lazer. Mas não acho que tenhamos motivos para nos preocupar. Ainda que nada dê certo, teremos viajado para um lugar incrível, *juntos*. E isso será sensacional. Não acha que vale a pena?

Um canto da boca dela se ergueu, mas ela não queria dar o braço a torcer por inteiro.

— E quanto aos meus pais?

— O que tem eles?

— Eles já estão decepcionados comigo. Se eu fugir de casa, as coisas não vão melhorar.

— É só deixar um bilhete explicando onde você está. Eles não vão te deserdar por isso. — Ele mostrou os dentes como um abobado.

— Não é essa a questão.

— Pare de criar empecilhos, menina — disse ele, levantando-se e guardando o livro na mochila dela, achando *O Livro do Destino* e enfiando-o no meio das roupas também. — Nós ainda temos sorte de você ter entrado mais tarde no colégio e já ter dezoito anos. Podemos viajar sozinhos sem que ninguém nos impeça.

— E também temos sorte de você ter repetido o oitavo ano?

Ele suspirou.

— É, podemos dizer que sim.

Os dois ficaram em pé, frente a frente, por alguns momentos, incertos de qual seria o próximo passo. Samanta, então, empurrou o jovem para fora do quarto.

— O que foi? — perguntou ele.

— Você acha mesmo que eu vou trocar de roupa com você aqui dentro? Me espera lá embaixo. E *não faça barulho nenhum*. Se os meus pais nos pegarem tentando fugir, pode ter certeza de que isso nunca vai ter passado de uma tentativa.

— Tá bom. Eu vou chamar o táxi.

— Não! — ela disse, um milésimo de segundo antes de ele fechar a porta. — Eles têm sono leve — sussurrou, perto da orelha dele. — Se ouvirem a porta de um carro fechando na frente de casa já vão suspeitar de alguma coisa. Vamos pegar o táxi no ponto, na esquina da avenida. — Fez um gesto com a mão, indicando a direção que tomariam.

— Se eles tivessem um sono tão leve assim, já estariam acordados. — Davi franziu a testa, mas desceu as escadas e ficou sentado no sofá. Luna passou o tempo inteiro se esfregando nas pernas dele.

Dez minutos depois, a garota desceu, a mochila pendurada em um dos ombros.

— Eu não acredito que vou dizer isso — ela falou —, mas... vamos?

CAPÍTULO DEZESSETE

SALA DE ESPERA

OS DOIS DEIXARAM A CASA COM OS CORAÇÕES AOS SALTOS, E Samanta trancou a porta da frente como uma fora da lei – toda encurvada e olhando para os lados, assustada. Davi até poderia rir disso, mas não fora muito diferente quando decidira sair do apartamento em que vivia com o pai.

— O que você escreveu no bilhete? — perguntou Davi, enquanto viravam a esquina e se preparavam para cobrir três aterrorizantes quadras, às quatro da manhã, até o ponto de táxi da avenida.

— Nada de mais. Escrevi que estava partindo em uma jornada de autodescobrimento e literatura.

— Hum — resmungou ele. — É uma boa definição.

Sorriram um para o outro.

— Que horas sai o ônibus?

— Eu ainda não sei.

A garota olhou de canto para ele.

— Você não pesquisou?

— Até dei uma olhada, mas... nada tão aprofundado assim.

— "Nada tão aprofundado" quanto o horário em que vamos ter de pegar o ônibus para fugir? — perguntou a jovem. — E se a gente precisar esperar por horas na rodoviária? Poderíamos ter saído mais tarde.

— Poderíamos, nada. Você ia ficar encontrando motivos pra ficar em casa.

Atravessaram a rua deserta. Ao longe, ouviram música alta vindo de uma caminhonete, afastando-se aos poucos, até que tudo fosse silêncio de novo. Eles temiam até que seus passos fossem muito ruidosos na calçada.

— Sem contar que a lista do vestibular sai de manhã. — Davi segurou as alças de sua mochila e apertou-as. — E eu não quero ter *nenhum* contato com ela antes de voltarmos.

— Eu morreria de ansiedade.

— Eu também — ele admitiu, trincando os dentes. — Mas acho que prefiro tomar o baque de uma vez só. Não ia querer ficar acompanhando a lista pela rádio, como o pessoal costuma fazer.

Essa história de descobrir em tempo real se você foi bem ou não é tortura demais.

Ela concordou. Até fazia sentido.

Chegaram à esquina da última quadra e, mesmo que tentassem desviar o olhar, seus olhos, sincronizados, pareciam atraídos na direção do sebo carbonizado. Sem que controlassem seus passos, foram até a frente do prédio destruído e o encararam do outro lado da rua.

O lugar que haviam conhecido não existia mais. Apenas suas colunas de sustentação estavam de pé, junto com algumas paredes pretas e um telhado parcialmente desmoronado. As janelas haviam queimado por completo. Os vidros, estilhaçados para fora. As cortinas, poltronas, caixas, livros – tudo não passava de cinzas. Poderiam se aventurar lá dentro para conferir o porão, mas, além de perigoso, seria cruel demais com eles mesmos.

Depois de dez longos minutos à frente do terreno, Davi apertou o ombro da amiga.

— Vamos.

Ela concordou. Não choraria, de qualquer forma. A tristeza visível e externa dos outros dias transformara-se em uma inquietude profunda, do tipo quando alguma coisa não está certa, mas tenta-se ignorar a intuição visando seguir em frente. Ainda assim, seu coração se apertava por inteiro, e ela quase perdia o ar pensando no que acontecera.

— Pra onde? — perguntou o taxista, quando os dois entraram no carro, as enormes mochilas no colo.

— Pra rodoviária.

Ele acelerou imediatamente, e os dois lutaram com os respectivos cintos de segurança para conseguir prendê-los no lugar ao mesmo tempo em que eles travavam com os movimentos bruscos do motorista. Quando chegaram ao destino, o jovem pagou pela corrida, e os dois saíram quase de pernas bambas em direção à entrada da rodoviária.

— Eu odeio pegar táxi — murmurou Sam.

Eles foram até os guichês e perguntaram à atendente – de olheiras profundas, mas parecendo feliz enquanto ouvia uma música qualquer em fones de ouvido – qual seria o próximo horário de ônibus para Foz do Iguaçu.

— Para comprar passagem para viagem interestadual tem que ir direto nas empresas — respondeu ela, balançando a cabeça positivamente, como que concordando com o que acabara de falar. — Mas acho que ainda não tem ninguém por lá. Pelo menos, não para vender.

— Que horas eles começam a vender as passagens? — perguntou Davi, coçando uma das sobrancelhas.

— Ah, pelas nove.

Samanta estreitou os olhos na direção do melhor amigo.

— E você tem alguma ideia dos horários dessa linha?

— Costumam ser à noite — a mulher disse, olhando para o relógio do computador. — Como é uma viagem longa, vocês pegam o ônibus no começo da noite aqui e chegam em Foz na manhã seguinte.

Os dois agradeceram a atendente e carregaram as mochilas pesadas até algumas cadeiras desconfortáveis, nas quais se sentaram.

Ficaram quietos por alguns minutos, até que Samanta riu.

— O que foi? — perguntou Davi.

— Não foi nada — respondeu ela, empurrando ele com o ombro. — É só que eu acho engraçado você ter decidido viajar assim, do nada, sem qualquer tipo de preparação.

Ele deu de ombros.

— E agora? — questionou Samanta.

— Agora esperamos.

— *Aqui?*

— Você acha que é uma boa ideia voltar para casa depois de termos feito um esforço tão grande pra vir até aqui? — perguntou ele. — Mesmo se fôssemos desistir, eu só ia me permitir voltar depois do nascer do sol, pra contar algumas horas de rebeldia.

Mas nós *não vamos* desistir. Se voltarmos para casa, a gente vai ficar por lá, e tudo isso vai estar na lista daquelas coisas que "poderíamos ter feito". Certo?

— Acho que sim.

— Então, vamos esperar aqui, na rodoviária — ele disse, cruzando os braços e esticando as pernas na direção de um banco que estava muito longe, deixando-as cair no chão.

Ele fez uma careta e limitou-se a cruzar as pernas.

O tempo se arrastou.

Foram longas, *longas* horas de espera na rodoviária. Não havia posições suficientes nas quais se sentar, nem lojas o bastante para visitar enquanto esperavam passar os intermináveis minutos. As idas ao banheiro poderiam ser consideradas fugas da realidade, nas quais a garota passava o máximo de tempo possível sentada no vaso sanitário, esperando que mais minutos se passassem antes de sair para enfrentar o duro banco em que haviam se alojado.

Samanta poderia sumarizar tudo em uma espécie de diário de bordo.

4h31 — Chegada à rodoviária.

4h36 — Descoberta a respeito do engano de Davi.

4h40 — Decisão de não voltar para casa.

5h29 — Primeira ida ao banheiro.

5h46 — Horário de retorno do banheiro, após um tempo considerável jogando um jogo viciante na tela do celular.

6h02 — Primeira soneca involuntária.

6h05 — Despertar desesperado, acreditando ter sido roubada de todos os seus pertences e puxando-os para mais perto — apenas para descobrir que ela já estava praticamente sentada em cima da própria mochila.

6h06 — Segunda soneca involuntária.

6h58 — Acordada pela cabeça pendente de Davi, que talvez propositalmente escorregou para o colo dela. A cabeça é empurrada, e os dois voltam a se sentar desconfortavelmente na posição correta.

7h02 — Terceira soneca involuntária.

7h33 – Alguém fala de forma eufórica junto aos guichês de compra de passagens, chacoalhando um pedaço de papel amarelado, reclamando que a passagem errada havia sido vendida. O motorista de um ônibus também está presente, e o atendente do guichê confere a passagem. Ele e o motorista concordam que a passagem está correta, mas o passageiro chegou na rodoviária com um dia de antecedência.

7h35 – Davi cutuca Samanta e ri, supondo que o passageiro poderia fazer como eles e esperar até o dia seguinte. A garota ignora a piada.

7h44 – Decisão de jogar mais um pouco no celular.

7h48 – Primeira ligação de casa, ignorada.

7h49 – Segunda ligação de casa, ignorada.

7h50 – Terceira ligação de casa, ignorada.

8h10 – Primeira tentativa de comprar as passagens na empresa de ônibus interestadual: sem sucesso.

8h15 – Tentativa de voltar ao mesmo banco, agora ocupado por outras pessoas. A rodoviária não possui muitos bancos, então ambos decidem comer alguma coisa em um dos bares. Samanta toma um cappuccino, e Davi afirma que não vai tomar café porque quer passar o dia inteiro dormindo.

10h – Os amigos começam a se sentir mal por estarem ocupando lugares na lanchonete, apesar de já terem terminado de comer há quase uma hora. Eles conseguem comprar as passagens na empresa de ônibus interestaduais na segunda tentativa. Depois, encontram um banco vago – bastante afastado dos outros e próximo de uma área em reforma da rodoviária – para sentar e esperar.

10h06 – Um homem enorme senta no único banco vago ao lado de Samanta. Davi já dormiu, e ela sente-se estranhamente incomodada com a presença do homem.

10h07 – Talvez fosse devido ao fato de que ele estava comendo um cachorro-quente que o lambuzava por completo, e havia um (grande) receio da parte da garota em ser atingida por um dos seguintes: 1) Resquício de mostarda; 2) Resquício de ketchup; 3) ("Por favor, não") Perdigoto.

11h36 – Samanta acorda e percebe que o homem do cachorro-quente, aparentemente, foi embora há muito tempo.

11h47 – Nova chamada de casa no celular. A garota percebe que há cinco outras novas chamadas no celular.

12h02 –

— Davi!

O jovem não esboçou qualquer reação.

— Davi! — ela o chamou novamente, empurrando-o com o ombro. Ele se aprumou no banco, mas ela não permitiu que ele voltasse a dormir. — Davi, acorda *agora*!

— O que foi? — A contragosto, ele abriu os olhos e bocejou.

— *Meus pais* — ela murmurou.

Ele arregalou os olhos no mesmo instante. Depois, agarrou a mochila dela e jogou-a no colo da garota, puxando a própria para seu colo e se escondendo atrás do enorme volume da mala.

— Será que eles nos viram?

Samanta esgueirou-se por detrás da mochila e olhou na direção na qual os vira.

— Acho que não.

— Onde estão?

— No saguão, perto da farmácia — sussurrou a garota, como se tivesse medo de que os pais escutassem sua voz.

— E vieram os dois?

— Sim.

— *Os dois?* Você conseguiu fazer com que *os dois* saíssem de casa juntos, em um dia ordinário? — perguntou ele. — Eu até fiquei surpreso de eles estarem na formatura juntos, mas...

— Cala a boca. O que nós vamos fazer?

Enquanto Davi pensava na questão, ela espiou outra vez e viu que os dois vinham na direção deles.

— *Merda! Merda!* — sussurrou ela.

— Eles nos viram?

— Não sei!

— O que vamos fazer?

Os dois apenas se entreolharam por longos instantes, enquanto o relógio parecia andar mais rápido do que deveria. Samanta espreitou novamente e viu que os pais tinham desaparecido de vista.

— Pra onde eles foram?

— Tá perguntando pra mim? Eu não vi eles em nenhum momento!

A garota pôs as duas mãos na cabeça.

— O que a gente faz? Se me pegarem, nunca mais vou poder sair e vou ter que virar dona de casa. Ou vou ter que cuidar do negócio da família, ou fazer um curso qualquer que eles escolherem pra mim na universidade da cidade. Davi, faz alguma coisa!

— Calma, calma — ele disse, e foi sua vez de dar uma espiada por cima de sua mochila. Ele sorriu. — Percebe-se que eles te conhecem. Estão te procurando na revistaria.

— Pra onde a gente vai?

— Seria uma boa estratégia entrarmos na livraria depois que eles saírem, mas é meio arriscado.

— *Meio* arriscado? Eu *não* quero ser encontrada!

— Você percebeu que eu também estou envolvido, né?

— Não tem um banheiro por aqui em que a gente possa se esconder? — perguntou ela, espiando e voltando a se esconder muito rápido, ainda que não houvesse motivo para fazê-lo dessa forma.

— Um banheiro *masculino*.

— Tá, ótimo! Vamos pro banheiro!

— Sam, é o banheiro *masculino*.

— E daí?

— Vê-se que você nunca precisou entrar no banheiro masculino do colégio pra ter uma ideia do que eu quero dizer com isso — respondeu ele.

— A gente não tem tempo. Vamos *agora*!

Ela se levantou e o puxou pelo braço na direção da porta do banheiro. A rodoviária estava cheia, mas a jovem se escondeu atrás da mala e atravessou a porta do banheiro em um rompante. Os dois se atrapalharam com o tamanho de suas mochilas e bateram um no outro enquanto se apressavam para dentro de um box qualquer.

Samanta empurrou Davi para o fundo, junto do vaso sanitário, para ter espaço de fechar a porta e trancá-la. Depois, ensaiou colocar a mochila no chão.

— *Não!* Você está louca? Você tá pensando em colocar a mochila no chão do banheiro *masculino?* — perguntou ele. — Você não tem *ideia* das coisas que acontecem aqui!

Ela fez uma careta e ergueu uma sobrancelha, mas Davi bruscamente botou o indicador sobre os lábios dela, quando ambos ouviram o pai dela chamar o nome dele.

— Davi? Você está aqui?

Os dois ficaram apertados dentro do box, as mochilas entre si, entreolhando-se em desespero.

— *Você botou o celular no silencioso?* — perguntou o jovem, só mexendo os lábios.

— *O quê? Por quê?*

— *Você nunca viu filme de terror? É exatamente nesses momentos que o celular da presa toca!* — ele sussurrou.

Samanta meteu a mão no bolso da calça e puxou o celular, desbloqueando a tela com dedos muito trêmulos e fazendo o impossível para colocá-lo no modo silencioso. Um instante depois, a tela se acendeu com a foto do pai dela ligando.

A garota abriu a boca e a manteve assim por longos momentos.

— Samanta? — veio a voz do pai dela, assim que ele desligou a chamada.

E então ele bateu na porta do box.

— Sam? Você está aí?

Davi apertou o indicador contra a boca dela de novo.

— Samanta, eu não estou brincando.

O coração dela provavelmente não aguentaria por muito mais tempo, considerando-se que a qualquer instante poderia simplesmente saltar para fora de sua garganta e ela cairia desfalecida no chão.

— Davi?

Houve outra batida na porta.

E, no exato momento em que a porta foi forçada para dentro, alguém peidou.

Davi teve um espasmo que pareceu um princípio de ataque epiléptico para tentar segurar a risada, enquanto Samanta apenas ficou paralisada, petrificada. Foi a vez de ela colocar o indicador sobre os lábios dele, apertando-o com força contra os dentes de Davi.

Os dois ouviram os passos do pai dela se afastando, por um motivo ou outro desistindo de sua busca no interior do banheiro.

Eles ficaram dentro daquele box por pelo menos mais quinze minutos, apenas se encarando e não sabendo exatamente o que deveriam fazer. Muitas pessoas entraram e saíram do banheiro nesse meio tempo, mas ninguém destrancou nenhuma porta de box, de forma que eles tiveram de se limitar a imaginar quem seria seu salvador.

Finalmente do lado de fora do banheiro, uns vinte minutos depois, já devidamente instalados em cadeiras muito bem camufladas atrás de um pequeno jardim tomado por ervas daninhas, os dois gargalharam por minutos a fio. Quase sem voz ou ar pelas risadas, Davi só foi capaz de sussurrar sua frase de efeito:

— *Salvos pela flatulência alheia!*

CAPÍTULO DEZOITO

A PIOR PARTE DE UMA VIAGEM

— TÁ DORMINDO? — PERGUNTOU DAVI.

— Tô tentando.

— E tá conseguindo?

— O que parece?

Ele tentou ficar confortável no banco do ônibus. Não era o melhor ônibus da história, nem o pior. O cinto de segurança estava emperrado, mas ele conseguira prendê-lo, embora não conseguisse trocar de posição por estar muito apertado.

A tarde passara com a mesma lentidão da manhã, sem reaparecimentos dos pais de Samanta, mas com uma ligação do pai de Davi para saber onde ele estava. O jovem disse que ia para Porto Alegre, e que ia ficar na casa da tia, e seu pai deu o assunto por encerrado. Quando finalmente chegou o horário do ônibus, nenhum dos dois tinha certeza se ainda tinha disposição para viajar, mas entraram e se acomodaram mesmo assim. Tinham passado por coisa demais naquele mesmo dia, e voltar para casa seria a pior decisão possível.

— Parece que não — murmurou em resposta.

Samanta e Davi haviam trocado de lugar entre si para que ela ficasse com o cinto de segurança que funcionava.

— A gente devia ter trazido um travesseiro?

— Para ficar carregando o tempo inteiro? Claro que não — ele disse. — Eu não devia ter dormido tanto na rodoviária. Agora esgotei a minha cota de sono do dia. Devia ter poupado para a viagem.

— É... acho que devia — respondeu ela, piscando os olhos devagar.

Ficaram em silêncio por algum tempo.

As cortinas das janelas do ônibus estavam, em sua maioria, abertas. As luzes de cidades desconhecidas passavam rápido, iluminando de laranja ou branco o teto e os seus rostos, apenas por um instante, antes de desaparecerem no meio do nada novamente.

Havia inúmeros assentos vagos. Eles ficaram três fileiras à frente do banheiro, no lado direito. Apenas três fileiras à frente é que havia mais pessoas, que pareciam dormir profundamente, como todo o restante dos passageiros. Tudo o que eles ouviam era o som do motor do ônibus e dos pneus na estrada.

— Você quer que eu saia daqui? Aí você pode se esparramar no banco — perguntou Davi.

— Não. Fica aqui.

O jovem ficou. Depois de uns dez minutos de silêncio, ele tentou regular um pouco os ventiladores do ar-condicionado acima de sua cabeça. Satisfeito com a quantidade de vento do seu lado, decidiu redirecionar os de Sam, encolhida em sua poltrona.

Assim que colocou a mão no ventilador dela, a coisa quebrou em suas mãos, e ele foi incapaz de colocá-la de volta. Tentou tapar o vento com a mão enquanto olhava para o conjunto de peças espartanas que estava em sua palma, tentando descobrir como consertar. Decidiu ligar a luz, que incidiu direto nos olhos da garota.

— Davi! O que você tá fazendo? — ela perguntou, subitamente acordada.

— Esse troço quebrou! E agora tá ventando um monte em você.

— Deixa isso.

— Vamos pra outro banco.

Ainda que ela estivesse completamente sem vontade de levantar, ele a enxotou e os dois pularam para o outro lado do corredor. A jovem se encolheu na poltrona mais uma vez.

— Você está com frio?

— Um pouco.

Ele abriu um dos zíperes da mochila e tirou dela uma coberta cinza pequena, que abriu e colocou carinhosamente sobre o corpo da amiga. Ela abriu um dos olhos.

— Você tinha uma coberta na mochila? Por quê?

— Porque achei que você ia ficar com frio no ônibus — ele respondeu, colocando o cinto de segurança e ficando feliz que este não estava quebrado. — Você se lembra da viagem da oitava série, quando viajamos com toda a turma, e você ficou reclamando de frio o tempo inteiro?

— Claro.

— Eu também lembro.

Ela piscou devagar e sorriu.

— Que bom.

Davi puxou o cobertor dela um pouquinho mais para cima, tapando seus ombros.

— Eu nem acredito que a gente tá fazendo isso.

— Por quê?

— Porque esse tipo de coisa dificilmente sai do papel — ele disse, procurando pelo apoio de pés que ficava embaixo do banco à frente. — Tanta gente sonha em fazer uma viagem dessas, mas nunca faz. Em levar adiante uma decisão assim, espontânea, ou levantar do sofá e sair da zona de conforto.

— Você sonhava em fazer uma viagem dessas?

— Acho que sim. Sempre achei que a gente merecia fazer algo assim, juntos.

A jovem abriu apenas um olho na direção dele, que brilhou com a luz de um poste distante, aceso no meio de um campo que poderia muito bem nem pertencer àquele mundo.

— Sério?

— Sim.

Samanta fechou o olho lentamente, depois de piscar devagar algumas vezes.

— Obrigado por fazer isso comigo — ele resmungou.

Ele respirou fundo e soltou o ar lentamente, pondo as mãos atrás da cabeça e olhando para fora da janela. Não tinha a mínima ideia de onde estavam.

— Seria legal se os ônibus, como os aviões, tivessem aqueles mapas interativos que mostram onde você...

— Cala a boca, Davi — disse Samanta.

Ele o fez, e ela se aproximou dele e se aconchegou em seu ombro. A mão dela surgiu de debaixo do cobertor e deu dois tapinhas no rosto dele.

— Boa noite — resmungou.

Davi demorou um pouco, mas, depois de um tempo, fechou os olhos. Vários minutos mais tarde, também dormiu.

CAPÍTULO DEZENOVE

UM MAPA DA CIDADE

UM MAPA DA CIDADE

JÁ ERA METADE DA MANHÃ QUANDO OS DOIS, FINALMENTE, DEsembarcaram do ônibus municipal no terminal do centro de Foz do Iguaçu.

Os moradores locais saíram primeiro do ônibus, destrambelhados, então eles só conseguiram deixar o veículo depois que não restava mais ninguém, com suas enormes e desajeitadas mochilas os atrapalhando. Foram para baixo de um toldo para se protegerem do sol, perto de uma barraca que vendia cachorros-quentes.

— Pronto, estamos aqui — disse Davi, fazendo um gesto para mostrar o entorno.

— Sim — respondeu a garota, puxando o celular do bolso. — Mas eu estou sem bateria.

— A minha também não vai durar muito — comentou o jovem, apertando o botão de seu celular. — Você não carregou o celular antes de sair?

— Eu não sabia que a gente ia viajar! Sem contar que meus pais me ligaram um milhão de vezes ontem — retrucou Samanta.

— De qualquer maneira, precisamos dar um jeito de encontrar o autor do livro.

Davi botou as mãos na cintura e olhou em volta, como se estivesse analisando os rostos das pessoas que passavam por eles. Demorou-se especialmente em um cidadão, que colocava mostarda em seu cachorro-quente calmamente.

— Será que é aquele cara ali?

Sam deu um tapa leve no ombro dele e puxou o livro de sua mochila.

— Falando sério. Você tem uma foto dele? — perguntou Davi, soltando os braços.

— Você lembra quando eu disse que ele era um escritor recluso? Na internet não havia fotos dele, nem endereço. Vamos ter de pesquisar aqui na cidade — disse a garota.

Ele ergueu o polegar e se colocou atrás dela, procurando pelo livro escrito por Antonio Goularte Francez dentro da mochila dela.

— Acho que o melhor lugar possível para conseguirmos informações seria a biblioteca daqui — comentou Sam, enquanto começavam a andar na direção da saída do terminal. — Onde será que fica? Você acha que consegue encontrar no mapa do seu celular?

— Não. Eu não baixei o mapa daqui, e a rede de dados da minha operadora é sofrível. Pensei que seria divertido se comprássemos um mapa — disse Davi, dando um sorriso atravessado.

— Um mapa físico?

— É.

Samanta bocejou enquanto olhava em volta procurando uma central de informações turísticas. Pouco depois, saíram de lá com um mapa dobrável que cabia no bolso da calça, além de uma quantidade excessiva de panfletos das mais diversas atrações que não visitariam e alguns guias gastronômicos da cidade.

— O que acha de a gente comer alguma coisa?

— Se não for o cachorro-quente da barraquinha, acho que é uma boa ideia — disse Sam.

Os dois andaram algumas quadras a esmo, procurando algum lugar onde comer.

Foz do Iguaçu era pacata, apesar do médio porte. Suas ruas eram largas e, àquela hora da manhã, nem tão movimentadas assim. Havia muitas árvores junto das calçadas, que formavam túneis verdes, por debaixo dos quais os carros passavam e onde se viam raios de sol que desciam através das copas para formar mosaicos dourados no chão.

Encontraram uma padaria simples em uma rua secundária, com mesas e cadeiras dispostas na calçada e um ou outro freguês lendo jornal. Duas largas portas de vidro davam para o lado de dentro, onde havia mais mesas, ventiladores ligados e uma televisão em que passava um jornal matinal, com um volume baixo demais para permitir escutar qualquer coisa.

Foram ao banheiro para se lavar e tentar ficar mais despertos depois da noite mal dormida no ônibus. A seguir, se sentaram junto de uma das mesas.

Não demorou muito para que uma garçonete aparecesse, e eles pedissem o que queriam comer depois de uma longa viagem e uma refeição ignorada quando pararam em uma cidade ao longo do caminho – em prol de mais tempo dormindo. Quando a atendente voltou para dentro, os dois apenas ficaram ali, olhando um para cada lado da rua, em silêncio.

A garçonete voltou com duas xícaras de café, e eles continuaram quietos, começando a beber.

— Então... — começou Davi, por fim.

— Então — respondeu Samanta, começando a rir.

Ela sentiu as bochechas arderem e virou o rosto na direção da rua, colocando as mãos sobre ele, tentando esconder a face. Davi percebeu, mas não disse nada a respeito.

— Ah, Davi... — disse ela, em seguida, parecendo se lembrar de alguma coisa — com tudo o que aconteceu, eu nem dei a atenção que deveria ao seu término com a Carol.

— A Carol? — perguntou ele. — Bem... aconteceu.

— Eu sei que aconteceu. Estava no livro. — Ela torceu os lábios. — Mas eu não quis ler muito a fundo. Eu não sei *como* aconteceu.

— Não foi nada extraordinário. — Ele deu de ombros, bebendo seu *cappuccino*. — Foi bem comum, inclusive. A gente tinha marcado de comer alguma coisa na quarta-feira à noite, no Rocket, e eu achei que seria só mais um encontro como qualquer outro. Conversamos por um tempo, mas percebi que ela virava o rosto quando eu tentava beijar ela.

— Sei — comentou Sam, tomando um pouco de café da sua xícara.

— Eu perguntei se tinha alguma coisa errada, e ela falou que não, mas que nós precisávamos conversar sobre algumas coisas. — Davi apoiou as costas no respaldar da cadeira. — Eu logo soube que vinha bomba. Ela disse que, agora que nós nos formamos no colégio, não vai mais ser como antes. Que cada um vai seguir seu próprio caminho e tudo o mais, por isso achava que seria péssimo se eu me mudasse pra capital e precisássemos terminar tudo.

— Vocês poderiam manter um relacionamento à distância.

— Isso nunca funciona. — Ele fez um gesto de desprezo com a mão. — Ou, pelo menos, foi o que ela disse. E eu acho que concordo. É difícil sustentar uma coisa assim quando raramente se vê a outra pessoa.

— Sempre existe telefone e chamadas de vídeo.

— Não é a mesma coisa — ele disse, enfático, demorando-se nas palavras. — De qualquer maneira, ela disse que não queria nada disso. Falou também que nós já éramos pessoas muito diferentes, então a distância entre nós só ia aumentar. Eu não discordo, mas também não sei se precisava ter acabado.

Samanta coçou a cabeça, decidindo o que dizer – ou se deveria falar o que realmente estava pensando.

— E isso tão pouco tempo depois de você tirar a virgindade dela — comentou, olhando para um ônibus municipal que passava rápido pela rua.

— O quê? Eu...

A garçonete apareceu com dois sanduíches prensados em dois pratos, cuidadosamente cortados na diagonal e com guardanapos por baixo. Quando ela foi embora, os dois começaram a comer, e Davi continuou:

— Ela não era virgem — disse.

— Não? Eu achei que vocês dois tinham tido a primeira experiência juntos, por isso tinha sido especial de alguma maneira. — Tentou não deixar muito explícita a ironia em sua voz, mas seria impossível o amigo não perceber.

— Tecnicamente, *ela* tirou a *minha* virgindade.

Sam pigarreou e mordeu o sanduíche.

— Ah, é? E como foi? — perguntou, enquanto comia.

— Normal.

Os dois se entreolharam longamente.

— Tá. Você quer detalhes, então — rendeu-se ele. — Só que eu não me lembro muito bem do que aconteceu. Como você sabe, eu não estava totalmente sóbrio na noite da formatura.

— "Não estar totalmente sóbrio" não é bem como eu definiria. Você tava bêbado.

— É outro jeito de dizer isso — ele resmungou, também dando uma mordida em seu sanduíche. — Enfim, você viu que estava rolando um clima entre a gente no baile... uma coisa levou a outra. Ela disse que um primo dela estava hospedado em um hotel da cidade e que poderíamos ir para o quarto dele. Ele tinha ido para a casa dela, com os pais dela.

— Certo.

— Ela já estava com a chave do quarto, então acho que ela já tinha intenção de fazer isso — ele estreitou os olhos. — Quanto ao resto, acho que é melhor não detalhar.

— Então você finalmente conseguiu usar aquela camisinha velha que levava na carteira? — perguntou Samanta, rindo.

— Não, a Carol tinha.

— Por favor, me diga que você jogou aquela camisinha fora.

Ele deu um sorriso travesso e puxou a carteira, de onde tirou, alegremente, o pacote amassado de camisinha.

— É preciso estar sempre preparado.

— Essa aí venceu, não?

— Essas coisas duram bastante tempo — ele disse, guardando de volta na carteira e deslizando-a para dentro de sua mochila. — Mas talvez fosse uma boa ideia comprar uma nova.

A jovem mexeu com a colher seu café, que esfriava aos poucos.

— Vocês ficaram de novo, depois da noite do baile?

— Sim, só mais uma vez — ele disse, sem graça. — Mas não foi tudo aquilo que *deveria* ser. Parecia que tava faltando alguma coisa, sei lá. Ou talvez eu estava meio aéreo, coisa assim. Depois teve o vestibular, a situação do sebo, e a gente terminou.

Os dois comeram os sanduíches até o final, limpando as mãos nos guardanapos. A garota pegou mais alguns que estavam na mesa, então apoiou os cotovelos na madeira.

— E quanto a você? — perguntou Davi, como quem não queria nada.

— O quê? — Ela se fez de desentendida.

— Bom, você sabe...

— Não — ela disse, e a resposta era exatamente o contrário da verdade.

— Você sabe que, depois que nós... *crescemos*, ficou mais complicado de conversar sobre esse tipo de assunto — admitiu o jovem, olhando para todos os lados, menos para os olhos dela. Não mudaria nada, porque ela também não estava olhando para ele. — Mas acho que, como somos melhores amigos, podemos conversar sobre tudo, certo?

— Acho que sim.

— E então, você... ainda é virgem?

Samanta não disse nada por alguns segundos.

— Não — respondeu, por fim.

— Não? — perguntou Davi. — Quando foi? Eu achei que você ia me dizer alguma coisa!

Ela deu de ombros, e ele logo percebeu que ela não iria responder.

— Com quem?

A garota franziu os lábios.

— O Thiago?

— Com quem mais seria?

Davi coçou o queixo e suas sobrancelhas se uniram.

— Mas logo com aquele cara? Com aquele idiota?

— Eu namorava com ele, lembra?

— E eu sempre odiei ele, lembra?

— E quem disse que eu adorava a Carol? — perguntou Sam.

— Só que *você* também não era louca de amores pelo Thiago. — A voz de Davi já estava mais alta.

— E eu precisava *amar* o Thiago pra ficar com ele? É isso? — questionou a garota. — Mas você podia ficar com a Carol, mesmo fazendo piadinhas o tempo inteiro sobre como ela era superficial e mimada?

— Não é essa a questão.

— É, sim! — continuou ela. — É essa a questão. Você acha que pode fazer o que bem entender, mas me julga pelas minhas decisões!

O jovem cruzou os braços, irritado.

— Está bem, Samanta. Você pode fazer o que quiser... e fez.

— Fiz.

Davi pegou sua xícara e fez menção de beber, mas percebeu que não havia nada nela.

— Então quer dizer que você e o Thiago voltaram a namorar?

— Eu não disse isso.

— Então vocês *não* estão namorando.

— Eu também não disse isso.

Ela fingiu não notar ele apertando as mãos entre si.

— Qual é a situação entre vocês, então?

— Nada definido — respondeu a garota, lacônica.

— Ótimo. Espero que você esteja feliz com ele, Samanta. — Ele se levantou. — Vou ao banheiro.

Sam se limitou a fazer um sinal com a cabeça e continuou olhando para a rua.

CAPÍTULO VINTE

CLARIVIDÊNCIA

CLARIVIDÊNCIA

OS DOIS FICARAM UM BOM TEMPO SEM FALAR NADA, MESMO DEpois de pagar o café da manhã no caixa da padaria e ir para a rua. Andaram por, pelo menos, três quadras antes que Samanta quebrasse o silêncio.

— Você sabe pra onde estamos indo?

— Pra biblioteca.

— E onde fica?

Passaram-se cinco segundos em que ele apenas ficou parado, fingindo não estar disposto a tirar o mapa do bolso da calça. Então ele o fez, examinou o documento e deu meia-volta.

A cidade não era tão pequena quanto parecia. Antes de viajar, quando Sam tinha dado uma olhada geral no mapa na internet para localizar algumas das atrações turísticas que queria visitar com Davi, tudo parecera curiosamente próximo. Porém, conforme avançavam pelas ruas, esperando semáforos abrirem e atravessando-as em meio a outras pessoas – muitas até falando outras línguas, provavelmente por se tratar de uma cidade de fronteira –, era fácil notar como a escala podia enganar.

— Aonde é que fica essa biblioteca, afinal de contas? — perguntou a garota. — Essa mochila parecia mais leve, antes.

— São só mais algumas quadras.

Sete quadras depois, enfim avistaram o edifício.

Era um lugar simples, sem grandes pretensões de ser uma daquelas bibliotecas famosas ou de arquitetura ousada. Tratava-se de um prédio de três andares, em uma rua sem muito movimento, perto de uma escola e aparentemente confortável em ficar aninhado junto de inúmeras árvores.

— Aqui estamos.

Sam tirou a mochila das costas e a colocou no chão, cansada de carregá-la. Davi fez o mesmo, bebeu água de uma garrafa que trazia na rede na lateral da mala e entregou à amiga, que também bebeu.

— Obrigada.

Alguns minutos depois, entravam pela porta da frente e se deparavam com uma bibliotecária de aparência solícita, mas não exatamente feliz.

— Bom dia — disse Davi, abrindo um sorriso, e a amiga também sorriu.

— Bom dia.

— Nós estamos atrás de uma informação a respeito de um autor. Você poderia nos ajudar? — perguntou ele, em uma voz macia, apertando as mãos entre si e aparentando ser alguém tímido que estivesse tendo que lidar com isso para falar com a mulher.

— Sobre um autor? — perguntou a atendente. — O que precisam saber?

— É um autor local, Antonio Goularte Francez. Nós precisamos *muito* falar com ele. Você por acaso o conhece? — perguntou Davi.

— Eu conheço o livro dele. — Ela sinalizou positivamente com a cabeça, enquanto arrumava uma pequena pilha de lembretes adesivos sobre sua mesa. — Mas não conheço pessoalmente, não. Ouvi dizer que ele é muito reservado.

— Exato. É por isso que estamos aqui — interpelou a garota. — Nós somos de outro estado. Viemos até a cidade só para falar com ele.

A bibliotecária – Erica, segundo seu crachá – franziu as sobrancelhas.

— Vocês vieram até aqui só para falar com esse homem? — perguntou. — Eu não achei o livro tão bom assim...

— Não viemos especificamente por conta da qualidade do livro. Nós realmente precisamos *conversar* com ele. Você sabe de alguém que possa ajudar?

— Acho que não.

— Será que poderia conversar com suas colegas sobre isso? — Davi apertou os olhos, de tão grande e forçado que se tornara seu sorriso.

Ainda que aparentemente a contragosto, a bibliotecária girou em sua cadeira de rodinhas e olhou para outra mulher, a uns dez metros dela, mexendo em algumas pastas.

— *Carla!*

— Diga.

— Você conhece o tal Antonio Francez, aquele escritor aqui da cidade?

— Eu? Não.

— Não mesmo?

— Não! Por que eu conheceria?

— Você sempre sabe tudo sobre todo mundo, eu achei que talvez você conhecesse ele.

— Tá me chamando de fofoqueira?

Carla se aproximou devagar, com uma pasta na mão e os olhos estreitos.

— Não, claro que não.

Erica deu uma olhada para os dois jovens à sua frente, como se compartilhasse um segredo. Davi deu uma risada engasgada. A mulher com a pasta parou e colocou a mão na cintura, pensando se iria ou não contar o que estava pensando.

— É um pseudônimo — disse.

— De quem?

— E vou eu saber? — perguntou ela. — Eu não sou uma fofoqueira!

— Não sabe, mesmo?

— Não sei, Erica. — Ela ficou visivelmente irritada e virou-se para continuar seu trabalho.

Davi esfregou as mãos, e Samanta voltou o olhar para a rua. Os dois estavam prestes a rir, e a vontade de ambos só aumentou quando Erica olhou para eles novamente, muito séria.

— A Carla é uma pessoa complicada, queridos — disse. — Eu não consigo entender o que tem de errado com ela. Nós trabalhamos juntas há mais de vinte anos, e ela nunca mudou. Tenho certeza de que ela espalha por aí tudo o que eu conto sobre a minha vida.

— Ah, eu duvido. Ela parece uma boa pessoa — Davi tentou amenizar.

— É o que parece, mesmo. Mas, quando você conhece a fundo... a mulher é um diabo! — sussurrou Erica.

Passaram-se alguns segundos em que nenhum deles falou nada, e todos viram Carla espiando por cima do ombro para ver se eles ainda estavam ali.

— Enfim, vocês ouviram a resposta. Eu realmente não sei quem é a pessoa que escreve esses livros. E se *ela* não sabe, então provavelmente ninguém na cidade deve saber — decretou a bibliotecária. — Falando sério.

O jovem concordou lentamente com a cabeça.

— Mesmo assim, obrigado — disse, e os dois saíram a passos rápidos da biblioteca.

Só começaram a rir quando chegaram ao outro lado da rua.

Quando se recuperaram, sentados em um muro baixo, Davi deu de ombros.

— Será possível que viemos até aqui só pra descobrir que o maldito é um pseudônimo? E será que a pessoa *realmente* mora aqui?

— Acho que ele não teria motivo para se esconder...

— Então por que usa um pseudônimo?

— Pelo mesmo motivo sobre o qual a gente já conversou antes — disse Samanta, puxando o *Ex Libris* da mochila. — Medo de ser identificado e ter o destino alterado, por ter escrito sobre esse assunto. Ou algo assim.

O amigo cruzou as pernas e pareceu pensar.

— Seria trapaça se lêssemos o meu livro pra descobrir o que vamos fazer a seguir?

— Sim.

— Você vê algum problema em trapacear?

— Nesse caso, não — Samanta abriu o *Ex Libris* sobre o colo.

Passou os olhos pelo livro. Havia marcado a ocasião do incêndio no sebo com uma fita e estava fazendo o possível para não acompanhar a história em tempo real. Não era necessariamente por não querer trapacear; a falta de ética da trapaça não se aplicava para uma coisa tão séria quanto aquele livro. O que mais temia era descobrir algo terrível ao virar a página, apenas para perceber-se incapaz de impedir o acontecimento.

— Como isso é possível? — questionou Davi, olhando para o livro aberto, passando a ponta dos dedos pelo papel, incapaz de ver qualquer coisa.

— É o que estamos aqui para descobrir.

Ela encontrou o momento que acabara de viver com o amigo, dentro da biblioteca; e o seguinte, em que estavam sentados no muro lendo o *Ex Libris*. Logo em seguida havia a movimentação de ambos em direção a um determinado endereço, em um bairro residencial da cidade, em busca do autor do livro. Samanta anotou o endereço em uma margem em branco do mapa, e os dois procuraram pelo lugar. Depois de alguns minutos examinando atentamente cada rua da cidade, localizaram a correta e levantaram-se.

Algum tempo depois, já estavam dentro do ônibus que os levaria até próximo de onde queriam chegar. E isso não ocorreu sem muita conversa com um fiscal de trânsito da cidade, que parecia ter menos conhecimento do que eles próprios sobre as rotas dos ônibus municipais.

O caminho não foi especialmente longo. Talvez por se tratar de um horário aleatório, sem muitas pessoas nas ruas ao mesmo tempo, com seus carros para atravancar o trânsito – como seria durante o meio-dia ou o final da tarde. Assim, depois de cerca de vinte minutos, os dois desceram do veículo em uma longa rua arborizada, com casas grandes e elegantes dos dois lados, providas de grades altas e muitas câmeras de segurança. A rua estava praticamente vazia.

— Acha que é aqui mesmo? — perguntou Davi, ajeitando a mochila nas costas.

— É o que diz o livro.

— E o livro nunca erra, né?

Ela ficou pensativa por um instante.

— Se errasse, ficaríamos felizes?

— Já estamos aqui. De qualquer maneira, não temos como saber se isso significaria que *tudo* o que está escrito nele pode estar errado. Mas, até agora, ele não errou nenhuma vez.

Sam apenas concordou com a cabeça.

Ela olhou para o endereço escrito no livro, e eles andaram por algumas quadras, quase a esmo, tentando descobrir onde ficava a casa do escritor. A numeração das residências era esquisita e não parecia fazer sentido – ainda que eles soubessem que alguém, em algum setor da prefeitura, pensara com muita cautela naquela organização para que tivesse um mínimo de lógica. Ou não.

— É aqui — disse Davi, quando chegaram à frente de um casarão pintado de branco, com um telhado pontudo em um tom de creme.

Os dois pararam em frente ao portão de duas folhas e olharam para dentro. Havia um grande gramado e uma árvore enorme na parte de trás da casa. A porta da frente era adornada por arabescos; as janelas eram amplas, deixando entrar muita luz. Era um lugar adorável. E provavelmente custara muito dinheiro ao dono.

— Toca a campainha — disse Sam.

— Eu?

— É.

— E você vai ficar só assistindo?

— Não, eu te acompanhei até aqui pra tratarmos da *sua* história — disse a garota, erguendo o livro como se fosse um troféu. — Tocar essa campainha é o mínimo que você pode fazer a respeito do seu destino.

Ele torceu os lábios.

— O que diz aí?

— O quê?

— O que diz aí no livro? Quem toca a campainha?

A garota abriu o livro e leu rapidamente algumas linhas. Fechou a cara e virou-se para o portão de entrada de pessoas, apertando o botão sem hesitar.

Demorou alguns segundos, mas houve um som de interferência no interfone. Os dois notaram que havia alguém do outro lado, ainda que não tivesse dito uma palavra.

— Boa tarde — disse Samanta.

Não houve resposta.

— Meu nome é Samanta, e esse é o Davi. Nós estamos aqui para falar com o senhor Antonio Francez, autor de uma obra chamada *O Livro do Destino*. Poderíamos conversar com ele?

Continuou não havendo resposta.

A jovem olhou para o amigo logo atrás, erguendo os ombros de maneira tímida.

— Só leia no livro o que devemos fazer — disse Davi, incentivando-a com um gesto. — É mais fácil assim.

Ela leu. E, depois, ergueu o livro na direção da câmera.

— Nós temos isso.

Meio minuto se passou. Então, o portão se abriu, e os dois entraram por ele.

CAPÍTULO VINTE E UM

O AUTOR DO DESTINO

O AUTOR
DO DESTINO

POUCO MENOS DE DEZ MINUTOS DEPOIS, SAM E DAVI ESTAVAM sentados em um sofá de couro de dois lugares, que rangia a cada movimento deles, esperando que o autor do livro sobre o destino reaparecesse da cozinha com o que quer que tivesse ido buscar para eles.

— Será que ele ficou rico assim só escrevendo livros? — perguntou Davi, olhando à sua volta.

A sala em que estavam – a casa inteira, aliás – tinha um pé-direito muito alto e janelas amplas. Os móveis eram de bom gosto e não parecia que poderiam ser comprados em uma loja comum. Especificamente a sala em que estavam tinha um grande lustre no teto, e a adjacente era um grande saguão com escadarias duplas que levavam para o andar de cima.

— Acho que não — sussurrou Samanta. — O livro não é tão bom assim.

Ela se aprumou no sofá, e ele deu um guincho.

— Além do mais, livros não dão tanto dinheiro. Não no Brasil.

— E o que será que ele é, então? — perguntou Davi. — Um contrabandista, um traficante?

— Só porque é uma cidade de fronteira, não quer dizer que todos que moram aqui e têm dinheiro ganharam sua fortuna de forma ilegal.

— Não necessariamente, mas é uma possibilidade.

— É uma possibilidade — ela admitiu. — Mas, por enquanto, vamos supor que ele é só um investidor, certo?

— E ele investe no quê? Cassinos do outro lado da fronteira?

— Não. Ele... investe em imóveis.

— Não é muito empolgante.

A jovem o cutucou com o cotovelo ao ver que o dono do casarão se aproximava com uma bandeja de prata com três xícaras pequenas e um bule pequeno sobre ela. Também havia um prato com alguns aperitivos secos.

— Eu não esperava receber leitores hoje — disse o homem, caminhando um pouco encurvado, em uma estranha tentativa de manter a bandeja estável. — Se soubesse que vocês vinham, poderia ter preparado alguma coisa mais especial.

O homem que se sentou na poltrona imediatamente em frente ao sofá em que eles estavam era calvo, com um tufo contínuo de cabelo branco que orbitava o entorno de sua cabeça e deixava o topo completamente desprotegido. Usava óculos de grau muito elegantes, com uma armação quase invisível, mas estava vestido de maneira casual e aparentemente confortável – até porque estava dentro da própria casa. Se estava trazendo alguma coisa para comerem e beberem, então poderia ser uma pessoa simpática, ou que conhecia o mínimo de regras de boa conduta e vivência em sociedade. Era o que parecia.

— Teríamos avisado, se soubéssemos como entrar em contato — disse Davi, um pouco mais grosseiro do que deveria. — Nós não conseguimos seu telefone, seu endereço, seu e-mail, nada.

O homem inclinou a cabeça.

— Bem, há um motivo para isso — disse.

Os dois amigos se entreolharam.

— E qual seria?

— Creio que vocês saibam do que se trata — disse ele, sem jeito. — Vocês têm um livro desses. Suponho que compreendam a carga intrínseca nele e todas as coisas que o envolvem.

— Acho que sim.

— A questão é que eu nunca encontrei o meu — continuou o autor do destino. — Então não tenho como controlar o que vai acontecer no meu destino. Por isso, preciso ser cuidadoso, caso não queira que o Escrivão... crie uma reviravolta na minha história.

A conversa pareceu enveredar por aquele caminho rápido demais.

— Antes de falarmos desse lado *mitológico* da coisa... qual é o seu nome verdadeiro? — perguntou Sam, sem saber se estava escolhendo as palavras certas.

— Jorge Alberto dos Santos — disse o homem, não sem algum orgulho.

— E o pseudônimo e toda a escolha por ser recluso é uma fachada contra o tal Escrivão? — questionou Davi, com um sorriso aparecendo de leve no canto da boca, como se achasse tudo aquilo muito divertido. E como se não levasse a questão a sério o suficiente.

O homem negou com a cabeça, muito de leve.

— Não de todo — disse. — O pseudônimo é também uma questão comercial. Ainda que a família "dos Santos" seja muito conhecida e dona de metade dos estabelecimentos comerciais da cidade, não seria um sobrenome suficientemente chamativo para um autor de livros de realismo fantástico.

— Realismo fantástico?

— Bem, sim — respondeu ele. — Foi como a editora classificou o livro.

— Tem mulas sem cabeça e boitatás nele — ironizou Samanta.

O autor do livro pareceu perplexo, mas optou por não comentar.

Seguiu-se um rápido momento de silêncio, em que ele ofereceu chá quente aos dois e os aperitivos secos. Não era nada especial, mas eles não negariam algo oferecido tão gratuitamente.

— Como você conseguiu ser publicado por uma editora? — perguntou a garota.

Davi a encarou.

— O quê? Não é para saber esse tipo de coisa que a gente veio até aqui! — ele disse, as sobrancelhas entortando. — Se quisesse perguntar isso, poderia ter mandado um e-mail pra qualquer autor nacional, sem precisar me arrastar para Foz do Iguaçu!

Ela fez um gesto rápido para que ele se calasse e olhou para o autor.

— Bem, eu... — Jorge Alberto olhou para Davi, esperando uma interrupção que não veio. — Então, foi um caminho tortuoso. Entrei em contato com diversas editoras, tentando a publicação, mas as poucas que me responderam não queriam se dedicar ao livro de um autor desconhecido, mesmo eu sendo um "dos Santos". Mas eu sabia, de uma forma ou de outra, que precisava publicar essa história. Então decidi bancar uma tiragem e distribuir por conta própria. Vendi muitos livros para amigos e conhecidos, pessoas que nem estavam muito interessadas em comprar, mas que acabavam o fazendo por eu ser quem sou.

A jovem concordou com a cabeça, atenta.

— Eu também contratei uma distribuidora para espalhar os livros por livrarias de todo o país. Não foi um sucesso imediato.

— Ele balançou a cabeça. — Demorou muito tempo até que ele recebesse a atenção devida. Uma agente literária leu, se identificou com a história e se ofereceu para me representar junto das editoras. Depois de um bom tempo, ela conseguiu fechar um contrato modesto para uma tiragem de mil exemplares. Provavelmente foi um desses que vocês encontraram, certo?

Samanta puxou sua mochila e entregou para ele o livro que "pegara emprestado" da biblioteca.

O autor do livro o pegou com cuidado, talvez até com carinho.

— Não! É um dos exemplares originais, dos primeiros que eu mesmo fiz! — disse. — O que foi feito pela editora é bem mais caprichado. Eles fizeram uma revisão profunda e uma capa muito melhor.

— Que bom — disse Davi, ao que Sam respondeu com um cutucão.

— É claro que um livro feito inteiramente pelas mãos do autor não seria um primor gráfico ou linguístico, principalmente de um autor que tinha começado a escrever há muito pouco tempo — ele disse, como que pedindo desculpas. — De qualquer maneira, esse livro é um achado! Eu nem sabia que eles ainda estavam por aí.

— Estava na biblioteca municipal da nossa cidade — disse a garota.

— Ótimo. É bom ver que eles não foram descartados e continuam nas prateleiras... — ele resmungou.

Ele devolveu o livro com as mãos ligeiramente trêmulas e alguma reverência.

— Ainda sobre o pseudônimo, achei que seria interessante adotá-lo porque daria mais mistério à história — continuou.

— Se depender da nossa experiência, já é misteriosa o suficiente — comentou Davi, visivelmente tentando definir um rumo específico para a conversa.

— E qual é a experiência de vocês? — ele perguntou, cruzando as pernas e pousando nelas os cotovelos, e o queixo nas mãos.

— Não é exatamente agradável — admitiu Samanta.

— Acho que o *Escrivão* não vai muito com a nossa cara — disse Davi. — Com a *minha* cara.

— Ah, então o livro que vocês têm pertence a você...

— Davi.

— Davi. É o seu *Ex Libris*, certo?

— É o que a Sam diz. — Ele deu de ombros, espalhando-se um pouco pelo sofá. — E, como pra mim o livro parece estar em branco, tenho de acreditar que ele realmente narra a minha vida.

— Infelizmente o livro acertou tudo, até agora — disse a garota, desanimada.

— Não poderia errar, de qualquer maneira — disse o autor. — Ele não foi escrito como uma espécie de previsão do que vai acontecer. São as coisas que acontecem que seguem o fluxo do que foi escrito.

— Então esse livro não *conta* a minha história. É a minha história que é *guiada por ele*? — perguntou Davi.

— Exato.

— Isso não faz nenhum sentido — disse o garoto.

— Pode não fazer a princípio, mas é uma realidade inevitável — disse o outro. — O Escrivão põe no papel as histórias de todos nós, e estamos submetidos a aceitar o rumo da narrativa que ele decidiu.

Os dois jovens se entreolharam.

— O que foi? — perguntou o homem.

— Não era bem essa a resposta que queríamos ouvir.

— E qual seria?

— A ideia de vir até aqui era justamente a de tentar encontrar uma solução para o problema que esse livro trouxe — disse Samanta. — É óbvio que o Davi morreria algum dia, mas *saber* que dia será faz com que seja frustrante.

O homem ergueu a cabeça das mãos.

— É frustrante por vocês não conseguirem mudar, certo?

A garota concordou lentamente com a cabeça.

— Sim. É frustrante porque, mesmo sabendo o que vai acontecer, não é possível mudar o rumo da história. O que significa que, se não fizermos nada, o Davi vai morrer em breve em um incêndio.

— *Se* essa história for verdadeira — resmungou ele, mas não parecia muito firme em sua dúvida. Soava mais como alguém incapaz de engolir uma verdade universalmente aceita.

O escritor bebeu um gole de seu chá quente.

— Vocês já tentaram mudar alguma coisa? — perguntou ele.

— Claro — disse a garota.

Davi ergueu uma sobrancelha para ela.

— Tem certeza? — perguntou ele.

— Tenho.

— Nós não tentamos mudar nada *pra valer*.

— Como você pode estar dizendo isso? — perguntou ela, indignada. — Nós estamos aqui por causa disso! Estamos aqui porque queremos mudar o resultado do livro!

— Mas só conseguimos encontrar a casa porque você leu onde ficava, por exemplo.

Ela ficou imediatamente em silêncio. O *Ex Libris* estava, de fato, sobre seu colo, e as mãos dela estavam pousadas sobre a capa simplista. Como se percebesse seu erro, ela o afastou de si, colocando-o sobre a mesa.

Antonio abriu as mãos sobre os joelhos.

— Talvez nós tenhamos errado nesse quesito — resmungou Samanta.

— Acho que não fará mal sugerir que vocês não se guiem mais pelo livro — disse o homem, bebendo mais um gole do chá. — Se fizerem isso, só estarão concordando com tudo o que está escrito.

— E se estiver escrito que vamos lê-lo? — perguntou Davi.

— É uma boa pergunta. Acho que, nesse caso, não há escapatória. De certa maneira, tudo o que está escrito nele reflete as decisões de vocês. Se decidirem não ler o livro, isso certamente já

estará escrito nas páginas do *Ex Libris*, e vocês não vão fazer isso. Se decidirem ler, com toda certeza isso também vai estar.

— O que significa que não temos chance nenhuma de mudar o rumo da história — declarou Samanta.

— Receio que não. Pelo menos, não a princípio.

— A princípio — Davi se empertigou ao lado da menina, fazendo ranger o couro do sofá.

O homem concordou.

— O que quer dizer com isso?

— Quero dizer que a história que eu escrevi não é totalmente ficção — disse. — A editora queria classificá-la como "fantasia". Eu insisti para que fosse "realismo fantástico". Eles não entenderam bem o motivo, mas era importante para mim.

Davi cruzou os braços.

— E de que parte você estava falando, quando quis definir como "realismo"?

— O Escrivão e a Biblioteca do Destino, é claro.

Houve um breve instante de silêncio.

— Você acha que é verdade?

— Eu não acho nada — disse Goularte, bebendo mais um gole de sua bebida e cruzando as pernas em outra direção. — Foram vocês que vieram até mim para descobrir o que eu sei. E eu *sei* que o Escrivão existe e que a Biblioteca é real. Eu estive lá.

Não foi necessário que pedissem para que o autor do livro contasse sua história. Ele apenas pousou sua xícara sobre o pires e colocou ambos sobre a mesa de centro entre eles.

— Existem inúmeras lendas a respeito da Biblioteca do Destino — disse o homem. — E meu livro não foi o primeiro a descrevê-las ou contar uma história a seu respeito. Tomei conhecimento a respeito disso da mesma maneira que vocês: por meio de um livro que narrava a história de um lugar fora do comum, que continha infindáveis volumes com as histórias de toda e qualquer pessoa na Terra. À época, eu morava no Rio Grande do Sul, a uma distância não muito grande do cânion que abriga a biblioteca. Em uma aventura juvenil, decidi procurar por ela. E encontrei.

Samanta aprumou-se no sofá, enquanto Davi pegava uma bolacha e a comia, fazendo barulho com a boca.

— Essa é a história? — perguntou a garota.

— Bem, sim. A versão curta. A longa eu escrevi e publiquei na forma de um livro.

— Então a história do livro é a sua? — Samanta voltou a se inclinar na direção dele.

— Tecnicamente, sim. É claro que eu tomei algumas liberdades criativas, mas a base é a história da minha viagem até a biblioteca e meu encontro com o Escrivão.

— Você conheceu o Escrivão? Como ele é?

O autor pareceu desconcertado, incapaz de encontrar as palavras certas para o que queria contar – ou talvez encontrando-as e apenas incomodado demais para dizê-las. Antonio cruzou os braços, descruzou-os e então levantou-se.

— Posso oferecer mais alguma coisa a vocês? — perguntou.

— Tem algum problema? — Davi parou em meio a um movimento para pegar outra bolacha.

O homem olhou para o *Ex Libris* sobre a mesa de centro por longos segundos, e mais de uma expressão passou pelo seu rosto rapidamente. Então, ele sentou-se outra vez.

— Preciso dizer que, naquela época, eu era uma pessoa muito diferente — disse o escritor, as palavras parecendo arranhar em sua garganta conforme saíam. — Não me orgulho das decisões que tomei, nem dos caminhos que tracei. Hoje eu mudei e me empenho sempre em ser alguém melhor. Mesmo assim, os erros do meu passado me acompanham o tempo inteiro. E eu sei que não consegui abrir mão do que se passou e do que consegui com minha visita à Biblioteca.

Samanta, apreensiva, aproximou-se um pouco do amigo.

— O que quer dizer?

O escritor passou as mãos pelo rosto e cabelos.

— Eu era jovem e não compreendia muitas das coisas que compreendo hoje. Eu não tinha objetivo nenhum, e foi isso que me guiou por esse caminho. Tinha me formado há pouco tempo na faculdade e, sem conseguir um emprego decente na área da administração, decidi vagar um pouco. E foi nessas andanças que eu conheci a história e decidi ir atrás daquele lugar.

"Não posso negar que eu era ambicioso até demais. Os empregos que me eram oferecidos não eram o bastante para mim. Eu ambicionava grandeza, riqueza, fama – e não conseguiria isso com a facilidade que esperava. Eu era egocêntrico e achava que o mundo deveria girar à minha volta – o que obviamente não iria acontecer. Ainda assim, foi isso o que me fez ir até o cânion: ambição e egoísmo.

"Eu li a respeito de um lugar 'mágico' onde existiam livros que contavam a história da vida de todas as pessoas do mundo. Conversei com muita gente que afirmava que esse lugar existia, então fiquei obcecado pelo que ouvi. A possibilidade de saber o futuro me maravilhava, e as oportunidades que isso poderia trazer eram infinitas."

— Oportunidades... financeiras? — questionou Davi, e Sam o cutucou com o cotovelo.

Ainda mais desconfortável, o homem concordou.

— Oportunidades financeiras. Eu achava que conseguiria fortuna dessa maneira.

— E conseguiu.

— Consegui.

O jovem olhou para a amiga, seus olhos expressando com uma limpidez cristalina o que ele queria dizer: estava certo a respeito de a fortuna do escritor ter vindo de uma fonte não totalmente legal. Se fosse legal, não era exatamente *moral*.

— Eu espero que vocês não me julguem por isso — disse o escritor, seu rosto transformando-se de leve em uma máscara de desconfiança e leve ira. — Eu me arrependo profundamente do que fiz no passado, principalmente desse incidente. Meu marido jamais poderia saber sobre isso. Não me orgulho nada de ter seguido por esse caminho.

— Mas, como você disse, não conseguiu abrir mão do que obteve. — Davi fez um gesto com relação ao ambiente onde estavam.

Antonio balançou a cabeça.

— Ainda assim, tento sempre me tornar alguém melhor — disse, em voz baixa.

— O que você fez? — perguntou a garota, na beira do sofá outra vez, com a voz o mais tranquila possível. Não conhecia o homem o suficiente para colocá-lo contra a parede. Se agisse de maneira inadequada, eles simplesmente seriam expulsos da casa e não descobririam mais nada sobre a biblioteca.

— Naquela época, quando eu não sabia o que faria na vida para enriquecer, descobrir a minha história parecia uma boa ideia — disse Antonio, abaixando de leve a cabeça. — Ter nas mãos a possibilidade de descobrir todos os meus trunfos antes que acontecessem... seria uma roda que moveria a si mesma. Um círculo vicioso. Ter acesso ao meu sucesso faria com que ele se concretizasse, o que faria com que estivesse escrito no livro, me levando a alcançá-lo.

Davi fez um gesto com a mão para que ele parasse de falar sobre aquilo.

— O paradoxo não importa. O que você fez, afinal, de que se envergonha tanto?

O autor balançou a cabeça negativamente.

— Eu conversei com o Escrivão e pedi a ele o meu livro. Foi quando descobri que o dono do *Ex Libris* não consegue ler sua própria história — disse ele. Ele respirou fundo, e demorou a soltar o ar. — Então, eu roubei os livros de outras pessoas e usei o meu conhecimento a respeito da história delas para aplicar golpes.

Antes que qualquer um dos dois fosse capaz de esboçar uma reação, o homem começou a se explicar.

— Eu sei que nada justifica o que eu fiz e que não deveria ter feito isso — disse. — Até já conversei com uma ou outra pessoa

sobre esse assunto, e todas tiveram as mesmas reações. Vou pedir mais uma vez que não me julguem. Foi há muito tempo. Agora sou uma pessoa diferente.

Ele se levantou de súbito.

— Venham. Vou mostrar a vocês.

O homem saiu da sala, deixando-os sentados muito perto um do outro, confusos e receosos a respeito do que ele queria mostrar. Sam torceu os lábios, e o amigo a cutucou para que levantassem.

Seguiram-no até outro cômodo da casa, passando pelo hall de entrada e pela escada que levava para o andar de cima. Tratava-se de uma espécie de biblioteca, repleta de livros de temas como administração de empresas, investimentos e empreendedorismo. Depois de passarem por eles, o autor os levou até um canto e, abrindo as portas de um armário, mostrou seu conteúdo. Havia, pelo menos, cinquenta exemplares de *Ex Libris* de várias pessoas, com inúmeras iniciais inscritas em dourado nas lombadas. Antonio parou ao lado dos livros e pôs as mãos nos bolsos. Davi e Samanta apenas ficaram lá, sem falar nada.

— Eu voltei lá mais de uma vez — disse o escritor, devagar. — E, em todas as vezes que voltei, o Escrivão disse que não era por esse motivo que eu deveria ir até lá.

— Você *deveria* ir até lá? — perguntou a garota.

— Ele disse que estava escrito no meu livro. Era meu destino encontrar a Biblioteca.

— Por quê?

O homem olhou para os volumes enfileirados nas prateleiras dentro do armário e então fechou suas portas.

— Eu não sei — disse ele.

CAPÍTULO VINTE E DOIS

INTENÇÃO

OS DOIS SAÍRAM MEIO DESNORTEADOS DA CASA DO AUTOR, tomando a rua cautelosamente e tentando se afastar do campo de visão das câmeras e das janelas da mansão do homem. Andando por debaixo das frondosas árvores que preenchiam as calçadas e formavam arcos por sobre a rua, com a luz do final da tarde iluminando seus passos, os dois entreolharam-se.

— O que você achou?

— Foi um pouco diferente do que eu imaginava — admitiu Davi. — Por outro lado, eu tinha razão a respeito da fortuna dele: foi adquirida ilegalmente.

Samanta deu de ombros, mas o gesto não representava o que ela sentia. Mesmo que tentasse, não conseguia esquecer da sombra do final do livro de Davi pairando sobre sua cabeça.

— O importante é que descobrimos que a tal biblioteca existe — disse ela.

— Supostamente.

— Supostamente — ela concordou, arrumando a mochila nas costas.

Andaram por mais metade de uma quadra antes que ela dissesse algo de fato importante.

— Davi, apesar de todas as coisas que nós escutamos hoje e tudo o que estamos vivendo, as aventuras e tudo o mais, eu tenho uma pergunta.

Ele ergueu uma sobrancelha na direção dela.

— Diga.

— Por acaso, na sua ideia maluca de virmos até aqui para conversar com esse homem, você pensou em algum lugar pra passarmos a noite? — perguntou Sam.

Davi até parou.

— Meu amor... — disse, delicadamente. — Eu nem tinha as passagens de ônibus compradas. Você realmente esperava que eu tivesse reservado um hotel? — O jovem voltou a caminhar, e ela o acompanhou. — Sem contar que a gente não tem dinheiro suficiente para ficar em um hotel. Além do mais, é uma cidade turística.

Os dois andaram por mais alguns metros.

— E aí?

— E aí que nós temos que encontrar algum lugar.

— Por onde começamos?

— Podemos tentar alguma coisa em um *hostel* — disse o jovem, aparentemente despreocupado. — Costuma ter várias camas em dormitórios. Pegamos um dormitório misto, assim você pode dormir segurando a minha mão pra não ficar com medo do escuro.

Ele foi parando devagar, então sentou-se no meio-fio.

— Deve ter alguma coisa no mapa.

Davi puxou o mapa de dentro da mochila e o abriu no asfalto à sua frente, prendendo-o com duas pedras nos cantos de cima e com os pés nos de baixo, para evitar que algum eventual carro o levasse consigo. Samanta curvou-se atrás dele para enxergar as informações.

— Aqui parece ser um bom lugar — disse ele, apontando para um hotel qualquer no centro da cidade.

— E com que dinheiro você acha que nós vamos conseguir ficar em um hotel cinco estrelas sem reserva antecipada? — perguntou a garota, apontando para outro lugar, mais distante do centro. — É possível que achemos algo mais em conta nessa região. Quanto você tem?

— O suficiente.

— Pra volta de ônibus também? — perguntou ela, torcendo os lábios.

— Se não tivermos dinheiro para a volta, a gente pega carona. Não tem mistério — disse Davi, abrindo um sorriso largo e levantando-se, tirando as pedras dos cantos do mapa, o dobrando e colocando dentro da mochila. — Vamos lá.

Depois de uma longa viagem de ônibus de volta ao terminal da cidade, andaram pelas ruas timidamente iluminadas pelos raios de sol à procura de um lugar que parecesse barato, mas que não correspondesse à tenebrosa expectativa de encontrarem baratas à noite no chão do banheiro, correndo para o ralo assim que a luz fosse acesa.

Com muito esforço, encontraram um lugar aceitável, justamente em um *hostel*. Pediram para ficar com duas camas em um dormitório misto. Receberam a chave do quarto e dos armários que poderiam usar, levaram suas coisas até lá e as trancaram lá dentro. Demoraram algum tempo para decidir quem ia dormir na cama de cima e quem ficaria com a de baixo do beliche. No final, Davi foi para a de cima – o ventilador ficava perigosamente perto dela, e Samanta tinha medo de deixar o escalpo em uma de suas pás ao tentar descer.

Não muito tempo depois, voltavam de um pequeno mercado próximo já comendo seu elegante jantar: dois "sanduíches naturais" gelados e bastante básicos, mas que seriam o suficiente para passar a noite.

— Não é perigoso andar à noite em uma cidade que não conhecemos? — perguntou Samanta, conforme passavam por baixo de uma árvore que tapava completamente a luz do poste da rua, fazendo com que a calçada ficasse no breu absoluto.

— Tá dizendo isso só porque é uma cidade de fronteira?

— Foi *você* que implicou com o fato de ser uma cidade de fronteira.

— Vamos torcer pra Polícia Federal não estar em uma perseguição em alta velocidade a bandidos fortemente armados — disse ele, e olhou para a rua.

O ambiente estava silencioso e estranhamente calmo. As folhas das árvores ondulavam à brisa fraca da noite, e o sentimento que o lugar passava era de tranquilidade.

Depois de chegarem ao quarto, tomaram banho e decidiram o que fariam no dia seguinte – iriam às cataratas, é claro. Deitaram-se e deram boa noite um ao outro sem qualquer cerimônia.

Os dois ficaram de olhos abertos por muito tempo no quarto vazio, cujos únicos ocupantes eram eles.

E o que os dois mais desejavam era poder deitar um junto do outro.

CAPÍTULO VINTE E TRÊS

ÁGUA SOB A PONTE

ÁGUA SOB A PONTE

DESCERAM DO ÔNIBUS INTERNO DO PARQUE DAS CATARATAS do Iguaçu o mais perto possível das inúmeras e quase infinitas quedas d'água. E a primeira coisa que Davi fez fora do transporte foi bocejar. A amiga olhou de esguelha para ele.

— Você não veio até aqui pra ficar dormindo, né?

— É claro que não. Eu vim até aqui pra encontrarmos um escritor. E a gente já fez isso — ele disse, dando um golpe na própria mochila com o quadril para lançá-la para cima e arrumá-la nas costas. — O que eu não esperava era que nosso dia de folga fosse começar tão cedo. É um *dia de folga*, Samanta!

— A ideia de vir para as cataratas foi sua!

— Mas *não tão cedo* — ele disse, fazendo uma careta.

Ela deu de ombros.

— Tudo bem, você pode voltar para o *hostel*. Eu continuo o caminho sozinha.

E saiu a passos largos na direção que os poucos turistas naquele horário seguiam. Fingindo-se contrariado, Davi foi atrás dela, andando devagar pela trilha cimentada no meio de arbustos e plantas diversas, aproximando-se do rio e do som ensurdecedor – ao longe – das magníficas quedas.

Como cada ônibus que levava até aquele ponto trazia um grupo compacto e fiel de turistas de sandálias e câmeras semiprofissionais penduradas nos pescoços, Davi e Samanta não conseguiram se distanciar muito daqueles que vieram com eles. Sabiam que, se ficassem muito para trás, acabariam se juntando ao grupo seguinte, e a expectativa irreal de andarem sozinhos pelo meio da selva – abrindo caminho com facões na direção de uma das grandes maravilhas naturais do mundo –, se tornaria ainda mais distante da realidade. Então, acabaram decidindo andar com as pessoas que haviam vindo no mesmo ônibus que eles e afeiçoar-se a elas.

Não demorou para que identificassem panelinhas específicas entre os turistas que eles acompanhavam. Havia o casal visivelmente desfrutando da lua de mel; a família argentina numerosa; a família brasileira pequena; os pais de primeira viagem com uma criança de colo que dormia o tempo inteiro – exceto, é claro, nos momentos em que eles queriam que ela dormisse –; um grupo destacado de turistas germânicos e três ou quatro orientais. Havia também um rapaz muito alto que não parecia pertencer a nenhum grupo, então Sam e Davi o tomaram como uma espécie de referência para não se perder dos outros.

— E em que categoria nós nos encaixamos? — perguntou Davi.

Samanta demorou a responder à pergunta. Sabia perfeitamente bem que não era simples e que sua resposta não precisava ser dada de imediato. Os olhos brilhantes de seu melhor amigo, porém, indicavam que ele *queria* uma resposta, qualquer que fosse ela, no momento certo. Mas Sam não sabia quais eram as palavras certas.

Ele riu ante a falta de resposta dela, e a garota adiantou-se até um mirante, que foi subitamente deixado vazio pelos outros visitantes.

— Olha só — disse, apontando para as quedas d'água que, conforme eles avançavam, se tornavam mais numerosas e volumosas. Debaixo de um véu de milhões de gotículas de água que espiralavam no ar, havia pássaros agarrados às pedras molhadas.

— Qual é o sentido de eles ficarem pendurados aí? — perguntou Davi.

— Sinceramente, não faço a mínima ideia. Mas é bonito — disse a garota, apoiando os cotovelos no parapeito de madeira e observando a vista.

O rio corria muito rápido abaixo deles. As correntes de água azulada e espuma se misturavam e remexiam para lá e para cá, batendo em pedras, esguichando para o alto e mergulhando de novo. Ela pegou o celular e tirou muitas fotos da paisagem, depois puxou o amigo para junto de si para que tirassem uma foto juntos. Os dois apareceram sorridentes na imagem, o fundo muito claro, deixando visível quase apenas sua silhueta na foto.

Quando voltaram a andar pela trilha, chegando perto dos calcanhares do grupo alemão –que tirava fotos de uma salamandra tentando se esconder em uma fenda na rocha –, Davi cutucou-a com o cotovelo.

— Escuta, eu não devia ter falado com você daquele jeito, ontem, na padaria — disse ele, em voz baixa.

— Ter falado o quê? — perguntou ela, despretensiosa, apesar de saber exatamente do que ele estava falando.

— Sobre você e o...

Ele deixou a frase no ar, esperando que ela terminasse por ele, mas Samanta apenas aguardou que ele falasse.

— Sobre o Thiago.

— Ah, sim.

Ele chutou sem querer um desnível do caminho e praguejou. Os alemães olharam para ele com expressões severas, mas Samanta só balançou a cabeça devagar.

Davi meteu as mãos nos bolsos do calção e voltou para perto dela, recostando-se contra o parapeito do trajeto e esperando os estrangeiros se afastarem. Depois, ficou remexendo no pedaço de tecido que servia para ajustar o comprimento das alças de sua mochila.

— Quero dizer... eu não quis soar como se fosse seu dono, ou como se eu tivesse qualquer tipo de importância na sua vida nesse sentido... — resmungou o jovem.

— E gostaria de ter? — perguntou Sam, surpresa com sua própria coragem em dizer isso.

Davi fechou os lábios com força e voltou a colocar as mãos nos bolsos. Ele ruborizou com uma velocidade surpreendente.

— Eu, ah... Sam, vamos andando. Daqui a pouco o próximo grupo nos alcança, e eu vou ficar com a sensação de que estamos andando muito devagar — disse ele, puxando-a pelo braço para que voltassem a caminhar.

Ela olhou para trás. Não havia sinal algum de outro grupo de turistas se aproximando.

Avançaram uma boa distância sem falar sobre nada significativo – com exceção, é claro, de aspectos paisagísticos do local inacreditavelmente belo em que estavam. O caminho tinha diversos mirantes, um mais sensacional do que o outro, e eles passaram um tempo considerável tentando tirar a foto perfeita de um pássaro enorme voando sobre os turbilhões de água que despencavam pelas cataratas. Depois de desistir dessa missão, aproximaram-se cada vez mais da queda d'água principal, a Garganta do Diabo. Conforme caminhavam, o estrondo da água caindo ia se tornando mais alto e ensurdecedor. Precisavam falar muito mais alto para entender um ao outro.

— Olha só até onde vai o mirante dos argentinos! — Davi disse, ou gritou, para a amiga, falando perto da orelha dela, apontando para o outro lado da queda.

O mirante do outro lado da fronteira ia até a beirada do precipício, vertiginosa e perigosamente perto do abismo.

— Eu não sei se ia conseguir ficar lá! — Samanta gritou, ou disse, em resposta.

— Se estivéssemos lá, eu segurava a sua mão pra você não ficar com medo! — respondeu ele, e a garota manteve-se quieta.

Já era a segunda vez em pouco tempo que ele levantava essa possibilidade.

Sam apontou para o mirante próximo da beirada do lado brasileiro.

— Vamos até a ponta? — perguntou.

— É óbvio!

Os mirantes mais próximos da Garganta do Diabo estavam sempre repletos de gente, principalmente aquele que melhor se projetava para fora e permitia uma ótima vista do interior do abismo de água profunda e caótica que se desvelava à frente.

Uma cachoeira próxima era responsável por levantar um véu de infinitas gotículas de água. A princípio, elas não pareciam um grande problema, mas, depois de alguns minutos, eram o suficiente para encharcar qualquer um que não estivesse usando uma das ridículas capas de chuva vendidas no parque.

Como Davi e Samanta haviam concordado que um pouquinho de água não faria mal, logo se viram completamente molhados enquanto tentavam tirar a foto perfeita: os dois, juntos, de bochechas coladas e sorrisos nos rostos em frente à enorme queda d'água, sem nenhuma outra pessoa à volta. Evidentemente, o melhor que conseguiram foi manterem-se centrados na foto enquanto inúmeras outras pessoas se acotovelavam com o mesmo objetivo – apenas com personagens diferentes, se esticando para tentar uma visão mais clara e irritados com o fato de que a lente da câmera estava sempre molhada.

Depois de, pelo menos, dez tentativa infrutíferas, foram em direção a um mirante menos tumultuoso, mas igualmente bonito e com uma vista agradável do rio. O barulho das cataratas era bastante alto, por isso precisavam falar perto um do outro.

— E quanto à Carol?

Davi pareceu surpreso com o fato de ela ter dito esse nome.

— O que tem ela?

— Você... tem pensado muito nela?

Ele deu de ombros.

— Nós queríamos coisas diferentes. Eu queria alguma coisa a longo prazo, e ela queria o oposto. Disse que logo estaria indo para a faculdade e que muitas coisas iriam mudar. Estava empolgada com a possibilidade de morar sozinha e com todas as coisas que isso envolve. E também todas as coisas que isso *não* envolve, incluindo eu.

— O quê? Ela acha que vai encontrar alguém muito melhor na faculdade?

— É o que eu imagino. — Ele deu de ombros.

— Isso é uma bobagem — disse Sam, virando-se também. O casal em lua de mel que viera no mesmo ônibus que eles se aproximava devagar de onde estavam. — Ela acha que, por algum milagre, as pessoas da faculdade vão ser mais interessantes? As pessoas sempre vão ser só pessoas, não importa o lugar ou o tempo.

Davi deu um sorriso de canto, meio sem graça.

— Eu nem gostava tanto assim dela — disse.

— Por que estava com ela, então?

— Eu não sei — ele disse, olhando para o casal e já se preparando para tirar a foto dos dois que eles certamente pediriam. — Quero dizer... você tinha o Thiago, né? Fazia um bom tempo que vocês estavam juntos...

— E como isso influenciava a sua relação com a Carol?

— Não influenciava.

O casal, enfim, chegou perto o suficiente para fazer o que queria. Davi, então, enquadrou os dois de maneira amadora em frente ao paredão de água com o celular de tela exageradamente grande que o recém-casado entregara a ele. Agradecendo, os dois se ofereceram para bater uma foto dos amigos, e eles aceitaram, tirando uma foto abraçados em frente às monumentais cataratas da maneira como deveria ser.

Depois que eles se foram, o jovem fez menção de ir embora do mirante também, mas Sam ficou, sem parecer disposta a ir.

— E quanto a nós? — perguntou ela.

Ele ficou paralisado, a expressão estranhamente perplexa ante a pergunta.

— E quanto a nós, o quê? — Suas palavras pareciam receosas, sendo ditas com precisão cirúrgica.

— O que vai acontecer com a gente quando você for embora?

— Quando eu for embora?

— Para a faculdade, Davi — disse Samanta. — Mesmo você dizendo que não quer saber o resultado e que está nervoso... eu tenho certeza de que você passou. É impossível, na minha opinião, que você não tenha conseguido uma vaga. — Ela olhou demoradamente para ele, em meio aos minúsculos pingos que flutuavam ao seu redor. — O que vai ser de mim, quando você partir?

Ele voltou devagar.

— Você vai continuar sendo a mesma pessoa. Não foi você quem falou que eu não tenho nada a ver com suas decisões, e tudo o mais? — perguntou ele, com uma leve provocação na voz.

— Eu estou falando sério, Davi.

— Eu também.

— Não, você não tá falando sério — disse ela, virando-se de frente para ele. — Você não tá considerando todas as coisas que têm acontecido, tudo o que está em jogo ultimamente. E não é só a faculdade. É o livro.

Ele abaixou os olhos.

— Que tal se a gente deixasse isso de lado só por um tempinho? — perguntou.

— Não dá, Davi — disse Sam, os olhos estreitos por conta da claridade do dia. — Eu... não quero perder você.

O jovem se apoiou contra o parapeito do mirante, e ela também o fez. Eles ficaram alguns segundos em silêncio, então Davi passou o braço por cima dos ombros de Samanta. Depois, aproximou a cabeça e beijou sua face duas vezes – uma delas perigosamente perto dos lábios dela – e se afastou.

— Você não vai me perder, Sam.

Ela olhou para ele, e tudo o que Davi fez foi sorrir.

CAPÍTULO VINTE E QUATRO

UM HAMBÚRGUER SUPERVALORIZADO

JÁ ERA PERTO DO MEIO-DIA, ENTÃO ELES COMERAM UM HAMBÚRguer supervalorizado em outra parte do parque, depois de subir com um elevador para uma área mais elevada. Havia uma vista bonita do rio, o que, provavelmente, era a justificativa para o valor do lanche.

Terminando de comer seu sanduíche, Davi disse:

— E aí, temos mais alguma coisa pra fazer hoje? Ou já tá na hora de voltarmos?

— Não viemos até aqui só pra passar dois dias — disse a jovem, limpando a boca com seu guardanapo. — E eu acho que ainda podemos descobrir alguma coisa útil antes de irmos até a Biblioteca do Destino.

Um pedaço de picles escapou da última mordida do hambúrguer do amigo.

— Ir até a biblioteca?

— Sim! O que você pensou que iríamos fazer?

Com cuidado, Davi catou o que fugira de sua comida e meteu na boca em seguida, pensativo.

— Sei lá — disse, lambendo os dedos. — Só não achei que o próximo passo fosse realmente ir àquele lugar. Eu não sabia que estávamos levando isso tão a sério.

— E o quão sério você achou que era? — perguntou Samanta.

— Eu sei que, às vezes, é fácil esquecer o porquê de estarmos aqui, mas a verdade é que queremos evitar que o final do seu livro aconteça. Lembra?

— Lembro.

— E então?

— E então que, mesmo assim, achei que não iríamos direto para a biblioteca, se é que ela existe.

— Depois de tudo o que está acontecendo e tudo o que você ouviu e viu, ainda acha que ela não existe? — perguntou Sam. — Quero dizer, achei que você tinha acreditado quando falei a respeito do seu *Ex Libris*.

— Sim, eu acreditei no que você falou sobre o livro... Mas acreditar que existe uma biblioteca em algum lugar fantástico onde mora um homem que escreve as histórias de todas as pessoas do mundo? Pra mim é um pouco demais.

— Por que você acreditou no livro, então?

— Porque o livro tá bem aqui. — Ele apontou para a mochila dela.

— E você precisa ver para crer?

Ele fez uma careta, incomodado.

— Por que todas essas perguntas?

— Porque achei que você estava disposto a fazer o que fosse preciso pra resolver essa questão — disse Samanta, tomando um gole de seu chá gelado. — Mas, pelo visto, *eu* estou mais preocupada do que *você* com... bem, com *você*.

— Eu *estou* preocupado comigo. Só não achei que iríamos direto daqui até um cânion pra procurar por uma biblioteca perdida sem nem saber bem o que vamos fazer lá.

— O que vamos fazer é conversar com o Escrivão e pedir que mude o final do seu livro.

— E será que isso é possível?

Ela deu de ombros, organizando o lixo em cima de sua bandeja e se levantando para leva-la até o caixote. Davi fez o mesmo e, enquanto andavam até o local onde pegariam o ônibus de volta até a entrada do parque das cataratas, continuaram a conversa:

— Eu não sei se é possível, mas aí é que entra a outra coisa que podemos fazer na cidade — disse a garota. — O autor do livro disse que a agente dele morava aqui e que, além disso, ela tinha se identificado com a história. Será que ela já conhecia alguma coisa assim ou já teve contato com um *Ex Libris* antes?

— Que tipo de palpite é esse? — perguntou Davi. — Tudo o que ele falou foi que ela se identificou com a história.

Eles ficaram debaixo de um telhado de madeira, que servia de parada para o ônibus.

— Espera aí... você quer é conhecer a agente, não? — quis saber o jovem.

Samanta deu uma risada tão forçada que acabou parando no meio do caminho.

— É tão óbvio assim?
— Eu te conheço — disse ele, sentando em um banco desconfortável. — E, ainda por cima, o fluxo de pensamentos que você seguiu pra correlacionar a agente com os *Ex Libris* e a necessidade de a conhecermos é *tudo*, menos óbvio.

A garota deu um sorriso besta, zombando da lógica dele.

— Não é impossível que ela tenha um *Ex Libris*.

— Claro que não.

Davi a empurrou com o ombro.

— Mas, falando sério, fico feliz que você esteja interessada nela — disse. — Isso significa que você tá pensando em levar mais a sério as coisas que escreve?

— Isso não significa nada.

— Você é ótima. Não precisa ter vergonha do seu trabalho.

Ela balançou a cabeça.

— Eu não tenho vergonha. Eu só sou... perfeccionista.

— Sei. De qualquer maneira, eu gosto das suas histórias. E eu realmente espero que você continue escrevendo — disse Davi.

Ao longe, eles viram o ônibus de dois andares se aproximar, então levantaram-se apenas para serem engolfados por uma multidão súbita de turistas. Entre eles, os dois identificaram os alemães, o casal em lua de mel e o jovem muito alto que usavam como referência – e que, estranhamente, haviam perdido de vista há muito tempo.

Não foi difícil descobrir o nome da agente literária, e o fato de ser um dia de semana era uma vantagem para visitar o escritório da mulher. No ônibus, os dois perscrutaram os nomes que compunham a página de créditos do livro de Goularte e pesquisaram todos no Google.

— Bárbara Almeida — disse Davi, mostrando o site oficial da agência na tela do celular. — Olha só os clientes dela. Tem bastante gente boa.

Sam olhou para a lista e deslizou o dedo pela tela.

— Parece bom.

— Como funciona essa história de agenciamento?

— Os agentes fazem a ponte entre autores e editoras — disse Samanta, estranhamente orgulhosa por saber a respeito daquilo. — Normalmente, através do contato com pessoas importantes das editoras, eles conseguem fazer com que os editores leiam histórias que não leriam se chegassem pelo correio.

— Mas você já mandou livros pelo correio, não mandou? — perguntou o amigo.

— Claro. Que escritor nunca fez isso?

— Eu até lembro de como foi — disse ele, esticando as pernas para a frente e recolhendo-as em seguida, porque não cabiam muito bem no espaço do ônibus. — Lembro como se fosse ontem que você me mostrou o original lá nas almofadas do sebo.

— Aquele livro era uma porcaria — disse a garota, balançando a cabeça, os cabelos esvoaçando com o vento do andar superior do ônibus. — Eu nem acredito que tive coragem de mandar.

— Eu gostei!

— Gostou, nada.

— Gostei, sim. Toda a história do fantasma e as portas mágicas que levavam para o purgatório... ou algo do tipo — disse Davi. — Eu acho que tinha potencial. É uma pena que você não tenha continuado.

— Não tinha futuro nenhum.

— Como não? O que aconteceu com a protagonista? Ela conseguiu trancar a porta do inferno? Ela conseguiu reencontrar o amor de sua vida no mundo dos espíritos? E quanto ao cachorro?

Samanta deu uma risada.

— O cachorro? Você lembra do cachorro?

— A questão é que não se deixa os leitores órfãos de uma história — ele disse, apontando o dedo para o rosto dela —, principalmente quando é tão boa quanto aquela. Qual era o título, mesmo?

— *A Ponte do Silêncio*.

— Uau. Eu não lembrava que era tão impactante.

— Você não tá falando sério, né? Esse título é tão previsível quanto *O Livro do Destino*. Hoje eu faria tudo diferente.

— Eu tô falando sério, sim — disse ele. — Vamos considerar toda a poética que existe por detrás... "A Ponte" significa o mundo intermediário, cheio de fumaça, que continha todas as portas a serem abertas. E "o Silêncio", o fato de ser um ambiente tão solene, tratando de vida e morte, de questões tão profundas e cheias de significado...

— Claro. *Eu pensei em tudo isso quando escrevi* — disse Samanta, com uma voz em falsete.

— E quanto àquele projeto que você tinha no caderno, no outro dia, no seu quarto?

— O que tem ele?

— É bem promissor.

— Até agora é só uma ideia. Não passa disso.

— Você não tentou escrever mais?

— Até tentei, mas nunca parece que fica bom — disse Sam. — Quero dizer, na hora parece genial, mas quando eu releio, no dia seguinte, costuma soar muito, muito mal.

— Você lê em voz alta?

— É só uma expressão — ela disse, levantando-se um pouco antes de o ônibus chegar a seu destino e avançando para a escada que dava para a porta de saída.

— Você me deixaria ler a história?

Ela ficou subitamente tensa.

— Não.

— Por quê?

— Porque... Bem, porque ainda não é uma história — disse ela, parecendo confusa e tentando desviar do assunto. — Primeiro tenho que organizar as ideias. Por enquanto são só algumas coisas soltas, sem conexão entre si.

Davi não disse mais nada por algum tempo. Logo os dois saíram do parque das cataratas e foram para o ponto de ônibus municipal que ficava na entrada. Havia apenas um rapaz jovem e cheio de espinhas aguardando o transporte, de fones de ouvido e mexendo freneticamente no celular, completamente alheio ao mundo ao seu redor. Quando o ônibus chegou, uns quinze minutos depois, Davi quase cutucou o garoto para que ele não o perdesse, mas ele ergueu os olhos no último segundo, entrando rápido pela porta, imediatamente antes de o motorista arrancar.

— É uma pena que não vamos mais poder sentar nas almofadas do sebo — disse Davi, olhando para fora da janela, para a floresta que se estendia pela volta.

— É verdade — murmurou Samanta, subitamente trazida de volta à realidade em que o sebo não existia mais.

— Não foi lá, nas almofadas mesmo, que nos conhecemos?

— Foi?

— Claro! — O jovem passou o braço rapidamente por cima dos ombros dela e apertou seu corpo contra ele. — Eu lembro que tinha fugido de casa. Meu pai tinha me castigado por alguma coisa qualquer... Não sei o porquê, mas acabei entrando no sebo. Eu nem gostava de livros. Lá eu aprendi a gostar. E acho que o principal motivo foi você.

— Eu? — A garota sentiu-se ruborizar e, no mesmo instante, odiou-se por ser incapaz de conter a vermelhidão que tomava suas bochechas.

— É. Quero dizer, você já estava lá na primeira vez em que eu fui. — Ele cruzou os braços e continuou olhando para fora da janela, não exatamente por estar admirando a vista, mas para evitar olhá-la nos olhos. — Eu entrei chorando, e você veio falar comigo. Você tava com um vestido xadrez, eu lembro disso.

— Eu nunca tive um vestido xadrez.

— Não? Eu *jurava* que você tinha! — disse ele, parecendo decepcionado. — Que pena. Era uma imagem tão vívida na minha cabeça. Agora perdeu um pouco da graça.

— Ah... digamos, então, que era um vestido de bolinhas. Eu *tive* um vestido de bolinhas.

Ele parou por alguns segundos, pensando a respeito.

— Vai servir.

— E o que mais? — perguntou a garota, olhando para ele.

— Você perguntou o porquê de eu estar triste. Depois, me levou para o andar de baixo e me contou a história de algum livro.

Eu sentei na almofada vermelha e, você, na azul. E nós sentamos nessas mesmas almofadas todas as vezes que estivemos lá, como se fossem propriedade nossa.

— É quase como se fossem. A Rosa falou mais de uma vez que ninguém descia lá, além da gente — disse Samanta. — Eu acho que, de alguma maneira, aquele porão nos pertencia.

Os dois ficaram em silêncio até o ônibus chegar à sua parada final, no terminal no centro da cidade. Do lado de fora, perto de onde ficava a barraquinha de cachorro-quente, Davi segurou a amiga pelo braço.

— O que foi? — perguntou ela.

— Será que... seria possível trazer o sebo de volta?

— Trazer de volta? Como assim?

Ele pareceu perceber o que estava fazendo e lentamente soltou o braço dela.

— Quero dizer... se vamos tentar mudar o meu destino, será que conseguiríamos mudar o destino do sebo, também? — perguntou, falando devagar as palavras. — O Álvaro falou que nós deveríamos salvar a Rosa.

— Nós vamos fazer isso. E vamos salvar você, também.

— Eu espero que sim — murmurou ele. — E quanto às almofadas? E quanto ao lugar onde nos conhecemos e passamos quase todos os nossos anos de amizade juntos?

Sam tocou a mão dele com delicadeza.

— Se pudermos, faremos isso também.

Os dois continuaram seu caminho pelo terminal, saindo dele e andando pelas ruas na direção do escritório da agente literária. E, durante todo o tempo em que andaram – por mais que falassem sobre as árvores, sobre como a cidade era bonita, sobre todos os pontos turísticos e como as cataratas eram fantásticas – a grande questão que tomava a mente da garota era outra: reescrevendo o *Ex Libris*, seriam capazes de mudar o passado?

CAPÍTULO VINTE E CINCO

UM FINAL
DIFERENTE

O ESCRITÓRIO DA AGENTE LITERÁRIA NÃO ERA MUITO FÁCIL DE distinguir de qualquer outra sala dentro de uma galeria comercial no centro da cidade. Ele ficava escondido em um corredor de acesso difícil e um pouco prejudicado pela existência de uma academia no caminho. A porta sequer informava detalhes sobre a função da pessoa que trabalhava lá dentro.

— Parece que esse tipo de gente se esconde — comentou Davi.

— E eu acho que se esconde, mesmo — respondeu Samanta. — Eles devem receber tantas solicitações de todo o tipo, tanto material indesejado, que fazem o possível para serem difíceis de encontrar.

— Isso é meio esquisito.

A garota deu de ombros.

— Estamos aqui, não é?

— É — disse o amigo, aproximando os nós dos dedos da porta. — Vamos?

A jovem deu de ombros, e ele se impediu de bater.

— O que foi?

— É que, agora que estamos aqui, eu estou me sentindo meio ridícula.

— Ridícula? Por quê?

— Porque é ridículo bater à porta de um agente literário, pedindo dicas e implorando por visibilidade ou uma leitura. Principalmente quando não se tem nada para mostrar — ela disse, não muito alto, a voz desaparecendo aos poucos.

— Que bobagem. Você tem o que mostrar. Não está com o caderno aí?

— O que eu escrevi no caderno não conta. Não é o meu melhor.

— E onde está o seu melhor?

Ela deu de ombros outra vez.

— Ah, para de bobagem, Sam. Você sabe que isso é só um jeito de evitar algo do qual você não pode fugir. Vamos lá.

E, antes que ela pudesse impedi-lo de bater, ele batucou com os nós dos dedos na porta, como se estivesse reproduzindo uma melodia conhecida e deixando o final incompleto.

Depois de, pelo menos, trinta segundos – talvez um minuto? –, a porta foi aberta.

Quem a abriu foi uma mulher negra, não muito alta, de aparência inteligente – se é que se poderia falar isso de alguém sem soar pretensioso ou fora de tom. Ainda assim, o fato de eles saberem que ela era uma agente literária já lhes dava uma visão diferente da mulher, e o simples fato de estarem frente a frente com ela era algo admirável.

— Boa tarde — disse ela.

— Olá — disse Samanta, dando um sorriso amarelo.

Houve um longo instante – que não durou mais do que dois segundos – em que a agente apenas olhou de um para outro, esperando que dissessem qualquer coisa. Davi cutucou a amiga com o cotovelo, mas, como ela não fez nada, ele adiantou-se:

— Olá! Meu nome é Davi, e essa é a Samanta.

— Bárbara Almeida — ela se limitou a dizer.

— Nós estamos aqui porque essa garota é uma aspirante a escritora e ela queria conhecer você — disse ele, direto ao ponto, e Sam franziu a testa. — Ela não vai admitir isso, é claro. De qualquer forma, nós estávamos de passagem pela cidade e, quando descobrimos que você era daqui, decidimos conhecê-la.

A mulher abriu um sorriso.

— Ah, fico feliz que vocês tenham se dado ao trabalho de vir até aqui! — disse, abrindo mais a porta e dando-lhes espaço para passar. — Entrem. Eu tenho uma máquina de café expresso que mói os grãos na hora que é simplesmente sensacional. Querem experimentar?

Surpresos pelo convite, os dois passaram pela porta e se viram em um escritório pequeno. Havia uma janela pequena à esquerda, que dava vista para um telhado; uma porta, que provavelmente era um banheiro; uma mesa com um computador portátil finíssimo no centro, e três cadeiras, duas de um lado e uma do outro. Finalmente, atrás da cadeira da agente, estava uma máquina mirabolante e um pouco anacrônica, com vários apetrechos e um saco de café em grãos ao lado.

A agente indicou as cadeiras, e os dois se sentaram, observando tudo ao redor. A estante atrás deles; os armários do outro

lado; os livros de diversas editoras; o relógio de parede; os certificados expostos acompanhados de uma foto solitária de Bárbara Almeida com um gato malhado.

— Sejam bem-vindos ao mundo do agenciamento literário! — disse a mulher, girando uns quinze graus de um lado para outro em sua cadeira que, ao contrário das em que eles estavam sentados, tinha essa funcionalidade. — Eu, sinceramente, gostaria que fosse mais glamouroso, mas juro que ter um escritório já é algo extraordinário. Eu costumava trabalhar da mesa de jantar lá de casa.

— E trabalhar de casa não é mais vantajoso? — perguntou Davi.

Samanta permaneceu em silêncio, cada vez mais vermelha e tímida.

— Não necessariamente. Às vezes fica difícil separar as coisas — admitiu Bárbara. — Quero dizer, se eu me descuidasse, logo estava lavando louça, pendurando roupa, dando banho no Fred — quase inconscientemente ela olhou para a fotografia com o gato, na parede —, *durante* o horário de serviço, quando deveria fazer *depois*. E isso me tornava muito pouco eficiente.

Ela abriu as mãos para indicar o ambiente.

— Não que não haja distrações aqui, também. Mas é mais fácil me concentrar.

A agente literária olhou para Samanta.

— E então, estamos aqui para fechar negócio para o próximo *best-seller*?

— Ah, não — disse a garota, em voz baixa, colocando o cabelo atrás da orelha. — Eu não sou dessas autoras que mandam originais anunciando o próximo *best-seller*. Já fui, mas passei dessa fase.

— Ótimo. De qualquer forma, é uma fase vital.

— Sei.

— Não, é sério! — ela enfatizou, batendo com um dedo sobre a mesa. — Nenhum escritor é escritor de verdade antes de mandar originais indesejados achando que é a última bolacha do pacote – e não receber nenhuma resposta, no final das contas. Se você já passou por essa etapa, significa que está no caminho certo.

— Que bom.

A mulher pareceu achar graça na falta de jeito da jovem, então virou-se e começou a mexer na complicada máquina de café. Davi cutucou Samanta outra vez, dando uma risada silenciosa, e as sobrancelhas dela se uniram no meio da testa.

— Para! — ela sussurrou.

— Fica tranquila — ele disse.

— E como foi que vocês me encontraram? — perguntou Bárbara Almeida, a agente literária.

— Nós conhecemos o Antonio Goularte, o autor de O Livro do Destino. Viemos até a cidade para conversar com ele. Você é a agente dele, não?

— Costumava ser, mas faz muito tempo que ele não escreve nada — disse ela, mexendo em mais algumas alavancas da máquina de café. — Agora já não sei se ele continuou escrevendo ou não. Eu entrei em contato, mas ele não me respondeu.

Bárbara ofereceu uma caneca com um café extremamente aromático para cada um deles. Samanta pegou-a com as duas mãos e sentiu o cheiro profundo; Davi revirou os olhos ao senti-lo e fechou-os ao tomar um gole. A mulher deu uma risada, e Sam bebeu de sua xícara também, percebendo que talvez gostasse de café, afinal – ou aquele era tão sensacional que tinha sido capaz de conquistá-la.

— Você realmente gostou da história dele? — perguntou Davi, com a franqueza usual de sua parte.

— Bem... sim e não. Era bem pior quando ele trouxe pra mim — disse ela, mexendo em uma caneta sobre a mesa. — Eu estava no começo da minha carreira como agente, então precisava começar por algum lugar. Achei que era interessante fazer isso com alguém daqui, pra valorizar um autor local. E o Antonio foi tão simpático, e a história dele tinha um jeito inocente de ser contada, com uma narrativa infantil que poderia dar certo, então resolvi investir. Dei algumas dicas pra ele, e ele me retornou com uma história muito mais sólida. Talvez não seja o melhor livro que eu já agenciei, mas me orgulho dele. O *plot* é bacana.

Sam concordou com a cabeça. Não era o livro mais bem escrito da história, mas a ideia era boa, pelo menos.

— De qualquer forma, é uma pena que ele seja um autor tão recluso — disse Bárbara. — Nunca entendi bem do que ele fica se escondendo, ou o porquê de ter insistido tanto para usar um pseudônimo. Eu sempre disse a ele que ser um autor com uma boa plataforma era melhor, mas ele respondia que o mais importante era contar sua história. E foi isso o que ele fez.

A mulher olhou para o líquido em sua xícara de café.

— Na verdade, O Livro do Destino só me traz boas lembranças, de uma época um pouco mais simples — ela sorveu um gole de sua bebida. — Quando eu não tinha tantos prazos pra cumprir e ainda trabalhava da mesa de jantar lá de casa. O Fred ficava às voltas de mim o dia inteiro, miando pra tentar chamar a minha atenção, e me obrigando a encher o pote de água dele a cada hora, porque fazia bagunça na hora de beber. — Os olhos dela voltaram para a foto com o gatinho.

Os três tomaram um pouco mais de seus cafés.

— Então, você escreve... desculpe, qual é o seu nome, mesmo?

— Samanta — disse Davi.

— Você escreve, Samanta? — ela terminou a pergunta.

— Eu... eu tento. Não é lá grande coisa. Eu nem me considero uma escritora — disse, sentindo-se corar de leve. — É aquela história de não ser levada a sério se tomar isso como profissão.

— Pois eu acho que você deveria levar isso mais a sério — disse a mulher, pousando sua xícara na mesa. — O que as outras pessoas dizem é bobagem. Isso é só uma forma que as pessoas que não fazem o que gostam arranjaram de botar pra baixo quem faz! Muita gente me disse que eu estava entrando em um mercado em decadência, que o livro ia desaparecer, que as pessoas iam ficar jogando no celular o dia inteiro. Falaram que a cultura era a primeira coisa a ser boicotada no caso de uma guerra, que não dava dinheiro e que eu ia morrer de fome. Afinal, como eu ia me sustentar?

Ela balançou a cabeça lentamente.

— Eu decidi que pouco me importava o que as pessoas iam dizer — ela disse, determinada. — As pessoas *sempre* vão ter alguma coisa pra dizer, especialmente hoje em dia. Parece que todo mundo tem opinião sobre tudo, quando, na verdade, o melhor seria falar menos e pensar mais. O mais importante é você se sentir bem consigo mesma e, se para isso você quiser ser escritora, é melhor que comece a se considerar uma!

Davi espreitou o rosto da amiga. Os olhos dela brilhavam.

Bárbara Almeida respirou fundo e soltou o ar devagar, para depois pegar a xícara de novo e recomeçar a beber.

— Então... sobre o que você escreve?

— Ah, realismo fantástico, no geral — disse Sam. — Gosto de escrever sobre mundos que são como o nosso, mas com uma ou outra coisa esquisita no meio. Sei que não é exatamente original, mas eu gosto. Por enquanto, não tenho nenhum projeto pronto, mas espero ter, em breve. Estou com uma ideia maturando aqui. — Batucou na têmpora, sentindo-se uma completa imbecil logo em seguida por tê-lo feito.

— Hum, ótimo! Espero que dê tudo certo com a sua história. — A agente abriu a gaveta de sua escrivaninha e pegou um cartão de visitas, entregando-o à garota em seguida. — Quando seu livro estiver pronto, você pode me mandar um e-mail para podemos conversar de novo!

Com os dedos tremendo de excitação, Samanta pegou o cartão com uma delicadeza extrema e guardou-o com muito cuidado em sua mochila.

Parecia que a visita estava acabada, até porque eles estavam prestes a terminar de tomar seus cafés, mas Davi aproveitou o zíper aberto da mochila da amiga e puxou, de dentro, o próprio *Ex Libris*. Em seguida, colocou-o sobre a mesa.

— Isso faz você lembrar de alguma coisa? — perguntou.

Samanta ergueu uma sobrancelha para ele, mas ele deu de ombros.

— Na verdade, sim — disse Bárbara. — O Goularte me deu um caderno desses também! Vocês conseguiram um? Achei que era um brinde bem raro, que ele tinha feito poucos.

— Ah... sim.

— Deixe-me ver se ainda tenho ele por aqui.

Ela largou a xícara sobre a mesa e empurrou a cadeira de rodinhas na direção de um dos armários, abaixando-se, ainda sentada, para procurar no fundo da prateleira mais baixa ao abrir uma das portas. Demorou alguns segundos movendo algumas coisas e tirando livros de dentro do armário, mas surgiu em seguida com um *Ex Libris* igual ao de Davi, com as iniciais *B.A.* em dourado na capa.

A agente não disse nada em especial a respeito do volume. E Samanta, sem saber exatamente o que Davi pretendia a partir daquilo, deixou-o resolver o que fosse. Ele abriu o livro e folheou as páginas, olhando uma aqui e outra acolá, lendo alguns trechos. Sam percebeu que havia inúmeras páginas em que o texto era ilegível, já que a agente fizera anotações com caneta esferográfica azul por cima dele – ela *realmente* usara o livro como um caderno, pois só conseguia ver suas próprias anotações.

Ainda assim, Davi não queria ler o meio do livro. Queria ler o final.

Ele avançou no livro até as páginas do final e olhou para seu conteúdo. Depois, lançou um olhar para Samanta.

Bárbara Almeida completa oitenta e cinco anos de idade. Ela se reúne com todos os seus filhos, netos e uma bisneta para comemorar enquanto come uma fatia generosa de bolo de brigadeiro. À noite, vai deitar com um sorriso nos lábios e, às três e vinte e três da madrugada, morre naturalmente com falência múltipla de órgãos, enquanto dorme.

CAPÍTULO VINTE E SEIS

PONTA SOLTA

— NÃO FAZ NENHUM SENTIDO — DISSE DAVI, QUANDO ELES JÁ estavam de volta à rua.

— O quê?

— O final do livro dela é completamente diferente do meu. Pelo menos, do que você me contou do meu — disse ele, olhando na direção dela. — O que você me contou é *exatamente* o que está escrito?

— É claro. Por que eu contaria diferente?

— Porque você é uma escritora totalmente capaz de inventar histórias como *esta* — ele fez um sinal à volta. — Talvez tudo isso não passe de uma artimanha pra me arrastar pra outro estado e me levar para o Paraguai. Lá você vai me sequestrar, me levar para um lugar distante e vai me...

— *Você* deu a ideia da viagem.

— Mesmo assim.

— Isso não importa — disse a garota, empurrando-o de leve com o ombro pela brincadeira sem graça. — O que você quer dizer, sobre o livro?

Davi parou debaixo de uma frondosa árvore da rua, protegendo-os do sol enquanto raciocinava a respeito do que queria dizer. O movimento de carros era considerável, e também havia bastante gente circulando pelas calçadas, entrando nas lojas e na galeria da qual haviam saído.

— O que eu quero dizer é que os finais são diferentes — declarou ele. — Você me disse que no final do meu livro estava escrito que eu "iria morrer em um incêndio". O da agente literária é bem diferente. É *muito* específico. Eu já tinha achado o meu final esquisito, mas só depois de comparar com o dela é que ficou claro.

— Ficou claro o quê, mais especificamente? — Ela pôs as mãos na cintura.

— Que a minha morte é um final em aberto! — ele disse, enfático. — A dela é narrada em detalhes, contando que idade ela vai ter, de que jeito vai morrer e quando. Fala até *o minuto* em que ela vai morrer. E nada disso está no final do *meu* livro.

Samanta tirou sua mochila das costas e a colocou no chão. Puxou o *Ex Libris* de Davi, começando a sentir o livro de uma maneira diferente. Por alguma razão, parecia mais solene, mais real, agora. Não sabia bem o porquê, mas não queria pegar aquele livro, muito menos lê-lo. Como se saber que ele revelava o futuro de seu melhor amigo fosse algo absurdo, quase proibido. Talvez eles nunca devessem ter feito aquela viagem.

Ainda assim, abriu-o.

Após uma série de eventos marcantes e sentimentos conflitantes que, de certa maneira, mudam sua vida por completo, Davi morre em um incêndio.

A garota leu o final em voz alta mais uma vez. Davi bateu as mãos no ar.

— Viu só? É completamente diferente!

— Tudo bem, realmente não é muito específico — disse Sam, fechando o livro e guardando-o rapidamente. — O que você conclui a respeito disso?

— Não tenho certeza — respondeu o amigo, mas virou-se e recomeçou a andar na direção do terminal de ônibus. — Mas, já que viemos até aqui, talvez o Goularte não se incomode de nos receber de novo.

— Acha que ele vai ter a resposta?

— Não, mas acho que pode ajudar de alguma maneira. De todas as pessoas que conhecemos, ele é quem mais sabe a respeito desses livros. Ele deve saber *alguma* coisa sobre os finais.

Sam acompanhou Davi até o terminal e examinou seu rosto durante algum tempo, enquanto esperavam pelo transporte atrasado. Seus olhos pareciam preocupados, diferentes de como estavam pela manhã, quando visitaram as cataratas. Ele aparentava ter percebido alguma coisa com relação ao seu livro – e ela sentia que ele o leria do começo ao fim, caso conseguisse. A história dele, porém, permaneceria invisível aos seus olhos. E Sam já não tinha certeza de se ela própria queria continuar lendo.

O caminho até a casa de Antonio Goularte foi feito em silêncio. Desceram na rua arborizada, que parecia mais escura do que no dia anterior, com as árvores cedendo aos caprichos de rajadas de vento que traziam nuvens escuras, lentamente preenchendo o firmamento.

— Já estão de volta? — perguntou o autor, ao abrir a porta de sua casa depois de conceder acesso pelo portão. — Descobriram alguma novidade?

— De certa maneira, sim — disse Davi, e a garota veio atrás dele. — Eu queria conversar com você sobre o final do meu livro.

O homem deu passagem para os dois, e eles viram-se no grande saguão de entrada da casa novamente. Ele fez um gesto para a sala onde os havia recebido no outro dia, mas o jovem negou ligeiramente com a cabeça.

— Se não se importa, eu gostaria de dar uma olhada nos *Ex Libris* que você tem.

O sorriso no rosto do autor fraquejou.

— O quê?

— Os livros que você tem, que contam as histórias de outras pessoas.

— Por quê? — perguntou ele, na defensiva.

— Não entenda errado — disse Sam, percebendo que o amigo não estava exatamente em seu melhor ânimo. — O que o Davi quer é comparar os finais dos livros. Nós estivemos com a Bárbara Almeida, a sua agente...

— Ah, sim, é uma mulher muito gentil e atenciosa. — O sorriso voltou ao seu rosto. — Não sei bem como está agora. Eu mandei um novo livro para o e-mail dela, mas não sei se ela recebeu. Será que me colocou em um filtro?

Sam fez um rápido gesto com a mão para retomar o assunto.

— Quando nós estávamos lá, ela nos mostrou o *Ex Libris* dela.

O rosto do homem foi tomado por uma expressão séria e preocupada.

— Bem, então vocês já sabem da verdade.

Davi pareceu emergir à superfície de sua consciência, erguendo uma sobrancelha.

— Que verdade?

Apertando as mãos juntas, o homem guiou-os de volta à sua biblioteca particular e depois ao armário onde ficavam os vários livros que ele colecionara sobre as vidas de outras pessoas. Mesmo não parecendo muito à vontade, ele abriu as portas do armário e fez um gesto que indicava que eles poderiam analisar os livros.

— A verdade é que a publicação do meu livro não foi necessariamente pela qualidade da história — disse Antonio. — Por mais que me custe a acreditar, acho que o livro só foi publicado porque *estava escrito* que seria publicado. Aliás, eu não o teria escrito se não tivesse lido o livro da Bárbara.

Os dois amigos se entreolharam, um pouco confusos.

— Eu passei um bom tempo lendo os livros que coletei — admitiu o homem. — Alguns deles não me incluíam em suas histórias, mas a maior parte, sim. É como se eu estivesse destinado a encontrá-los. Como se um livro que não me envolvesse não fosse cair na minha mão.

"A maior parte dos livros nesse armário contém histórias nas quais eu interferi, mas não o fiz única e exclusivamente por minha iniciativa. É claro que dependeu somente de mim tomar as atitudes que estava escrito que eu tomaria, e eu *tomei* essas atitudes. A grande questão, porém, é que são atitudes em que eu não pensaria, caso não tivesse acesso a essas histórias. É como se eu estivesse destinado a lê-las e a interferir nas vidas de outras pessoas. Já estava *escrito*.

"Com a Bárbara Almeida foi a mesma coisa. Eu não sabia que escreveria um livro, muito menos que a narrativa seria de um garoto que ia até a Biblioteca do Destino para encontrar o Escrivão e tentar mudar sua história. Eu só o fiz porque *já estava escrito*. O *Ex Libris* da minha agente dizia que eu publicaria um livro e que seria um dos primeiros trabalhos sérios dela, motivo pelo qual ela aceitaria trabalhar comigo. Também estava escrito que ela receberia o próprio *Ex Libris* das minhas mãos. Por isso, eu o dei a ela. E é por ter o conhecimento sobre o que acontece a seguir na vida dela que eu sei que mandar outro romance meu para o e-mail dela não vai surtir nenhum efeito. *O Livro do Destino* é o único livro que eu estou destinado a publicar, pelo menos com o agenciamento dela."

Nenhum dos dois conseguiu entender muito bem aonde ele queria chegar, então ficaram alguns segundos o encarando, esperando que a continuação viesse.

— O que eu quero dizer é que minha vida inteira foi guiada pelas histórias de outras pessoas, então acho que estar nas histórias delas já me dá um vislumbre da minha. Em algum lugar está o meu *Ex Libris*, onde está escrito que eu deveria fazer todas as coisas que eu fiz, incluindo encontrar os livros das outras pessoas.

— Por que, então, o Escrivão iria querer que alguém encontrasse os *Ex Libris*?

O homem deu de ombros muito devagar.

— Talvez seja destino.

Ele andou até uma poltrona de leitura e sentou-se pesadamente.

— Eu fico me perguntando qual foi o meu papel nessa história toda, com relação a todos esses livros. — Ele fez um gesto na direção dos volumes enfileirados dentro do armário, normalmente escondidos. — Eu era mesmo o protagonista da minha vida, ou meu papel era secundário? Será que eu não fui apenas uma marionete com algum objetivo definido? Será que meu papel não era apenas descobrir o que deveria fazer, para...

Ele fechou a boca por alguns instantes, absorto em pensamentos. Em seguida, voltou a falar, concluindo o pensamento.

— Para *construir* alguma coisa?

Os olhos do homem foram na direção da ampla janela e encararam as nuvens de chuva, já mais próximas, mas ainda longe o suficiente para deixar entrar pelo vidro os raios do sol da tarde que se esvaía aos poucos.

— Construir o quê? — perguntou Davi, por fim.

— Uma narrativa maior — foi tudo o que Goularte respondeu.

Passaram-se longos minutos em que ninguém falou nada, incluindo o homem. Ele ficou lá, sentado na poltrona, os cotovelos apoiados nos braços da cadeira e o queixo sobre os punhos, pensativo. Sam olhou de esguelha para ele algumas vezes, tentando entender o que ele queria dizer com tudo aquilo, mas não conseguiu descobrir. Davi começou a tirar livros de dentro do armário e passou a abri-los sempre no final, lendo frases rapidamente e fechando os volumes em seguida, empilhando-os desordenadamente ao seu lado, no chão.

— Podem conferir o que quiserem nos livros — disse o escritor, subitamente se levantando. — Eu vou fazer um chá. Vocês querem?

A garota olhou para o amigo, absorto nos exemplares.

— Não, estamos bem, obrigada — disse.

Antonio fez um gesto cortês com a cabeça e saiu.

Samanta sentou-se no chão junto de Davi e arrastou-se de encontro a ele.

— O que você acha que ele quis dizer?

— Não sei. E não sei se quero saber.

Ele fechou mais um livro e o colocou no chão.

— Parece que você descobriu alguma coisa, Davi — disse Samanta, inclinando a cabeça para tentar enxergar melhor o rosto dele. Seus olhos passeavam rapidamente pelas linhas finais de mais um livro. — O que foi?

— Eu não sei o que é — respondeu ele, devagar, parando de ler em seguida para encarar os olhos dela. — Acho que descobri que tenho uma chance.

— Uma chance de quê?

— De sobreviver — disse, sério.

Sam pousou uma mão no joelho dele.

— Mas você *vai* sobreviver.

— Não, eu não vou. Segundo o meu livro, eu vou morrer em um incêndio. E, pelo tamanho da minha história, não vai demorar — resmungou Davi. — Ainda assim, talvez eu tenha uma chance. O final do meu livro é aberto, o que significa que ele pode chegar a qualquer momento. E esse momento pode estar próximo ou distante.

Ele fechou outro livro.

— Todos esses finais são fechados, contam até o horário da morte das pessoas — ele disse. — Eu acho que isso significa alguma coisa. Significa que tem algo de *diferente* na minha morte. Ela não tem data, nem hora marcada.

Samanta não quis dizer que não havia como saber quando isso aconteceria, muito menos especular a respeito de tudo o que ela realmente pensava sobre isso. O fato era que uma história sem outros personagens não tinha como se manter em pé. Por isso, a menos que Davi aparecesse na história de outras pessoas ativamente, seu livro prometia o final para breve.

Não demorou muito para que Goularte retornasse com uma xícara azul de porcelana delicada pousada sobre um pires do mesmo conjunto, bebericando do chá e aparentemente mais calmo.

— Senhor Antonio — disse Sam, em voz baixa, estendendo o livro aberto de Davi na direção do homem. — O que você acha desse final?

O melhor amigo dela parou de ler os livros de outras pessoas e passou a olhar para o escritor. Goularte leu rapidamente e depois levantou os olhos.

— Eu nunca vi um final desses.

— O que você acha que pode significar?

— Depende — disse o homem, folheando o livro, parecendo testar peso e dimensões do objeto. — O último evento narrado na história antes do final já aconteceu?

Sam adiantou-se para retomar o livro.

Davi adentra as ruínas e anda em meio às paredes enegrecidas, às estantes destruídas e à chuva que lava a cinza.

No chão, em meio aos escombros, ele encontra o livro de sua melhor amiga, Samanta Vidal.

Era o último fato narrado antes do fim.

— O que é? — perguntou Davi.

Por alguma razão, nunca ocorrera à garota ler o que havia antes do final. Sempre ficara tão apavorada com as últimas palavras da história que ignorara o que levava até ele.

— Ainda não aconteceu — respondeu à pergunta de Francez.

— E o que é? — insistiu o amigo.

— Você vai até o sebo e encontra o meu *Ex Libris* — disse Samanta, sentindo suas palavras saírem pesadas, como se a consciência de que seu livro estava lá, no sebo, já fosse uma sentença de morte.

A narrativa de sua vida estava escrita naquele livro e a de sua morte, também. E se ela fosse morrer ainda mais cedo do que Davi?

Um arrepio passou por sua espinha quando pensou que, talvez, os dois morressem juntos. Haveria final mais trágico ou romântico do que aquele, depois de tudo pelo que haviam passado?

Sam balançou rapidamente a cabeça para espantar esses pensamentos macabros. Isso era impensável. Morrer não era nem um pouco romântico, mesmo que fosse com Davi. Principalmente se nada do que ela realmente queria acontecesse antes disso.

Voltou a balançar a cabeça.

— O *seu Ex Libris*? — perguntou ele. — Estava lá esse tempo todo?

— O meu livro não importa — disse Sam.

Então, virou-se para Francez, esperando uma resposta.

— Se o que precede o final ainda não aconteceu, é óbvio que ainda há tempo — disse o homem, bebericando mais um pouco do chá. — Não há como saber quanto. E também não significa que você vai morrer imediatamente depois. Afinal, o desfecho é aberto. Enquanto ainda estiver presente nas vidas de outras pessoas, ainda figurar nos livros delas, continuará vivo. Apenas quando a história estiver finalizada, tanto no seu livro quanto em outros, o final do *Ex Libris* deve chegar.

Davi olhou para os volumes ao seu redor.

— Então basta que eu não encontre o livro da Sam. Se eu evitar isso, não vou morrer.

— Você *vai* encontrar o livro dela — disse Antonio, lentamente. — É inevitável. Está escrito.

A garota se viu obrigada a concordar de leve com a cabeça.

— A única maneira de saber quanto tempo você ainda terá é lendo as histórias de outras pessoas nas vidas das quais você é importante. E não há nenhuma outra história na qual você vá estar mais presente do que na minha — disse Sam, a voz se apagando aos poucos. — Você é a pessoa mais importante da minha vida.

Seguiu-se um longo silêncio, no qual nenhuma palavra soaria bem ou sequer adequada. A garota sentiu os olhos lacrimejarem, mas impediu-se de chorar.

— Então eu não tenho escolha — resmungou Davi, os ombros caindo.

— É um círculo vicioso. — Foi tudo o que o escritor disse.

O sol do final da tarde enfim foi ofuscado pelas nuvens escuras de chuva, imergindo toda a sala em semiobscuridade. Uma sombra passou pelo rosto do homem. A partir de então suas palavras pareceram mais definitivas do que jamais foram.

NAQUELA NOITE, CHOVEU. Talvez fosse apenas uma maneira que a cidade encontrara de compartilhar do sentimento que os dois traziam em seus âmagos.

Poderia apenas ser um recurso narrativo de sua própria história – ainda mais quando a tempestade caiu antes de eles chegarem ao *hostel*, ensopando-os pelo caminho só para parar um pouco depois de chegarem ao destino. De qualquer forma, choveu, e, quando enfim deitaram nos colchões da beliche, de banho tomado, choveu novamente.

As gotas grossas batiam forte contra a janela de metal do quarto, fazendo com que o barulho fosse intermitente e tranquilizador, ainda que consideravelmente alto. E, outra vez, cada um ficou deitado de costas, olhando para o nada no escuro.

Muito tempo se passou em que nada aconteceu, em que apenas o barulho da chuva era audível.

De repente, Davi remexeu-se no colchão de cima e seus pés apareceram no campo de visão de Sam. Ele ficou algum tempo sentado na beirada da cama, depois desceu a pequena escada de dois degraus que dava para o andar de cima.

A garota o encarou no escuro.

— O que foi? — perguntou, o rosto parcamente visível no dormitório vazio.

Davi hesitou uma vez, depois outra, mas enfim sentou na beirada do colchão dela. Sam afastou seus pés para dar lugar a ele. E logo percebeu que as batidas de seu coração haviam começado a ressoar em seus ouvidos, por algum motivo.

— Eu não consigo parar de pensar no que você disse de tarde — murmurou ele.

— O quê?

— Que eu sou a pessoa mais importante da sua vida.

Ela aprumou-se, colocando o cotovelo sobre o travesseiro. Ele permaneceu sentado onde estava, mas virou o corpo para olhar para ela, tentando encontrar alguma reação ou qualquer indício de resposta.

— Você sabe que é.
— Sei?
— Eu sempre achei que você sabia.
O jovem puxou suas pernas para cima do colchão, ficando de frente para ela.
— Talvez eu soubesse, mas você nunca tinha dito.
— Achei que não precisava — murmurou ela. — Eu deveria ter dito?
Ele franziu os lábios.
— Se você errou por não ter dito, então eu também errei — disse Davi. — A verdade é que a sua história deve estar no meu livro. Você também é a pessoa mais importante da minha vida.
A garota tentou evitar sorrir, mas não conseguiu.
— Sou?
— É claro que é — disse ele, a voz mansa, quase inaudível por baixo do som da chuva batendo na janela de metal.
Ele estendeu sua mão por sobre os lençóis. Sam pousou a palma da sua na dele.
— É isso o que mais me entristece — continuou ele, os olhos brilhando de leve no escuro. — Saber que, mesmo que você seja a pessoa mais importante da minha vida, sua história não vai estar escrita no meu livro. A minha história vai terminar muito antes da sua. E nada do que eu esperava para o futuro será verdade.
— O que você esperava? — perguntou ela, baixinho.
Ele se demorou a responder, mas, quando o fez, era como se soubesse todas as palavras que queria dizer. Como se já as tivesse planejado há muito tempo, e tudo o que restasse fosse pronunciá-las.
— Eu esperava que as nossas histórias fossem uma só — murmurou. — Eu sempre achei que isso ia acontecer, não poderia ser de outra maneira. Nossas vidas se entrelaçam em tantos pontos que é impossível que eu não esteja no seu livro, e, você, no meu. Achei que, se um dia encontrasse um livro que contasse a minha história, ele também contaria a sua. E, se

procurássemos na Biblioteca do Destino, não encontraríamos outro livro. Haveria apenas um, porque a nossa história é uma só. *Um livro para duas vidas.*

Samanta não soube o que dizer. Ainda que as palavras lhe faltassem à boca, sua mente era um turbilhão de pensamentos simultâneos, mas todos diziam a ela para fazer a mesma coisa.

Ela soltou a mão dele, se desvencilhou de suas cobertas, arrastou-se até ele e o beijou.

Depois de longos instantes, seus lábios se afastaram, e os dois olharam profundamente nos olhos um do outro, as respirações se misturando com a proximidade. Então, incapazes de conter seus atos, suas bocas se uniram novamente. E então, eles deitaram juntos em meio aos lençóis bagunçados da cama de baixo da beliche no dormitório vazio, a chuva batendo insistente na janela enquanto tomavam-se nos braços e, pelo menos por aquela noite, imaginavam que seriam para sempre um do outro.

CAPÍTULO VINTE E OITO

NA ESTRADA

NA ESTRADA

— VOCÊ ACHA MESMO QUE ESSA É UMA BOA IDEIA? — PER-
guntou Sam.

Davi concordou com a cabeça, ainda que não parecesse muito convicto. Suas mãos seguravam um pedaço de cartolina com a
palavra "Sul" escrita em tamanho grande. Estavam na beira da estrada – lugar que nunca fora uma grande paixão da garota, qualquer estrada que fosse. Uma rodovia como aquela, então, não lhe
era nem um pouco convidativa.

— Você tem outra? — perguntou ele, logo depois.

Ela ergueu o celular à altura dos olhos dele.

— Eu não vou ligar pra ninguém, muito menos pedir dinheiro
— disse ele, num tom ríspido. — A gente combinou que essa viagem ia ser só nossa, que íamos ficar longe e fora de contato com
nossas famílias. E eu pretendo manter o combinado.

Samanta revirou os olhos nas órbitas.

— Se você acha melhor ligar para os seus pais e pedir dinheiro, faça isso, ok? — Ele deu de ombros. — Dê o braço a torcer.
Certamente assim eles vão entender que você tem uma identidade própria e é capaz de se virar sozinha.

— Aparentemente nós não somos capazes de nos virar sozinhos. Nós gastamos todo o dinheiro que tínhamos pra passagem
de volta! — ela disse, gesticulando irritada. — Isso devia estar no
nosso planejamento! A gente devia ter guardado em um bolso
separado o dinheiro pra voltar.

— Você preferia não ter ido nas cataratas?

— Não, mas eu não acho que seja seguro ficar na beira da
estrada torcendo pra alguém nos dar carona até em casa.

— Ninguém vai nos dar carona *até em casa* — desdenhou
Davi, mexendo a placa de leve pra lá e pra cá conforme um carro
elegante e potente passava acelerando. — A gente vai pegar mais
de uma carona até lá!

Sam respirou fundo e soltou o ar devagar.

— Tá, quer saber? Eu não vou fazer isso.

Ele abaixou o cartaz ao vê-la com o celular para fazer uma ligação.

Deslizou o dedo sobre a tela do telefone e encarou o número do pai, depois o da mãe. Davi apenas a examinou por um instante; então virou-se, decidido a conseguir uma carona antes de a garota telefonar para quem fosse. Ela o ignorou e passou pelo nome da irmã rapidamente. Ela seria a *última* pessoa para quem ligaria. Não tinha motivos para querer ouvir uma lição de moral naquele momento, muito menos ter a ligação desligada na cara depois que a lição terminasse.

A garota olhou também para o nome de Thiago. Demorou-se alguns segundos a mais nesse contato, ignorando-o logo em seguida.

Subiu pela lista e tocou no nome de Elis. Demorou um pouco, e ela ficou apavorada só de pensar no custo que a ligação teria devido ao deslocamento, mas colocou o celular contra a orelha.

— Sam? — perguntou Elis, do outro lado.

— Oi, Elis! — disse a garota.

— Onde você tá? Sua mãe tá maníaca atrás de você, menina!

— Eu... imagino. Escuta, não vai dar pra falar muito por causa do deslocamento. Eu tô em Foz do Iguaçu, vim com o Davi para procurar um escritor—

— Com o Davi, é? — A jovem do outro lado deu uma risadinha. — E aí?

— E aí que a gente precisa voltar, mas tá sem dinheiro. Você pode me emprestar?

— Ah... sim, claro! Você quer que eu transfira pra sua conta?

— Acho que é o único jeito. A não ser que você compre uma passagem de ônibus pra gente pela internet. Acho que é mais complicado do que mandar o dinheiro — disse Sam. — Eu *juro* que devolvo assim que puder. É que eu tô apavorada e me recuso a ligar para os meus pais.

— Não se estressa — disse Elis. — Me passa os dados em uma mensagem, e eu faço isso o quanto antes. E, quando você voltar, vai ter que me contar *tudo*.

— Sim.

— *Tudo* — ela repetiu.

— Tudo, ok.

— Tudo *mesmo*.

— Eu tenho que desligar, Elis — disse Sam, levantando os olhos para ver Davi fazendo um sinal positivo com o polegar, apontando em seguida para uma caminhonete antiga, com caçamba de madeira, que estava parando um pouco adiante. A garota deu um sorriso irônico. — Logo a gente se encontra. Beijo! Desligou o celular.

— Não me diga que conseguiu carona — disse Sam.

— Claro que eu consegui! — disse Davi, inconscientemente dando um pulo no ar enquanto ia até a caminhonete rapidamente, depois de agarrar sua mochila no chão. — Vem!

Quem dirigia a caminhonete era um senhor de, pelo menos, sessenta e cinco anos, curiosamente usando um chapéu enorme, mesmo estando no interior do veículo. Ele cumprimentou os dois.

Davi combinou qualquer coisa com ele a respeito de até onde iriam juntos, depois o homem falou para que se acomodassem na caçamba. Eles subiram e se sentaram, e o senhor arrancou em seguida.

A experiência não era exatamente a ideal para Samanta – era perigoso, desconfortável, barulhento –, mas seu melhor amigo parecia exultante.

— Eu nunca tinha pegado carona na vida! — disse ele, sorrindo de orelha a orelha.

— Parabéns, Davi — respondeu a garota, dando duas palmadinhas na mão dele.

Ficaram algum tempo sem conversar. Sam tentava encontrar uma posição minimamente confortável sobre a madeira, apoiando as costas em alguns sacos com grãos, enquanto Davi estava com o antebraço sobre o joelho, olhando através das frestas das ripas que compunham a caçamba. A paisagem da cidade foi deixada para trás logo depois de subirem na caminhonete, e o verde do parque nacional que abrigava as cataratas preencheu a paisagem. A garota olhou com nostalgia, uma muito recente, para os eventos que haviam acontecido naquele lugar. Nunca se esqueceria daquela viagem.

— Pra quem você ligou? — perguntou Davi, depois de um tempo.

— Pra Elis. Não tive coragem de ligar para os meus pais.

— Achei que você ia ligar pra Fernanda.

Ela fez um muxoxo.

— Jamais. A Elis vai transferir alguma coisa para a minha conta, depois eu pago pra ela.

— Com o dinheiro que os seus pais não vão te dar?

— É. Talvez eu comece a trabalhar no café pra ganhar uns trocados — disse Sam, de um jeito artificial que fez o amigo engasgar uma risada. — O que foi? Me ver trabalhando é engraçado?

— Não. É só porque você nunca trabalhou antes.

Samanta deu de ombros.

— Eu tenho que começar. Ainda mais agora, quando não tenho a mínima ideia do que fazer da vida — disse, com certo pesar.

— Trabalhar não é o fim do mundo.

— Eu queria trabalhar em algo que me fizesse evoluir — resmungou. — Mas eu sei que preciso fazer alguma coisa.

Ele concordou com a cabeça.

— *Qual* é o trabalho certo, então? Qual é o caminho que você quer seguir?

— Ainda não sei.

— Eu acho que você sabe, mas não quer admitir — respondeu ele, enquanto a garota juntou os joelhos e abraçou as pernas. — E você sabe do que eu estou falando.

— Sim, eu sei. Não é fácil, Davi. Ser escritora não é algo comum, pelo menos não no Brasil. Não é como ser engenheiro.

— Claro que não. É muito melhor.

— Não é melhor. É só *diferente*. Nem tudo serve pra todo mundo. Do mesmo jeito que você não daria certo como escritor, eu não funcionaria como engenheira — disse ela. — Tem um lugar pra cada um nesse mundo. O difícil é encontrar ele.

Davi ficou alguns segundos quieto, então deu uma risada.

— Espera aí! Essa é uma daquelas viagens de autoconhecimento, como as que vemos nos filmes? — perguntou, cutucando a amiga com um dedo. — Quero dizer, a gente tá num *road movie*, e eu só percebi agora?

Ela coçou o queixo.

— Talvez. O que significa que, no final, eu vou acabar descobrindo "o meu lugar no mundo". Ou, pelo menos, é o que eu espero.

— Você *vai* descobrir. O mais importante, agora, é não colocar pressão demais em si mesma — disse Davi.

— É mais difícil do que parece. Todo mundo tá arranjando o que fazer, já tem a vida inteira planejada. Eu acho que a Jéssica até já decidiu os nomes dos três filhos que ela vai ter, isso se já não tiver escolhido o nome do cachorro e do canário, também.

O amigo riu e rolou pelo chão da caçamba da caminhonete.

— Como é que o namorado dela aguenta ela, hein?

— Eu também queria saber — respondeu a garota. — A menina é controladora demais.

Os dois logo perceberam que estavam entrando em outro assunto – sobre o qual nenhum dos dois tinha certeza se queria conversar. Entreolharam-se, sem dizer nada.

Os dois haviam passado a noite na mesma cama, abraçados, para se aquecerem do frio que a chuva trouxera, encolhidos debaixo dos lençóis da cama de baixo do beliche. Sam apoiara a cabeça no peito de Davi, e eles pouco se mexeram ao longo da noite. Com o raiar do dia, os dois abriram os olhos e se encararam, sem saber o que dizer ou como agir. No fim, a reação que ambos escolheram foi a de fingir que nada acontecera.

E, mesmo que nenhum dos dois quisesse trazer aquele assunto à tona, Davi não se conteve na pergunta que se seguiu.

— Não pensou em ligar para o seu namorado?

Sam lançou um olhar de esguelha para ele, que devolveu um exatamente igual.

— Quem? O Thiago? — perguntou ela, o nome saindo rasgado de sua boca.

— É.

Ela fez um som de desdém e foi tudo o que respondeu a respeito.

CAPÍTULO VINTE E NOVE

AINDA NA ESTRADA

AINDA NA ESTRADA

COMO DAVI DISSERA, E COMO ERA DE SE ESPERAR, O SENHOR DE chapéu não os levou até sua casa; apenas até a fronteira do estado. Ao passarem para Santa Catarina, já sentindo-se mais confiantes e próximos do lar, os dois pararam junto de um cruzamento – o jovem segurando sua plaquinha ainda com a mesma palavra rabiscada nela, e a garota ainda incerta a respeito do que estavam fazendo.

— Você viu que não tivemos problema nenhum — Davi tentou tranquilizá-la.

— Eu sei, mas não é totalmente seguro.

— *Nada* é totalmente seguro. *Viver é mortífero.*

Ela balançou a cabeça sem concordar ou discordar.

— Mesmo assim, não acho que a gente deva dar chance ao azar.

— E o que você acha que deveríamos fazer?

Sam olhou em volta e apontou para um restaurante não muito distante de onde estavam. Era uma churrascaria, supostamente com uma vista panorâmica – da estrada? –, com alguns carros parando no estacionamento logo em frente.

— Almoçar, quem sabe. Não acho que alguém nos daria carona *e* almoço.

— E quanto dinheiro você tem?

— Acho que o suficiente pra gente almoçar alguma coisa que preste, se a Elis já tiver feito a transferência — disse Samanta, tirando a mochila das costas e colocando-a no chão para tirar sua carteira.

Um carro buzinou e foi parando próximo a eles. Davi lançou para ela um olhar que não dizia muita coisa.

— Eu meio que tô com fome — disse a garota.

— Eu meio que acho que vamos encontrar outro lugar mais perto de casa.

Ela respirou fundo e soltou o ar. Davi começou a andar na direção do carro – um sedã modesto, não muito grande, mas melhor do que a traseira de uma caminhonete.

— Pelo menos me diz que você tem um lanche!

— Tenho — ele disse, dando uma breve corrida para falar com o motorista.

Sam olhou mais uma vez para o restaurante panorâmico, ergueu sua mochila e meteu-se no banco de trás do carro, enquanto Davi sentou-se no banco do carona a pedido do homem de negócios que dirigia.

Tratava-se de um vendedor externo, responsável por abastecer lojas de regiões do interior com artigos de uma marca de luxo de óculos solares. Ele usava óculos de sol da marca que vendia – como era de se esperar –, e tinha um aspecto jovial, apesar de a garota imaginar que já tivesse passado dos cinquenta.

— O que fazem dois jovens como vocês na beira da estrada em um dia desses? — perguntou o homem, os olhos fixos na rodovia, escapando apenas para olhar rapidamente para Davi e espiar Samanta pelo retrovisor central.

— Ah, estamos vindo de Foz — disse o garoto, aprumando-se no banco de couro, provocando um barulho característico do atrito das roupas com o material.

— Foram aproveitar as cataratas!

— Não exatamente, mas fomos até as cataratas, sim.

— É lindo, não é? É incrível que nós tenhamos uma coisa tão espetacular assim, tão perto! Quão longe de casa estão os pombinhos?

Sam até pensou em se defender a respeito da última palavra, mas esperou para ver o que Davi ia falar a respeito.

— Ah, um pouco longe. São uns seiscentos ou setecentos quilômetros da nossa cidade. Pegamos um ônibus pra vir, mas ficamos sem dinheiro pra voltar. — Ele deu um sorriso enviesado, aquele que lhe era tão característico. — Então tivemos de pegar carona pra voltar.

— Entendi. Eu tive a minha época de fazer mochilões por aí, mas nunca fiz isso com a namorada! — Ele deu uma risada meio exagerada. — Ela nunca quis me acompanhar. Era uma daquelas meninas mimadas, que não aceita nada que não seja fácil. Você tem sorte de ter uma parceira que te acompanhe nesse tipo de furada!

Ele riu de novo. Davi parecia meio constrangido, mas costumava se virar bastante bem em conversas com completos desconhecidos. Samanta decidiu que deixaria isso a cargo dele e aproveitaria o tempo para dormir.

— Não que eu não gostasse desse tipo de aventura — disse o homem, continuando a conversa. — Eu adorava. Eu conheci todo tipo de gente e tantas coisas diferentes... Hoje em dia é um pouco mais complicado, eu acho. O nosso país parece que tá cada vez mais perigoso. Eu, pessoalmente, não pegaria carona na beira da estrada. Vai saber que tipo de pessoa vai parar pra dar carona.

— Você parou.

— E quem disse que eu não sou um psicopata? — O homem ergueu os óculos de sol para mostrar os olhos arregalados, mas não conseguiu manter a pose e gargalhou em seguida de forma atrapalhada. — Ah, quem eu estou querendo enganar?

Os dois conversaram por um bom tempo sobre o porquê do homem dar caronas – para não viajar sozinho, já que passava o tempo inteiro na estrada –; sobre quem o esperava em casa – sua mulher e duas filhas, uma de nove anos e a outra de apenas dois –; sua origem – era nordestino, mas se mudara há muito tempo, buscando outras oportunidades no sul do país –; e todo tipo de assunto.

Samanta olhou para fora do vidro da janela, vendo a paisagem passar depressa e pensando que talvez um churrasco teria sido uma boa refeição – apesar de suas frustradas tentativas de tornar-se vegetariana. Depois, decidiu deixar isso para lá e encostou a cabeça na coluna do carro, fechando os olhos e dormindo durante todo o resto do percurso com o vendedor de óculos de sol.

CAPÍTULO TRINTA

PARADA PARA ALMOÇO

PARADA PARA ALMOÇO

SOMENTE TRÊS HORAS MAIS TARDE OS DOIS CONSEGUIRAM PArar para almoçar.

O tal vendedor de óculos já havia almoçado quando os pegara na estrada, então era de se esperar que ele não fosse parar novamente tão cedo. Assim sendo, seguiram com ele até onde podiam, e Sam precisou comer as bolachas secas que Davi tinha dentro da mochila – há sabe-se lá quanto tempo – para tentar enganar a fome. Quando enfim saíram do carro, pararam em frente a uma lanchonete de beira de estrada relativamente decente.

— Você vai ter que me pagar uma sobremesa pra compensar o tempo que eu tive que esperar pra almoçar — disse Samanta. — Ainda mais que agora nem deve ter mais almoço, e a gente vai ter que comer alguma outra coisa.

— Ah, Sam, não seja assim. Nós almoçamos "comida" todos os dias nas nossas casas. Não vai fazer mal comer só um lanche.

Ela torceu a boca. Os dois entraram no lugar e, depois de irem ao banheiro e escolherem alguns salgados que estavam à disposição para que eles mesmos se servissem, sentaram um de frente para o outro em uma mesa com bancos integrados. O assento era desconfortavelmente distante do tampo, de maneira que a garota teve de ficar na beirada para alcançar o prato.

Comeram em silêncio, exceto pelo barulho de Davi chupando o canudinho de sua lata de refrigerante com alarde a cada trinta segundos. Samanta passou a maior parte do tempo olhando para o lado de fora e pensando em como não gostaria de estar voltando para casa.

— Tá preparado para o resultado do vestibular?

— O que você acha? — perguntou Davi.

— Você nem ligou o celular, o que acho que significa que você não quer receber mensagens, nem ligações, para o bem ou para o mal — disse Sam. — Mas eu não sei do que você tem tanto medo. Pra mim é óbvio que você passou.

— Não é tão óbvio assim. Engenharia é um curso difícil de entrar.

— Você estudou por meses a fio.

219

— E daí? Muita gente precisa estudar por anos pra conseguir entrar numa federal!

A garota balançou a cabeça em um movimento que ficava entre um "sim" e um "não".

— Eu tenho a sensação de que você passou.

— Tomara que sim.

— Já tá preparado para a mudança? Quero dizer, você vai ter que trocar de cidade, encontrar um apartamento barato em uma zona distante da universidade e pegar ônibus todos os dias pra ir até lá. Provavelmente vai ter que dividir o apartamento, ou até o quarto, com pessoas desconhecidas, que podem nem ter o mesmo hábito de higiene que você...

— E quem disse que os meus hábitos de higiene são bons?

— Do que eu posso ver, até que não são maus — disse a jovem, piscando um olho.

Ele piscou de volta e continuou comendo.

— Mas, sim, eu estou preocupado com a mudança — declarou ele, de boca cheia.

Enfiando na boca o restante do seu lanche, ele apoiou o queixo na mão e olhou para a rodovia movimentada.

— Acho que o pior vai ser ir pra um lugar onde eu não conheço ninguém — disse. — Eu passei a minha vida inteira no mesmo lugar, com as mesmas pessoas. Tenho medo de não conseguir me adaptar numa cidade nova.

— Que bobagem. Você faz amigos facilmente.

— Eu sei. Mas e se *eu* não me sentir bem, ou adaptado, onde eu estiver?

— Isso não vai acontecer.

Ele limpou a boca com o guardanapo e bebeu de sua latinha outra vez.

— Seria mais fácil com você lá — ele disse, sem olhar para ela.

Ela sentiu suas bochechas começarem a esquentar, então bebeu de seu chá para tentar não pensar em todas as nuances do que ele acabara de dizer. Depois de engolir, levantou os olhos.

— Nós vamos manter contato. Não é como se a distância fosse terminar com a nossa amizade. Você sabe disso. O que a gente tem é mais forte do que alguns quilômetros. Além do mais, a gente pode se visitar o tempo todo — disse ela. — Eu nunca gostei muito de Porto Alegre, mas vou fazer um esforço. Você pode colar um cartaz de qualquer outro lugar do mundo na sua parede e, quando eu estiver lá, eu olho para ele, ao invés de olhar pela janela.

— Fala sério, a cidade não é tão ruim assim.

— Sei lá — ela disse. — Não faz muito o meu estilo. Parece que todo mundo que vai pra lá fica meio pretensioso.

— Eu não vou ficar pretensioso.

— Você já é.

Ele chutou de leve a canela dela e deu uma risada.

— Bem, mesmo se você não tivesse convidado a si mesma para passar tempo na minha nova casa, seria bem-vinda — ele disse, terminando sua bebida e colocando a latinha sobre o prato, junto com o guardanapo. — Eu posso arranjar um colchão extra e dormir no chão.

A última frase parecera muito calculada para que Sam a ignorasse.

— Ou não. — Foi a resposta que ela deu.

Mexendo o chá no copo, com a cabeça inclinada para baixo, ela olhou para ele de esguelha, e ele devolveu o olhar. Os dois limitaram-se a rir, jogaram o lixo fora, devolveram os pratos para uma atendente e voltaram para a rodovia.

CAPÍTULO TRINTA E UM

ESPIRAL

ESPIRAL

NÃO ESTAVAM MAIS TÃO LONGE DE SUA CIDADE, ENTÃO MAIS uma carona deveria ser o suficiente para chegarem em casa. Samanta insistiu a Davi que poderiam ligar para seus pais, para que os buscassem, mas ele negou veementemente.

— Não tem a mínima possibilidade de eu deixar você chamar os seus pais — decretou ele. — Eles vão atormentar você a vida inteira por conta desses cem quilômetros. E, pior, eu vou sempre ser o culpado.

— De certa maneira, você *é* o culpado.

— Não sou, não! A ideia de procurar o escritor foi sua!

— Foi? — indagou ela, erguendo uma sobrancelha. — Acho que não.

— Não importa. A questão é que eu prefiro que o *seu namoradinho* venha nos buscar do que os seus pais — disse Davi.

Ela cruzou os braços, incomodada, enquanto ele rabiscava o nome da cidade na sua plaquinha e erguia à sua frente, na direção dos carros que passavam por eles. O cruzamento onde estavam era movimentado, mas demorou bons vinte minutos para que um carro parasse. Era um veículo pequeno, com um rapaz de uns vinte e cinco anos ao volante, com um sorriso grande no rosto e uma montanha de coisas empilhadas no banco de trás.

— Entrem! — disse o rapaz, fazendo um gesto com a mão.

Os dois se entreolharam, mas logo Davi abriu a porta do carona para puxar o banco para a frente e Sam poder se enfiar na parte de trás do carro. Ela demorou um pouco para conseguir prender o cinto de segurança – que não encaixava direito – e colocou sua mochila junto de si, apoiada nas caixas de isopor e sacolas térmicas ao seu lado. Seu amigo sentou-se mais facilmente no banco da frente, colocando a mochila junto de seus pés e fechando a porta com delicadeza. Ela não fechou direito.

— Pode bater.

— Bater?

— É, bate mesmo.

Davi abriu a porta e fechou com tanta força que Samanta não sabia se poderia ser aberta novamente.

— Abre a janela aí, o carro não tem ar-condicionado.

Ele girou a manivela, e logo estavam cruzando a estrada movimentada. Não demoraria muito e estariam de volta às suas casas. Samanta faria Davi prometer nunca mais convidá-la para nenhuma outra experiência do gênero. Pensou se Elis teria transferido dinheiro para sua conta e voltou a refletir sobre a possibilidade de trabalhar no café para conseguir dinheiro – ou meramente para ocupar seu tempo, já que seus pais não aceitariam que ela simplesmente ficasse em casa...

... escrevendo?

— Então, vocês estão indo pra Santa Cruz?

— Isso. Você é de lá?

— Não, mas é caminho pra capital. Eu estudo lá, curso engenharia mecânica.

— Sério? Na federal?

— Sim, tô no oitavo semestre. Eu já deveria estar pensando no tema do meu trabalho de conclusão de curso, mas tô com tantas cadeiras atrasadas que não existe a mínima possibilidade de eu me formar no período certo.

Davi abriu um sorriso.

— Eu fiz o vestibular pra entrar na civil.

— Ah, show! E passou? O resultado saiu... na sexta, não foi?

— Saiu, sim, mas eu ainda não olhei.

— Não? Achei que todo mundo que fazia o vestibular ficava ansioso pra descobrir se tinha passado ou não — disse o rapaz, alternando olhares entre a estrada e Davi. — Eu, pelo menos, fui assim. Acompanhei pela rádio e tudo o mais.

O jovem deu de ombros.

— Não sei, eu não conseguia me ver fazendo isso. E não conseguia pensar na tensão que seria acompanhar em tempo real de qualquer jeito que fosse. Então decidi deixar a coisa esfriar antes de descobrir se passei ou não.

— Boa sorte, então.

— Valeu.

Os dois continuaram conversando por algum tempo, principalmente sobre as questões que envolviam o curso de engenharia – os equipamentos, as viagens de estudo, a quantidade de garotas em cada um dos cursos. Davi estava visivelmente empolgado por ter encontrado alguém de lá, ainda que isso não significasse muita coisa. Sam sentiu uma certa inveja da excitação dele e da certeza dele sobre o que queria fazer da vida.

Puxou os fones de ouvido de dentro de sua mochila e colocou-os em suas orelhas, procurando músicas melancólicas que combinassem com seu estado de espírito.

Passou um longo tempo olhando para a nuca de Davi e para seu rosto, quando ele se virava o suficiente para o motorista a ponto de ela poder ver seu perfil por completo. Por alguma razão, lembrou-se do *Ex Libris* guardado em sua mochila. Se perguntou se estavam levando aquela história toda muito a sério, se tudo aquilo não passava de uma brincadeira e, a viagem, de um desperdício de tempo.

Mesmo lembrando-se do que o autor do livro do destino dissera sobre não ler a respeito do futuro próximo, Sam fixou os olhos em sua mochila e sentiu-se impelida a ler a história de Davi.

Puxou o livro da mala e abriu-o aleatoriamente, imaginando em que ponto do livro de Davi estariam. O que fariam depois de chegar ao ponto em que as coisas não estivessem mais escritas? Não queria pensar muito a respeito, mas a dúvida era intrigante.

Ela procurou a esmo por alguns minutos, lendo passagens randômicas a respeito da viagem dos dois.

> *Sem saber se deve ou não falar alguma coisa, Davi decide ficar calado. Fica tentado a descer de sua cama e juntar-se a Samanta, mas desiste e dorme depois de algum tempo.*

Ele também queria ter se juntado a ela na primeira noite no *hostel*. Samanta passou o dedo de leve sobre a linha de texto e respirou fundo. Ainda não tinha a mínima ideia do que pensar depois da noite que haviam passado.

Voltou pelas páginas até encontrar a primeira vez em que haviam se beijado, muitos anos antes. Leu as linhas devagar, recordando-se daquela ocasião.

Os dois estão debaixo da grande árvore no ponto mais alto da colina em que fica o cemitério. Ela seca as lágrimas que escorrem pelo rosto dele e beija sua bochecha. Ele olha para ela, confuso, mas ela avança na direção dele e o beija na boca por cerca de cinco segundos. Davi se afasta. "Samanta, o que está fazendo?"

Naquela ocasião, nenhum dos dois trocara qualquer outra palavra a respeito do que acontecera, simplesmente deixaram a coisa esfriar. Samanta queria dizer a ele o que sentia mais do que qualquer outra coisa, mas não tomara partido. Então, envolvera-se com Thiago, Davi arranjou uma e outra namorada, e nenhum dos dois deu seguimento ao que havia entre eles. O que acontecera na noite anterior parecia uma retomada...

Retomada de quê? Apesar de tudo, nunca houvera nada declarado entre eles. Nunca haviam falado sobre aquilo, nunca haviam dito o que sentiam um pelo outro. Sam nem mesmo tinha certeza se *ela* sabia o que sentia. O que diria a ele? Que achava que a amizade deles poderia avançar, que eles poderiam dar "o próximo passo"? Seria clichê demais, e também não era exatamente isso o que pensava... ainda que não soubesse bem o que pensava.

Quanto ao que acontecera na noite anterior, definitivamente precisavam conversar. Ela apenas não tinha ideia de como começar.

Decidiu que, assim que chegassem em casa, escreveria uma carta para ele. Não teria coragem para dizer o que se passava em sua mente, mas a caneta conseguiria transmitir essas sensações e sentimentos.

Levantou os olhos mais uma vez para olhar para a nuca de Davi. Ele e o rapaz que dirigia conversavam animadamente sobre algum aspecto da vida na universidade – algo sobre o que ela não conseguia descobrir por estar com os fones de ouvido.

Estava prestes a devolver o livro para dentro da mochila quando ouviu um grito.

Olhou para cima outra vez.

Havia um carro na contramão, vindo na direção deles. A garota imediatamente arrancou os fones dos ouvidos. Davi gritou qualquer coisa para o motorista, que virou o volante com força para evitar a colisão entre os veículos.

Eles foram para o acostamento e, de lá, para o barranco que vinha logo a seguir.

Acertaram um buraco e, com um solavanco, o carro virou de lado e começou a capotar na direção das árvores mais abaixo. Pelo para-brisa, a jovem viu o verde da grama misturar-se com o azul do céu em uma espiral multicolorida, conforme desciam cada vez mais rápido.

Pararam, enfim, com um impacto brutal contra uma árvore, e a cabeça de Samanta bateu com força contra o vidro ao seu lado, rachando-o em infinitos fractais.

Completamente zonza, Samanta era incapaz de manter os olhos abertos.

Percebeu estar de ponta-cabeça, presa ao banco pelo cinto de segurança, com sangue descendo pela sua cabeça e começando a empapar seus cabelos.

Havia lágrimas em seus olhos, mas ela não se lembrava de ter começado a chorar. Elas a impediam de ver o que estava imediatamente à sua frente: onde estava Davi? Ele estava vivo?

Um pouco antes de apagar, viu o motorista balançar a cabeça. Seu melhor amigo, imediatamente à sua frente, não se mexia.

A jovem tentou erguer a mão para alcançá-lo, mas percebeu que, apesar de toda a sua força, não conseguia mover o braço. Ele continuava pendurado na direção do solo, inerte.

Um instante antes de perder a consciência, ela viu um brilho brotar no canto de sua visão.

E, como não podia deixar de ser, o brilho era fogo.

CAPÍTULO TRINTA E DOIS

LAPSO

DEPOIS DE UM PERÍODO ESTRANHAMENTE – E, ERA PROVÁVEL, enganosamente – curto de pura escuridão, a garota acordou. Suas pálpebras estavam grudadas, então precisou lutar contra elas para abrir os olhos. Havia luz amarelada, que, depois de piscar algumas vezes, ela percebeu ser dos raios de sol entrando pela janela.

Não lhe parecia que algo realmente estranho estava acontecendo, apesar de ter plena noção de estar deitada em uma cama de hospital. Havia alguém sentado na poltrona perto da janela, a cabeça repousada no punho fechado e os olhos cerrados. Demorou alguns instantes para perceber que se tratava de sua mãe.

Sentiu um pânico crescente tomá-la ao notar que esperava que a pessoa fosse Davi. Onde ele estava? O que acontecera com ele?

Lembrava-se de ter percebido uma centelha de fogo antes de desmaiar. E também sabia, com uma certeza desconcertante, que, segundo o *Ex Libris*, Davi morreria em um incêndio.

Tentou se sentar e olhar para si mesma, tentando descobrir o que acontecera consigo. Queria saber se tinha qualquer tipo de queimadura, o que seria o suficiente para responder às aterrorizantes perguntas que tomavam sua mente. A única coisa que conseguiu, porém, foi levantar a cabeça alguns centímetros, o que foi suficiente para deixá-la tonta, fazendo-a se deixar cair no travesseiro.

Fechando os olhos, decidiu testar todos os seus membros, para descobrir se alguma coisa doía ou se não conseguia se mexer. Não moveu a cabeça por imaginar que ficaria tonta de novo, mas já sabia que, pelo menos, seu pescoço estava funcionando. Mexeu cada dedo individualmente, então as pernas, os braços, os pulsos, as mãos. Descobriu que seu braço esquerdo não funcionava exatamente como ela planejava, mas, apesar da dor, ainda respondia.

Abriu a boca para tentar chamar a mãe, mas estava sem voz. Pigarreou, mas a voz não veio. Assim, passou um bom tempo apenas deitada, olhando para o teto, esperando que o sono a tomasse novamente, ainda que incapaz de dormir por conta da quantidade de imagens e pensamentos que passavam por sua cabeça.

Eventualmente, entretanto, seus olhos se fecharam, e ela se rendeu ao sono.

CAPÍTULO TRINTA E TRÊS

"UM MILAGRE"

"UM MILAGRE"

DESSA VEZ, A ESCURIDÃO VEIO REPLETA DE IMAGENS. A maior parte delas mostrava Davi e Samanta, a árvore debaixo da qual haviam se beijado, a beliche do *hostel*, o acidente com o carro e fogo. Havia também pedras, escarpas e o que parecia ser a entrada de um templo, com colunas ladeando uma enorme porta adornada. Em certo momento, Sam estava com o *Ex Libris* em suas mãos e, quando o abria, não conseguia encontrar as páginas certas. Do começo ao fim as folhas estavam em branco, e ela sentia seu coração batendo forte enquanto folheava da frente para trás e encarava a última página, vazia.

Ainda assim, quando acordou, o fez devagar.

Sua mãe estava mais uma vez no quarto, sentada mais perto, dessa vez. A garota piscou os olhos antes de sua visão ficar nítida, e Teresa foi até ela assim que percebeu que a filha estava acordada.

— Samanta! Finalmente você acordou, filha — ela disse, a voz embargada.

A jovem pigarreou para falar, mas não conseguiu dizer nada. A mulher trouxe um copo de água para ela e a ajudou a beber – derramando quase um quinto do líquido pelo pescoço da filha. Pigarreando de novo, Sam conseguiu falar com um fio de voz:

— Desculpa não ter ligado, mãe.

Ela deu uma leve risada e levantou os olhos quando Carlos Augusto entrou pela porta do quarto.

— Ela acordou?

— Sim, acordou agora mesmo.

Ele se aproximou rapidamente e olhou para Sam, preocupado.

— Oi, filha. Como você está?

— Acho que bem — disse. — O que aconteceu?

— Você sofreu um acidente de carro.

— Eu sei. O que aconteceu *comigo*? — perguntou ela, erguendo uma sobrancelha.

— Você bateu a cabeça e quebrou o braço esquerdo — disse Teresa, segurando de leve a mão direita da jovem.

233   "EX LIBRIS"

A lembrança de como se machucara veio à cabeça de Sam, junto com a imagem de Davi desacordado logo depois que o carro parou contra a árvore no fim do barranco. Também se recordou do brilho de uma chama e sentiu o estômago se revirar.

— O carro... pegou fogo?

— Não — disse seu pai, as sobrancelhas quase se tornando uma só no centro da testa. — Até houve um princípio, mas havia outros carros na estrada, e o pessoal foi muito rápido para socorrer vocês três.

— Foi um milagre — disse a mãe, apertando mais forte os dedos da filha.

— E quanto ao Davi?

— Ele está bem — disse Carlos Augusto.

Os três ficaram em silêncio por algum tempo, e Samanta notou que seus pais queriam dar-lhe um sermão a respeito do que ela fizera, provavelmente culpando Davi por tudo, inclusive pelo acidente. A única coisa que impedia Teresa e Carlos Augusto de puxar aquele assunto era o fato de a filha ter sofrido um acidente.

Samanta apertou os lábios e decidiu, ela mesma, trazer o tema à tona.

— A ideia foi minha.

— O quê?

— A ideia de fazer essa viagem foi minha, não do Davi.

Seu pai se aproximou um pouco, ainda preocupado, mas com uma centelha de qualquer outra coisa por baixo, escondida em seus olhos.

— Por que vocês decidiram fazer isso? — perguntou. — Eu e sua mãe fomos até a rodoviária procurando por você... ligamos para o seu celular, mas você nos ignorou! O que estava pensando?

A verdade parecia muito fantasiosa à garota para que seus pais acreditassem.

— Eu só queria fazer alguma coisa diferente — disse ela, sem saber o que poderia dizer para convencê-los. — Eu tô tão perdida... Achei que estava na hora de tentar me encontrar. Eu não sei que caminho seguir, e vocês ficavam me pressionando para que eu decidisse. Infelizmente não é uma questão de simplesmente escolher. Envolve muito mais do que isso. E eu precisava dessa viagem pra me resolver.

— Está dizendo que eu e seu pai somos responsáveis por isso? — perguntou sua mãe, ligeiramente exaltada, mas tentando fazer com que a pergunta soasse calma.

— Sim e não — disse Sam. — O que vocês fizeram me ajudou a decidir ir adiante com essa viagem. — Teresa abriu a boca para protestar, mas a garota não lhe deu tempo. — Eu queria ser como a Fernanda, que sempre soube o que queria cursar, fez o que vocês queriam e, *ainda por cima*, é feliz com isso. Mas eu não sou como ela. E só preciso que vocês entendam que eu *vou* pra algum lugar, mas preciso de tempo para isso. Eu preciso do apoio de vocês, não de pressão. Preciso que me deem sugestões e me ajudem, não que apenas me digam o que fazer.

— Isso não é verdade, Sam — disse seu pai. — Nós não estamos pressionando você. Nós só queremos te ajudar a escolher um caminho que te deixe feliz e a evitar os erros que nós cometemos.

— Eu preciso cometer meus próprios erros — insistiu a garota.

Augusto pareceu tecer algum argumento, mas Teresa pousou a mão sobre o braço dele, condescendente. Ele olhou para ela e concordou de leve.

— Eu vou pegar um café e ver se a Fernanda já chegou. Você quer? — perguntou a mulher ao marido.

— Não, estou bem.

Ela saiu do quarto e desapareceu no corredor. O homem pareceu um pouco perdido a princípio, mas acabou sentando no mesmo lugar em que Teresa estivera antes, olhando para a filha com uma expressão que misturava carinho e preocupação.

— Eu entendo que você esteja perdida — disse ele, depois de um tempo analisando os comandos que ajustavam a altura da cama. — Eu também passei por isso. Depois de me formar, fiquei uns dois anos como um joão-bobo, indo pra lá e pra cá, sem saber o que fazer. — A garota deu um breve sorriso. — É normal. Você vai acabar se encontrando, uma hora ou outra.

Ele estendeu a mão e tocou na dela com delicadeza, olhando de esguelha para o gesso em seu braço.

— De qualquer forma, você sabe que é função dos pais serem insuportáveis, às vezes.

— Eu sei — ela disse e sorriu de novo.

EX

LIBRIS

CAPÍTULO TRINTA E QUATRO

DESENCONTRO

DESENCONTRO

SAMANTA E DAVI NÃO SE VIRAM DURANTE ALGUM TEMPO.
Sam voltou para casa dois dias depois do acidente, feliz pela pancada da cabeça não passar disso. Davi, pelo que ela entendera, fora embora um dia antes. E, apesar de sua mãe dizer que ele passara no quarto da garota antes de ir embora, ficando ali pelo menos por meia hora, ele não apareceu na casa dela quando ela voltou.

Ainda que quisesse falar com ele mais do que qualquer outra coisa no mundo, Sam esperou. Sentada no beiral da janela que formava seu canto de leitura preferido – sem livro algum dessa vez –, ela alternava olhares entre a tela de seu celular e a janela semiaberta do quarto de Davi, visível de onde estava.

E então, como esperava que acontecesse, a mensagem chegou.

> Oi?

Não era exatamente o que ela esperava. Por outro lado, sabia que ele não escreveria nada excepcionalmente emocional ou dramático. Não era do feitio dele e, além do mais, ela sabia que ele odiava digitar nas teclas minúsculas da tela do celular.

Logo em seguida ele mandou outra.

> Como você tá?
> Eu estou preocupado.

> Tô bem, eu acho. Só com um pouco de dor no braço e um galo horroroso na cabeça. Pelo menos ainda posso digitar com a mão direita. Mas já cheguei em casa.

> Eu sei.

Ela ergueu os olhos de novo para a janela dele, mas não conseguiu ver nada do lado de dentro. Digitou uma resposta.

> E como você tá?

Bastante bem, considerando o que aconteceu. Só tive alguns arranhões e, como você, bati a cabeça na janela. O motorista ficou bem, acho que só quebrou o pé.

> As coisas podiam ter sido bem piores.

Eu sei.

Alguns momentos se passaram enquanto ele digitava uma resposta.

Não precisa dizer que avisou, ok.

> Eu não ia dizer.

Ela riu de leve e ergueu os olhos de novo, esperando que, a qualquer momento, ele fizesse alguma coisa para chamar a atenção dela pela janela. Mas tudo permaneceu como estava.

Na tela, ela viu que ele estava digitando. Depois de um minuto ou dois apareceu a resposta dele.

Sam, eu acho que a gente não deve continuar com essa história. Nós ainda não sabemos o que vai acontecer a partir de tudo isso, e não tem sido muito seguro. Se já sabemos o que vai acontecer comigo, talvez possamos evitar que o mesmo aconteça com você.

A jovem torceu os lábios, incomodada. Ele voltou a digitar.

> Eu não me perdoaria se algo acontecesse com você.

Ela não sabia quais eram as palavras certas para responder ou como deveria se sentir a respeito. Por isso, não respondeu nada, irritada com o fato de ele não ter aberto a janela ou feito qualquer coisa diferente. Irritada por ele ter conversado sobre isso pelo celular, e não cara a cara. Davi sabia que estava errado, e ela poderia convencê-lo disso, se ele estivesse ali.

Mas não estava.

A garota largou o celular ao seu lado e se aprumou no banco, apoiando as costas no vidro, virando-as para a janela dele.

De onde estava, conseguia ver o *Ex Libris*, pousado inocentemente em uma mesinha de canto. Ao lado dele, seu caderno verde de escrita. Enquanto Luna subia em seu colo miando e encarando-a com seus olhos amarelos, pensou se deveria escrever alguma coisa, mas logo percebeu que não estava nem um pouco inspirada. Decidiu pegar o celular de volta. Davi não tinha mandado mais nada.

Subitamente, lembrou-se de que ele havia prestado o vestibular e ela não sabia ainda se ele tinha passado. Pesquisou pela lista dos aprovados na internet, e lá estava o nome dele, entre inúmeros outros selecionados para Engenharia Civil. Apesar de irritada, não conseguiu não sorrir.

Abriu o aplicativo de mensagens de novo.

> Eu vi que você passou no vestibular. Parabéns!

> Valeu!

241

> Quando começam as aulas?

Ainda falta algum tempo, mas meu pai já disse que no final de semana vamos até Porto Alegre pra procurar algum alojamento pra mim. Eu disse que é meio cedo, mas ele disse que depois a procura fica muito alta e é mais difícil de arranjar algo que preste.

> É melhor garantir. Tá nervoso?

Menos do que eu tava quando tive que fazer aquela prova infernal.

> Que bom.

Apesar de haver muito a respeito do que falar, Sam apenas olhou para a tela do celular e, depois de um tempo, fechou o aplicativo e largou o aparelho ao seu lado. E não o pegou mais.

EX

LIBRIS

CAPÍTULO TRINTA E CINCO

DESDE SEMPRE

SAM MARCOU UM ENCONTRO COM ELIS NO CAFÉ, MAS ELA APAreceu na sua casa antes que pudesse sair.

— Eu achei que a gente ia se encontrar no café.

— Eu pensei melhor — disse Elis, abraçando a amiga com entusiasmo, apertando-a um pouco mais do que o normal. — Eu lembrei que você sofreu um acidente, então é melhor não se esforçar muito.

— Me esforçar muito? — perguntou Sam, erguendo uma sobrancelha e abrindo passagem para Elis, que se abaixou para acariciar Luna. — Você notou que me tirou a única chance de sair de casa pra descontrair, né?

Ela deu de ombros.

— Eu tô bem... Exceto pelo braço e por ter batido a cabeça, não houve nenhum grande problema.

— Ah, foi só isso, né? — disse a amiga, irônica.

Elis agarrou a gata – que reclamou a princípio, mas se aconchegou em seus braços em seguida –, e as duas subiram para o quarto de Samanta, fechando a porta e sentando na cama com as pernas cruzadas.

— E aí, como é que estão as coisas no café?

— Esquece o café, me conta da viagem.

Sam deu uma risada.

— Eu só quis ser educada.

— Nós já passamos desse nível. Além do mais, eu duvido que, apesar de bombástica, a história sobre o sobrinho da dona Carmen, que ela fez questão de me contar ontem, seja melhor do que a sua. Desembucha.

Samanta deixou seus olhos passearem pelo quarto, refletindo sobre como começar.

— Falando a verdade, o que você acha que existe entre mim e o Davi? Honestamente.

— Vocês sempre deixam bastante óbvio que são melhores amigos — disse Elis, passando a mão na cabeça de uma relaxada Luna *quase-de-olhos-fechados*. — Quando conhecem alguma pessoa nova, vocês deixam isso bem claro. E também se comportam de um jeito específico, fazendo piadas um com o outro e não se levando a sério. Mesmo assim, todo mundo sabe que vocês são apaixonados.

— Todo mundo, quem?

— *Todo mundo*, inclusive você e ele. Só que vocês não querem admitir isso para si mesmos.

Sam puxou seu travesseiro e o abraçou, apoiando-se nele. Elis deu um sorriso malandro e cutucou a amiga com a ponta do pé.

— O que aconteceu entre vocês, hein?

— Nada que já não tenha acontecido antes — respondeu. — Já fazia muito tempo desde a primeira vez, então eu não tinha certeza se ele lembrava do que tinha acontecido.

— Então vocês se beijaram. E o que mais?

— Não teve mais nada — disse Sam, apertando um pouco mais o travesseiro. — Eu queria muito ficar com ele naquela noite, mas... nós só dormimos abraçados, e foi o suficiente. Acho que, com o Davi, as coisas têm de ser diferentes. Eu só não sei se ele pensa assim também.

— Bom, ele é um homem. — Elis puxou o outro travesseiro da cama e o colocou atrás das costas, esticando as pernas à sua frente e colocando a gata sobre elas.

— Isso não quer dizer nada. Cada pessoa é diferente. E, mesmo que ele também quisesse, eu não sei se não seria muito súbito.

— Súbito? — Ela abriu os braços, gesticulando. — O que vocês têm é um longo histórico de flertes, beijos e abraços longos demais, cabeça apoiada no ombro nas viagens do colégio, ciúmes e brincadeirinhas de todo o tipo. Sempre houve algo entre vocês. Vocês transarem seria *tudo*, menos súbito.

— Agora é tarde.

— Não é tarde. Se você aparecesse *agora* na casa do Davi e tirasse a roupa, ia rolar de tudo e mais um pouco.

Sam gargalhou com o jeito de falar da amiga, que também riu.

— Não é essa a questão — disse Sam, colocando a franja atrás da orelha, já comprida demais e obstruindo sua visão. — Eu ainda não vi ele depois do acidente. A gente só se falou por mensagem. O que ele me disse é que não quer levar essa história adiante.

Ela fez um sinal com a cabeça para o *Ex Libris* sobre sua cabeceira. Estivera levando-o consigo por toda a casa, sem nunca o abrir ou ter coragem de olhá-lo por mais do que alguns segundos.

— Você lembra do livro que eu te mostrei? Aquele que eu... retirei da biblioteca e contava uma história parecida com a nossa, envolvendo um livro que narrava a vida de um garoto que ia até uma tal "Biblioteca do Destino" pra tentar mudar o que estava escrito?

— Acho que sim. — Ela coçou a testa.

— Fomos até Foz para encontrar o autor e tentar entender o que tudo isso significa. O homem usava um pseudônimo, mas conseguimos achá-lo. Ele mora em uma mansão numa parte residencial da cidade, e nós conversamos com ele sobre isso. Ele disse que se encontrou com o responsável pelos *Ex Libris* e foi até a biblioteca pra falar com ele.

— E você acreditou?

— O livro não errou *nada* até agora, Elis. Eu acho que isso é prova suficiente de que é real.

— Tá mais pra surreal.

— Pode até ser, mas o fato é que tá acontecendo, e eu acho que o final da história não está muito longe — disse a garota, séria.

— Eu achei que o Davi ia morrer no acidente.

— E você, não?

— Não é isso. — Ela fez um gesto com a mão para a outra não mudar o foco. — É que teve um princípio de incêndio. E o final do livro dele envolve um incêndio.

Elis realocou Luna no colo de Sam e se esticou para pegar o livro, folheando-o até o final. Demorou-se alguns instantes lendo e, então, passou os olhos pelas páginas anteriores rapidamente. Depois, virou o volume na direção da outra, segurando as folhas para não perder a linha certa.

— Ele não ia morrer no acidente. Está aqui.

A jovem passou os olhos pelas palavras a preto sobre o papel amarelado. De fato, o acidente estava narrado lá.

— Isso só comprova que o livro sempre acerta — disse, contrariada.

— Você leu a história até o final?

— Não tive coragem. Além do mais, o autor disse que o melhor é evitar ler o livro. Se nós nos guiarmos por ele, a probabilidade de acontecer o que está escrito é ainda maior.

— Mas, se está escrito, vai acontecer. Não ler é escolher não saber.

Ficaram em silêncio.

— Eu acho que não poderia impedir o acidente, mesmo sabendo que iria acontecer.

— Então, por que você acha que poderia impedir a morte do Davi no incêndio? — Apesar das palavras duras, a expressão de Elis era triste.

— Essa é a questão. O final da história dele é aberto. Nós vimos outros *Ex Libris* na casa do autor, todos eles tinham finais muito definidos. O fato de a história do Davi ser diferente pode significar que nós temos uma chance.

— E se tudo isso já estiver previsto, de qualquer maneira? — perguntou Elis. — E se, ao tentar salvá-lo, você só estiver levando ele para mais perto do final?

Sam suspirou.

— Eu não tenho como saber. A única coisa que posso fazer é continuar tentando.

— E como você pretende fazer isso?

— Pedindo ao Escrivão.

Apesar de tudo aquilo ainda parecer uma bobagem completa, uma total improbabilidade, a jovem já não duvidava da existência da Biblioteca ou do Escrivão. Pelo contrário, tinha certeza de que estavam lá, no cânion, escondidos em algum lugar, apenas esperando que ela os encontre. Elis, por outro lado, fez uma careta.

— Mesmo que tudo isso seja verdade... — Ela ignorou a expressão resoluta da outra. — O que te garante que o tal Escrivão não vai só te mandar embora de mãos abanando?

Samanta balançou a cabeça devagar.

— O homem que conhecemos em Foz disse que há um motivo pra tudo isso — disse. — Que o Escrivão queria que ele fosse até a biblioteca, mas que ele não sabia o porquê. Ele disse que achava que isso era parte de um plano maior.

— *Qual* plano maior?

A jovem deu de ombros. As duas ficaram quietas, olhando para o livro pousado sobre o lençol branco com listras arroxeadas, para a mão de Sam passeando a esmo no pelo de Luna, que ronronava baixinho. Não havia palavras certas para responder à pergunta de Elis.

— De qualquer maneira, o Davi já cancelou o plano — disse Sam.

— O quê? Por quê? — perguntou Elis, indignada.

— Ele disse que é muito perigoso. Que não tem como saber o que vai acontecer e que, se já sabemos o que vai acontecer com ele, podemos tentar impedir que aconteça comigo. — Seu tom de voz era pesado.

Elis cruzou os braços.

— Você sabe que ele tá certo, não sabe?

Sam deu de ombros outra vez.

— O que os seus pais disseram, quando te viram? — perguntou Elis, mudando subitamente de assunto e tentando melhorar o humor do quarto. — Sua mãe me ligou umas dez vezes, perguntando se eu sabia onde você estava.

— E você disse?

— Até você me ligar da estrada, eu não sabia onde você tinha se metido! — Ela deu risada. — Claro que eu tinha uma ideia, mas falar pra dona Teresa não ia ajudar nada. Depois de saber, eu também não disse, mas tô começando a pensar que deveria ter dedurado vocês dois. Quem sabe isso aí não tivesse acontecido.

E indicou o gesso no braço da amiga.

— Isso coça *demais*! — reclamou Sam.

— E então, o que eles disseram?

— Acho que eles estavam mais preocupados do que irritados — respondeu a garota. — Eles queriam saber o porquê da viagem, e eu não quis falar a verdade. Ia soar ridícula. Nem você acredita.

Ela esperou a amiga discordar, dizer que acreditava cem por cento na história do livro do autor em Foz, da Biblioteca do Destino, mas Elis abriu os braços, se defendendo.

— Desculpa, eu realmente não acredito tanto assim!

Sam ergueu uma sobrancelha.

— De qualquer maneira, eu disse que tinha feito essa viagem pra tentar me conhecer melhor e encontrar o meu caminho. Que eu não era que nem a Fernanda—

— Ah, eles precisavam ouvir isso!

— Que eu não era como a Fernanda, que sempre soube qual curso escolher, que era convenientemente a mesma coisa que meus pais queriam que ela fizesse — continuou Sam, olhando para o caderno verde de suas anotações e escritos sobre sua escrivaninha, fechado e calado demais ultimamente.

Ela havia passado a sentir uma ânsia dentro de si de pegar a caneta e encarar de frente as páginas em branco, preenchê-las de letras, palavras, frases, parágrafos, histórias inteiras, pensamentos e emoções – deixar nelas uma parte de si e, de maneira contraditória, sentir-se mais completa com isso.

— E encontrou?

Sam balançou a cabeça, puxada de volta à realidade.

— O quê?

— Encontrou o seu caminho?

Ela deu um sorriso.

— Sim. Acho que sim.

EX

LIBRIS

CAPÍTULO TRINTA E SEIS

UM MÊS DEPOIS

UM MÊS DEPOIS

FOI NECESSÁRIO UM MÊS PARA QUE O BRAÇO DA GAROTA ME-lhorasse. Mesmo depois de passado esse tempo, ela ainda precisaria tomar cuidados e não fazer esforço. Ainda assim, não fora uma fratura complexa, o que permitira uma recuperação rápida. Durante todo aquele tempo, o assunto do *Ex Libris* de Davi lhe veio à cabeça muitas vezes. Ela tentou ignorá-lo tanto quanto pôde. Apesar do que havia acontecido entre os dois, Sam e Davi não se encontraram mais. O jovem apenas lhe enviava mensagens contando as novidades a respeito de sua estadia na capital. Depois do final de semana em que fora até lá com seu pai em que não conseguiram um lugar para ficar, ele voltou para lá poucos dias depois, a convite de uma tia, irmã de sua mãe. Ela se comprometeu a ajudá-lo no que fosse necessário.

— Ela tem um quarto nos fundos que eu posso usar — disse ele, em uma das raras ocasiões em que decidiu ligar, ao invés de mandar mensagens. — A vantagem é que tem uma porta separada, que dá pro corredor do prédio, então vai ser como se fosse a minha própria casa.

— Com cozinha compartilhada — comentou Sam.

— Ah, eu não cozinho muito, você sabe. — Ele riu do outro lado da linha, então cumprimentou alguém do outro lado da linha. — Meu pai me deu um micro-ondas de presente, então vou poder esquentar alguma coisa e comer no quarto mesmo.

— E como tá o seu pai?

Depois da morte da mãe de Davi, os dois haviam sido muito importantes um para o outro, ainda que não fossem exatamente próximos. Foram os conflitos dentro de casa levaram Davi a procurar refúgio no sebo. Mesmo com esses problemas, a garota conseguia imaginar o que a solidão poderia causar no pai dele.

— Ele tá bem, eu acho — respondeu Davi. — Não falou nada de mais. Eu sei que vai sentir minha falta, mas acho que ele sabe se virar. Não tenho certeza absoluta, mas acho que ele está se encontrando com uma mulher. E eu *acho* que já faz bastante tempo, só eu que não notei.

— Ah, mas você é *tão* observador. Como pode não ter percebido?

— Fica quieta — disse ele, rindo.

Ela o ouviu cumprimentar mais alguém.

— Onde você tá indo?

— Alguns dos meus colegas da futura turma ficaram de se encontrar em uma praça pra conversar e beber alguma coisa — disse Davi, e ela também conseguia escutar uma buzina insistente ao fundo. — A maior parte é de caras, tem poucas meninas na engenharia. Se bem que parece que a minha turma tem mais do que de costume.

Sam achou melhor não comentar nada a respeito, e Davi pareceu perceber o que havia dito, pois trocou de assunto em seguida.

— E as coisas em Santa Cruz, muito movimentadas?

— Muito! As coisas aqui estão agitadíssimas, como sempre — ironizou ela. — Eu decidi começar a estudar um pouco pro vestibular de inverno. Arranjei umas apostilas, então tô estudando por conta, por enquanto. Ainda não sei se vou fazer um curso preparatório.

— Ah, já é um avanço! — disse ele. — Decidiu prestar o vestibular! Qual curso você decidiu tentar?

— Ainda não tenho certeza — resmungou ela.

Ele fez um muxoxo do outro lado, mas não insistiu.

— E as coisas aí na capital?

— Ah, é exatamente como eu imaginava: o centro é sujo e caótico, com gente correndo pra lá e pra cá e um empurra-empurra constante. Fora isso, tem outros bairros que são bastante interessantes. O da universidade é bem bacana, tem muitas árvores…

— Quando você volta?

— Ainda não tenho certeza. Acho que vou ficar mais alguns dias pra ir em um jantar que o pessoal marcou no sábado, mas logo depois eu volto. Acho que no domingo de manhã já tô por aí. Eles me ofereceram uma carona até a rodoviária depois da janta, então acho que seria uma boa aproveitar.

Ela concordou com a cabeça, mesmo que fosse óbvio que ele não veria o gesto.

— Sam, eu vou ter que desligar. Já tô chegando aqui na praça — disse ele. — A gente se fala em breve, ok?

A garota concordou, e os dois se despediram. Ela pôs o telefone ao seu lado, no banco, e ergueu os olhos para a janela fechada do melhor amigo.

— E então, como andam as coisas com ele? — perguntou seu pai, sentado no sofá e trocando de canais insistentemente na televisão.

— Por que você não deixa em um canal só? — perguntou Teresa, com o queixo apoiado na mão fechada e uma expressão cansada na face. — Assim a gente não assiste nada.

Ele empurrou o controle na direção dela, deixando o aparelho ligado em um canal que passava uma cena inapropriada de algum filme. A mulher agarrou o controle e começou a passar os canais também.

— Parece que está tudo bem — disse Sam.

Carlos Augusto concordou com a cabeça, olhando de esguelha para a filha.

— Você não decidiu começar a estudar e fazer o vestibular por causa do Davi, certo? — perguntou ele, com um tom de censura que ela já conhecia bem demais para saber que só uma resposta seria a correta.

— Claro que não.

O pai virou os olhos para a televisão de novo e, pouco depois, já discutia com a mulher a respeito de que programa iriam assistir. Sam olhou pela janela de novo. Apesar de uma parte de si achar que sua decisão tinha a ver com Davi, ela sabia que não era de todo verdade. Era óbvio que ter um conhecido em Porto Alegre seria uma coisa boa, mas finalmente estava descobrindo seu caminho e, cada vez mais, percebendo que era o que realmente queria trilhar. E isso tinha a ver muito mais consigo mesma do que com qualquer outra pessoa.

Levantou-se e foi para o quarto, deixando os adultos em paz para que pudessem brigar a respeito dos canais. Encontrou Luna em sua cama, estirada por cima dos lençóis e completamente alheia ao mundo ao seu redor.

Sam sentou-se na cadeira de rodinhas – quase caindo por conta da rodinha que ainda não arrumara –, pegou o caderno verde e abriu-o na página certa. Antes dela, havia páginas e mais páginas preenchidas por palavras. À frente, apenas o papel branco esperando para ser rabiscado, manchado, rasgado e amassado.

Sentou-se à sua escrivaninha e pôs-se a escrever.

EX

LIBRIS

CAPÍTULO TRINTA E SETE

PAPEL QUEIMADO

PAPEL QUEIMADO

> Já cheguei em Santa Cruz!

Sam esfregou os olhos e, com eles ainda enevoados pelo sono, leu a mensagem de Davi. Ela espiou o horário em seu despertador, virado em sua direção na mesa de cabeceira: sete e cinco. Incomodada por ter sido acordada com o som da notificação, resmungou qualquer coisa enquanto puxava o celular para junto de si e digitava uma resposta qualquer. Depois, bloqueou a tela e colocou o celular de novo sobre a mesinha.

Espalhou-se de costas por sobre a cama e ficou de olhos fechados por alguns instantes, até perceber o quão abafado estava o quarto. Abriu os olhos e encarou o teto, repleto de pequenos filetes de luz que entravam enviesados pela veneziana. Chutou os lençóis e foi até a janela, abrindo uma fresta que permitiu a passagem de uma leve brisa.

Pelas aberturas ela podia ver a rua, silenciosa e deserta, como na madrugada em que ela e o amigo partiram para Foz. Dessa vez, porém, havia uma luz difusa interrompida pelas sombras das árvores. O dia amanhecia com nuvens pesadas se movendo devagar pelo céu, prenunciando uma daquelas longas semanas chuvosas, quando era quase possível esquecer da aparência de um dia ensolarado.

Samanta voltou para a cama e pegou o celular novamente para descobrir se Davi respondera sua mensagem. Não havia nenhuma notificação. Ela colocou o aparelho outra vez sobre a mesa de cabeceira, derrubando o *Ex Libris* no chão.

Ela ficou alguns instantes parada, tentando lembrar-se de quando o pusera ali, mas não conseguia se recordar do momento em que isso acontecera. Por algum motivo, parecia que estava ali apenas para que ela não se esquecesse dele. Assim, ao cair no chão, declarava que continuava ali, esperando que suas páginas fossem mais uma vez lidas e a esperança de que alguma coisa se modificara esmagada de uma vez por todas.

Sam esticou-se e pegou o volume com cuidado de cima do tapete fofo ao lado de sua cama. Mesmo com a pouca luz do quarto, abriu o livro novamente e repassou algumas das passagens que identificara ao longo dele. Com uma lucidez cada vez maior, percebia que sua história e a de Davi se entrelaçavam em tantos momentos que era difícil encontrar uma página que não a mencionasse.

Fechou o livro de súbito.

Lembrou-se da última noite em Foz, quando Davi lhe dissera que esperava que a história dos dois fosse uma só. Que, se encontrassem a Biblioteca do Destino, haveria apenas um livro para duas pessoas.

Fora a coisa mais doce que já ouvira alguém dizer, mas não era verdade.

Seu *Ex Libris* estava no sebo.

Tentara, a todo custo, ignorar o fato de que ele estava lá, tentara esquecer a existência de livros que narravam suas vidas e governavam seus destinos. Davi dissera que não queria continuar com aquela história, que deviam esquecer o livro e a sua conclusão.

Um trovão acabou com o silêncio do lado de fora, retumbando por todos os lados e fazendo estremecer sua janela. Ela abriu o livro.

Davi adentra as ruínas e anda em meio às paredes enegrecidas, às estantes destruídas e à chuva que lava a cinza. No chão, em meio aos escombros, ele encontra o livro de sua melhor amiga, Samanta Vidal.

Davi encontraria seu livro durante a chuva.

Levantou-se de imediato, completamente acordada. Vestiu a roupa que usara no dia anterior, estendida sobre uma cadeira, e deixou o quarto com pressa, carregando o livro embaixo do braço.

Desceu as escadas e encontrou Luna, que soltou um miado alto. A jovem passou a mão em sua cabeça, tentando fazê-la ficar quieta. Agarrou suas chaves e, calçando um par de alpargatas, saiu pela porta da frente com o máximo de silêncio que podia.

Se recuperasse seu livro do sebo antes que Davi pudesse fazê-lo, seria possível que quebrasse a sequência de acontecimentos da história dele? Conseguiria, de alguma forma, impedir o último fato narrado antes do desfecho? Ouviu outro trovão à distância, percebendo que esquecera de pegar um guarda-chuva. Voltou para dentro com pressa, pegou o primeiro que viu à sua frente na despensa, desviou de Luna e fechou a porta. A gata começou a miar, insistente, e Sam voltou para dentro.

— O que foi, Luna?

Fechou a porta e foi até a despensa outra vez. Colocou um pouco de ração no pote de comida da gata e deixou-a entretida com ela. Saiu outra vez e seguiu rápido pela calçada.

Apesar da brisa fraca que sentira ao abrir a janela, a rua estava tomada por um vento forte, que remexia as folhas das árvores que emolduravam o asfalto, e as derrubava no chão. Um cachorro começou a latir à distância, e ela se empertigou no casaco fino que estava vestindo. O sebo não era longe.

Atravessou a rua e passou para a quadra seguinte. Quando chegasse na esquina já veria o lugar, então seria só uma questão de encontrar o livro antes de Davi aparecer – *se* ela estivesse certa e ele aparecesse naquele momento. Talvez tudo não passasse de uma suposição, e ele nem cogitasse ir até lá.

E se ele já tivesse encontrado o livro?

Sam chacoalhou a cabeça. Deveria ter pensado nisso antes.

Ainda faltando algo em torno de trinta metros para a esquina, viu um táxi saindo da rua do sebo. Ele entrou na rua em que ela estava e foi embora. A garota correu pelos últimos metros até a placa que indicava o nome das duas ruas e apoiou-se nela.

Mesmo do ponto em que estava conseguia ver uma mala de viagem pousada no passeio, perto de onde a calçada se tornava grama. Depois, havia os degraus da entrada do sebo e, então, as ruínas do lugar que, por tanto tempo, lhe fora um santuário, um retiro onde podia se esconder de tudo e ser ela mesma.

Deixou-se ficar onde estava por algum tempo, completamente consciente de que já não adiantava correr.

Olhou para o prédio destruído. As colunas de madeira agora eram apenas a metade do que um dia haviam sido; as paredes já não estavam mais lá. Os outros andares do lugar tinham desmoronado sobre si mesmos, por isso estavam completamente irreconhecíveis. Era muito perigoso entrar em um lugar como aquele, mas ela avançou lentamente em sua direção, examinando o que restara do sebo e sentindo algo dentro de si se retorcendo.

Pousou os olhos por alguns instantes sobre a mala e passou por ela em seguida. As antigas escadas de madeira definitivamente não eram uma opção, então ela deu a volta no edifício até encontrar uma área menos comprometida pela qual seria possível acessar o piso inferior, onde ela e Davi haviam se conhecido tanto tempo atrás.

O vento diminuiu de repente. Um novo trovão ecoou por toda a cidade, e a chuva começou a cair.

— Davi? — ela chamou.

Não houve resposta.

Com cuidado e usando sempre a mão direita para se apoiar, usou alguns destroços para descer, devagar, até lá embaixo.

O cheiro de objetos queimados não era tão forte quanto na ocasião do incêndio, mas ainda estava ali. Havia cinzas emplastradas pelo chão, mas Sam ainda conseguia identificar fragmentos de livros que não haviam queimado por completo. Havia muitos deles, por toda parte, mas estavam irremediavelmente destruídos. O lugar inteiro estava deformado, como era de se esperar, mas ela conseguia fazer seu caminho pelos escombros quase como no passado recente em que passeava por entre as estantes e toda a tralha que havia naquele porão.

— Davi? — chamou outra vez, mais baixo.

Ela ouviu um som um pouco adiante, de alguma tábua caindo ou sendo largada no chão. Avançou até lá. Em uma estranha clareira formada pela madeira desmoronada, que deixava os pingos da chuva atingirem aquele nível, encontrou o melhor amigo.

Ele segurava um livro que não combinava com a destruição ao redor.

O rapaz virou-se lentamente. Seus olhos estavam marejados, mas não chorava.

— Desculpe — disse, baixinho.

Sam aproximou-se devagar, desviando de uma estante precariamente apoiada em uma coluna que sustentava o que sobrara do andar de cima.

— Eu sabia que não devia vir aqui — disse ele, apertando o livro contra o peito. — O táxi fez um caminho diferente. Eu não consegui não parar.

— Tudo bem — ela respondeu.

Ela chegou mais perto dele e beijou seu rosto de leve. Em seguida, abraçou-o.

Ficaram algum tempo ali, a precariedade de tudo que os rodeava ameaçando sua presença a todo instante. A chuva caiu com mais força, e ela puxou o amigo para um lugar abrigado dela.

— Nós temos que sair daqui — disse Sam. — Isso é muito perigoso.

Pegou-lhe a mão e tentou puxá-lo pelas ruínas, mas Davi puxou-a de volta.

— Está em branco.

Ela parou.

— O quê?

— O seu livro está em branco.

Ele estendeu o livro para ela. Era irrelevante que ela o examinasse. Como Davi não era capaz de ler sua própria história, vendo apenas páginas em branco, era óbvio que ela também não conseguisse ler a sua própria. Ainda assim, pegou-o nas mãos para sentir a textura da capa e ver a inscrição "S.V." na parte de baixo. Por alguma razão, ao contrário dos outros *Ex Libris* que já pegara – de Davi, da agente literária, todos os que haviam lido na casa do autor –, aquele era diferente, ela o sentia diferente. Aquele era o livro de *sua* vida.

E, como ela sabia que seria, as páginas se mostravam em branco quando as folheou. Sam olhou para Davi.

— Você também não consegue ler nada aqui?

— Sua história não está escrita — disse ele, olhando no fundo dos olhos dela.

A jovem encarou o branco das páginas, incólumes mesmo depois do incêndio.

— O que você acha que isso significa? — perguntou ele.

— Eu não tenho a mínima ideia — respondeu ela.

EX

LIBRIS

CAPÍTULO TRINTA E OITO

TALVEZ FOSSE DESTINO

TALVEZ FOSSE DESTINO

SAM SENTIA-SE UM POUCO ESQUISITA POR ESTAR NO QUARTO de Davi. Era evidente que já estivera lá antes, mas, dessa vez, a sensação era diferente. Puxou a cadeira de sua escrivaninha e sentou-se nela, enquanto ele se jogou em um pufe preto que ficava no canto, e que ela sabia que ele raramente usava. A luz que entrava pela janela era menos intensa do que se imaginava; o quarto dele era escuro por natureza.

O rapaz era mais organizado do que ela, então todas as superfícies tinham apenas o essencial: sobre a mesa de cabeceira, uma luminária; sobre a escrivaninha, uma xícara preta com lápis e canetas variados, também alguns papéis e cadernos em duas pilhas organizadas por formato; acima, duas prateleiras com livros cuidadosamente distribuídos por autor e tamanho, assim como uma pequena escultura de um dragão chinês. A cama de solteiro tomava quase todo o quarto – o que não significava que a cama fosse grande, apenas que o aposento era pequeno. Junto à parede da porta ficava o armário, e ela sabia que, por dentro, uma das portas tinha um espelho. Sam ergueu uma sobrancelha ao ver o volume único de *O Senhor dos Anéis* na estante, que Davi nunca devolvera na biblioteca.

Ele lançou o livro de Sam sobre a cama como se fosse uma bomba prestes a explodir, e nem mesmo ela se sentiu tentada a pegá-lo. Os dois ficaram olhando para o volume por alguns instantes.

— Eu esperava que mais uma parte da minha história estivesse narrada na sua — resmungou Davi, a voz desanimada. — Mas acho que a esperança foi por água abaixo.

— O que não quer dizer que o final do seu livro seja um futuro próximo — disse Sam, tentando fazer a coisa parecer melhor do que era, sem muito sucesso. — Quero dizer, o meu livro muda um pouco a lógica das coisas, não?

— Acha que o fato de ele estar em branco significa que você tem liberdade pra fazer o que quiser?

— Talvez — respondeu ela, pensativa. — E, se esse for o caso, quem sabe o seu final em aberto lhe dê alguma liberdade também. Afinal de contas, ainda faltam acontecimentos antes do final.

Ela jogou o livro dele por sobre o seu da mesma maneira que ele fizera com o outro.

— O que eu tenho pra fazer? — perguntou ele, com certo escárnio. — Nós falamos com o Goularte, e ele disse que o importante era saber qual era o último fato antes do final.

— Sim, e era justamente você encontrar meu livro no sebo — disse Sam. — Mas o final, o último parágrafo, não fala só que você vai morrer e ponto final. Fala que, "depois de eventos marcantes em sua vida" o desfecho se cumpre. O que significa que ainda há coisas para acontecer.

— Então a solução é eu ficar em casa, sem sair do quarto, para que nada de marcante aconteça comigo? — perguntou ele, dando uma risada e começando a passar as mãos pelo queixo. — Já consigo me imaginar barbudo, me protegendo do sol sempre que alguém entrasse aqui e abrisse a janela, como um vampiro recém-saído do sono de beleza no caixão.

Ela torceu a boca, desgostosa.

— Ficar em casa não vai mudar nada. Pelo que eu sei, coisas marcantes podem acontecer na sua vida quer você queira ou não. Eu estar aqui poderia ser um acontecimento marcante.

Samanta fechou a boca, não sabendo se havia falado uma bobagem ou não. Davi ergueu uma sobrancelha, mas não disse nada a respeito.

— O que você acha que devemos fazer? — perguntou ele, depois de um tempo.

— Eu não sei. Não sei nem se deveríamos *fazer alguma coisa* — respondeu ela, cruzando os braços, girando para um lado e para outro na cadeira. — Quero dizer, foi você quem decidiu que era melhor não continuarmos com isso.

— Sim, mas...

Davi pareceu ficar sem jeito, passando a mexer na etiqueta da beirada de sua camiseta.

— É que eu fiquei apavorado com o acidente — disse. — Eu fui te visitar no seu quarto, antes de vir para casa, e quase tive um

ataque de pânico. Eu sei que foi minha culpa o que aconteceu. Se tivesse cedido e tivéssemos pedido dinheiro pra alguém, você não teria se machucado.

— Não foi culpa sua — ela disse. — Quero dizer, estava no livro. Ia acontecer de qualquer maneira.

Apesar disso, ele não pareceu conformado.

— Quando estávamos de ponta-cabeça, ainda dentro do carro — ela comentou, falando devagar —, eu vi um princípio de fogo. Eu achei que esse era o fogo que ia matar você. A primeira coisa que eu fiz quando acordei foi tentar descobrir se eu tinha queimaduras. Se tivesse, significava que tinha perdido você.

— Não perdeu.

Ele ficou encarando o chão.

— Mas é o que parece — disse ela, olhando para ele, mesmo que ele não lhe devolvesse o olhar. — Já faz mais de um mês que sofremos o acidente, mas essa é a primeira vez que a gente se vê desde então. Eu sinceramente achei que você tinha desistido de tudo e que ia seguir sua vida na capital.

— É claro que eu não esqueci — resmungou ele. — Eu pensei nisso todos os dias em que estive lá. Tive que usar toda a minha força de vontade pra não correr até o sebo e encontrar o seu livro. Até hoje, é claro.

Ele ergueu os olhos rapidamente, apenas para baixá-los de novo logo depois.

— Eu pensei *em você* todos os dias.

Samanta sabia que ele queria que ela dissesse alguma coisa, que admitisse que pensara nele o tempo todo também. Ainda assim, ela ficou em silêncio, abraçando os próprios braços e esperando.

— E por ter pensado em você foi que decidi não continuar — ele disse, incerto de suas palavras, mas incapaz de contê-las. — Eu me preocupo com você. Eu não quero que mais nada de ruim aconteça com você por minha causa. E eu sei que é impossível impedir que certas coisas ocorram, mas eu quero, sempre, proteger você. Quero cuidar de você.

— Eu não preciso que ninguém cuide de mim.

— Sim, Sam, eu sei... Eu sei, mas o que eu tô tentando dizer é que...

Os olhos dele passearam por todo o quarto, para só então pousarem nos dela.

— Se eu pudesse ler o meu livro, teria feito isso e tentado descobrir o que deveria fazer para que isso fosse mais fácil. Ou talvez teria tomado as mesmas decisões, mas consciente de cada uma delas, sabendo exatamente aonde queria chegar. A questão é que tudo o que fazemos é seguir em frente, cegos, sem saber qual é o caminho certo. Se eu soubesse, quem sabe isso teria acontecido antes. Quem sabe eu devesse ter dito isso no dia em que você me beijou, no cemitério, que foi quando eu descobri. Mas eu não disse e, talvez...

Ele deu de ombros e sorriu.

— Talvez fosse destino. Talvez eu devesse dizer isso agora e em nenhum outro momento. Eu amo você, Sam.

Os dois ficaram em silêncio por um minuto inteiro, mas não era um silêncio desconfortável. A chuva do lado de fora tamborilava na janela dele e, em meio à semiobscuridade do quarto, os dois apenas se olharam. Sam sentiu algo crescendo dentro de si, tomando-a por inteiro e fazendo formigarem as pontas de seus dedos. Quando se levantou, conseguia ouvir claramente as batidas de seu coração ecoando em seus ouvidos, e suas pernas por pouco não falharam em sustentá-la.

Ela atravessou o pequeno quarto e ajoelhou-se junto dele. Ele aproximou-se de Samanta e, com a ponta dos dedos, pôs a franja atrás da orelha dela, deixando os dedos descerem pelo pescoço e depois o ombro da garota, ligeiramente à mostra por conta da blusa larga.

Sam estendeu a mão para ele e puxou-o. Ele levantou do pufe apenas para que ela o sentasse na cama. A garota sentou-se no colo dele e o beijou – não apenas tocou seus lábios com os dela, mas beijou-o profundamente, os dedos finos e ágeis segurando sua nuca.

Seus lábios se separaram, e ela o encarou.

— Eu também te amo — ela disse.

E não foi necessário dizer mais nada.

CAPÍTULO TRINTA E NOVE

NENHUMA ENCRUZILHADA

O VENTO ERA FRESCO AO PASSAR PELO TOPO DA COLINA, E A sombra da árvore dançava, salpicando a grama de reflexos dourados.

Davi apertou os ombros da garota um pouco mais e a chacoalhou de leve. Ela continuou remexendo na barra da manga da camisa dele, onde havia um fio solto, alheia aos esforços do jovem para esquentá-la.

— Acho que eu sei o porquê de termos vindo aqui — ela disse, em dado momento. — Você queria se despedir dela.

— Ou cumprimentar.

Ela ergueu os olhos rapidamente para ele para descobrir que ele estava brincando. Mesmo assim, havia alguma seriedade na voz dele, e ela sabia que a piada era uma forma de tentar diminuir a importância de algo que ambos sabiam ser definitivo.

Davi pegou a mão da garota com um carinho novo entre eles, mas não recém-descoberto, e beijou sua palma de leve.

— E agora? — perguntou ela.

A brisa passou por eles mais uma vez, fazendo ondular a grama do cemitério. Sentados juntos sobre uma toalha de piquenique que Samanta encontrara no fundo da despensa de sua casa, era impossível esquecer a presença dos dois livros ao lado dela. Junto deles estava o caderno verde da garota, que ela não sabia por que trouxera. Não se sentia inspirada, nem com a mínima vontade de escrever por inércia. Ainda assim, ali estava ele. Ela também estava ciente da caneta que colocara distraída, mas calculadamente, no bolso da camisa que usava sobre sua blusa.

— Eu sinceramente não sei o porquê de você perguntar isso — disse ele, tentando soar casual. — Você sabe qual é o passo seguinte.

— Eu só queria confirmar que você quer fazer isso.

— Nós temos escolha?

— Acho que sim — ela disse. — Essa parte não está escrita.

Os dois olharam para os livros.

— Isso significa que podemos simplesmente ignorar esses livros malditos e seguir com as nossas vidas?

— Acho que não — respondeu ela.

— É, eu também acho que não — ele concordou, desanimado.

Os dois ficaram ali por mais uns cinco minutos sem falar nada, apenas olhando para o lugar que se estendia à sua frente. O cemitério estava vazio – provavelmente por conta da chuva que caíra nos últimos três dias e só dera trégua naquela manhã. Ainda havia nuvens no céu, mas elas se alternavam com um sol pálido.

— Quanto tempo você acha que temos? — perguntou Davi, apertando-a mais para junto de si outra vez. Aparentemente era incapaz de não fazê-lo a todo instante, como se a qualquer momento ela pudesse evaporar do meio de seus braços.

— Não faço ideia. Mas, se vamos tentar, não devemos esperar.

Ele concordou com a cabeça.

— Você acha que esperamos muito tempo para... isso? Para você e eu?

A jovem ergueu a cabeça para olhá-lo, e um raio de sol cegou-a por um instante. Ela semicerrou os olhos para ver o rosto dele e beijou sua boca.

— Eu não estava esperando, nem você. As coisas acontecem no momento em que têm de acontecer — ela disse, mas sua voz foi definhando conforme percebia que aquelas não eram as palavras certas.

O que dissera não era nada mais do que uma frase pronta, que concordava com tudo pelo que haviam passado. Samanta não mudaria nada da trajetória que haviam feito, mas estava escrito. Talvez não o final, mas tudo o que o antecedia estava lá, preto no branco, sobre as páginas do livro que narrava o destino de seu... melhor amigo.

Davi não pareceu fazer essa reflexão. Sam olhou para o chão, consternada com suas próprias palavras.

Ao longe, ela viu um senhor de idade avançar lentamente pelos caminhos do cemitério, andando com dificuldade, apoiado em uma bengala.

— Será que nós deveríamos planejar alguma coisa dessa viagem? — perguntou o jovem.

— Provavelmente não. O que tiver de ser...

Ela calou-se, odiando a si mesma.

— Quero dizer, nós não sabemos exatamente onde fica a biblioteca. Nós vamos precisar de algumas coisas, é claro, mas não temos como reservar um *hostel* ou coisa do tipo — disse Samanta, respondendo lucidamente para evitar dizer mais alguma frase pronta. — Vamos precisar levar equipamentos para a caminhada pelo cânion e mantimentos. Não sei o quão simples vai ser. Precisamos estar prontos para os imprevistos.

— Temos de levar os livros — disse Davi, em voz alta, como se estivesse fazendo uma lista mental do que iria colocar em sua mochila. — Incluindo o do Goularte. Talvez tenha alguma pista lá, de como chegar à biblioteca.

Ela assentiu e olhou mais uma vez para o homem idoso que caminhava devagar, fazendo uma curva na direção de uma lápide.

— O que você pretende dizer aos seus pais?

— Como assim?

— Depois de ter fugido uma vez, ignorado as ligações deles, se escondido deles na rodoviária e ter sofrido um acidente, eu não acho que eles vão aceitar muito bem essa nova... aventura — disse Davi. — O que você pretende dizer?

Ela abriu a boca para responder "a verdade", mas seria incapaz de pronunciar essas palavras sem que Davi se engasgasse em uma risada. Ela sabia perfeitamente que a verdade não seria a melhor resposta. Não queria mentir para os pais, mas sabia que não havia outra maneira. Eles *jamais* permitiriam que ela partisse, se soubessem o que realmente pretendia.

— O que *você* vai dizer pro *seu* pai?

— Vou falar que tenho mais algumas coisas pra resolver em Porto Alegre. Ele não vai me acompanhar até a rodoviária de qualquer maneira, então não faz diferença.

Sam concordou.

— Acho que você deveria dizer a mesma coisa — disse ele.

— O quê? Com que justificativa eu iria pra Porto Alegre agora?

— Diga que você está preocupada com o vestibular e quer procurar um curso preparatório por lá — disse ele, dando de ombros. — Eu tenho certeza de que eles vão pagar as passagens e ainda te sentar no banco do ônibus como uma rainha, só por você ter tomado uma decisão dessas.

— E onde eu vou "ficar"?

— Em um "hotel". Na vida real você pode ficar comigo, se quiser.

Ela estreitou os olhos na direção dele.

— Tá falando sério?

— Sim. Claro que não é uma solução a longo prazo, você teria que encontrar um lugar pra ficar durante o curso. O meu quarto não é grande, e a cama é de solteiro. Mas, por enquanto, acho que não tem problema nenhum. Até porque sempre dizem que um casal de verdade tem que ter dividido uma cama de solteiro pelo menos uma vez na vida.

Samanta sentiu as bochechas arderem quando ele falou a palavra "casal", mas não comentou nada. Entretanto, foi incapaz de conter um sorriso.

— E dessa vez não vamos pegar carona nenhuma. Eu juro. — Ele ergueu a mão em um compromisso.

Ela o empurrou de leve com o ombro.

O idoso já estava há alguns minutos em frente à lápide. Ele secou os olhos com um lenço azul-marinho e observou a paisagem. Ao mesmo tempo, a garota, enfim, o reconheceu.

— Davi, é o Álvaro!

Desvencilhou-se dos braços do jovem e levantou-se, agarrando os livros e o caderno verde.

— O quê?

— É o Álvaro! — ela repetiu e começou a descer a colina na direção do idoso.

Álvaro olhou para ela conforme ela se aproximava e deu um sorriso tímido, quase inexistente, ao vê-la. A garota parou na frente dele, com vontade de abraçá-lo, mas não o fez. Estendeu a mão para ele, e o senhor apertou-a com certa fragilidade.

— Bom dia, Samanta — disse ele, a voz baixa e rouca, como se não falasse muito.

— Bom dia, seu Álvaro.

A jovem olhou para a lápide em silêncio.

— Eu tento visitar a Rosa sempre que posso — comentou ele, as costas um pouco mais encurvadas do que ela se lembrava. — Mas, com a chuva dos últimos dias, só consegui vir hoje.

Davi aproximou-se por fim e cumprimentou o dono do sebo com um aceno de cabeça.

— Como vai, seu Álvaro? — perguntou ele.

— Vou bem, dentro das possibilidades — ele disse, dobrando seu lenço azul e o guardando no bolso do casaco na altura do peito. — Estou morando em uma casa de apoio. Meus filhos conversaram comigo, e eu concordei que era a melhor opção. Eu tenho alguma liberdade, e também suporte quando preciso de ajuda. A comida da cozinha não é tão boa quanto a da Rosa, mas acho que vou sobreviver.

Ele deu o que poderia ser considerado uma risada, mas Sam achou que estava mais próximo de uma tossida.

— E, pelo que vejo, vocês não conseguiram solucionar o seu problema — disse ele, devagar, seus olhos resvalando para a mão de Davi, que buscou a de Sam e a apertou de leve. — Vejo, entretanto, que finalmente trataram de um assunto que estava pendente há muito tempo.

Davi sorriu.

— Já era hora, não acha?

O idoso concordou devagar.

— Nós não desistimos — disse Sam, mostrando a ele os livros. — Ainda vamos tentar trazer o sebo de volta.

— Eu não me importo com o sebo. Tragam a Rosa de volta.

A voz dele era gentil o suficiente para perceberem que se tratava de seu humor estranho, meio introvertido, e não de uma ordem. Ainda assim, os dois sabiam que ele estava falando sério.

Ele estendeu a mão para os livros na mão esquerda de Sam, e ela entregou os dois *Ex Libris* a ele.

— Encontraram mais um?

— O meu estava no sebo — disse Sam. — Ele sobreviveu ao fogo.

— Ah, esses livros não podem ser destruídos — concordou Álvaro. — Meu irmão tentou de tantas maneiras... Ele acabou decidindo que o único lugar onde ele poderia ser destruído era onde foi criado. Mas não houve tempo para que botasse essa teoria à prova.

Sam e Davi se entreolharam, mas não disseram nada.

— Seu livro está em branco — constatou o homem, erguendo os olhos das páginas vazias para a garota.

— Sim, eu sei — disse ela. — Não tenho ideia do que isso significa.

Ele fechou o livro e devolveu os dois para ela.

— Eu não acho que signifique que você é "a escolhida" ou alguma bobagem do gênero — disse ele, virando-se e começando a andar de volta para a entrada do cemitério, não sem antes lançar um novo olhar para a lápide. — Mas tenho certeza de que significa *alguma coisa*. Significa que há algo de diferente na sua história.

Os dois acompanharam o idoso pelos caminhos em meio à grama.

— Eu não diria que não há encruzilhadas no seu caminho — disse ele, olhando para as pedras do chão e evitando a grama que havia entre cada uma delas. — Nem mesmo que há múltiplos caminhos para você seguir. Não há nenhum caminho. Você pode ir para onde quiser.

Ele fez um gesto com a mão que envolvia a grama, a colina e as pedras à sua frente.

— Basta escolher.

O homem continuou seu caminho, mas Sam e Davi se deixaram ficar por alguns instantes onde estavam, refletindo sobre as palavras do dono do sebo destruído. A jovem olhou para a pequena encruzilhada, para as pedras que iam de um lado para o outro e para todos os lugares para os quais poderia ir.

Então, ergueu os olhos para a saída.

— De nada adianta não haver um caminho se o destino continuar sendo o mesmo — murmurou.

Seguiu atrás do idoso, estendendo a mão para trás, para que Davi a acompanhasse.

CAPÍTULO QUARENTA

ENFIM

— QUER DIZER, ENTÃO, QUE VOCÊ PRECISA DO MEU DINHEIRO. De novo.

Elis botou uma mão na cintura enquanto apoiava a outra sobre o balcão, dando um meio sorriso para a amiga. Sam esfregou os dedos e os sapatos entre si, sem jeito, e devolveu o sorriso.

— É que...

— E nem ao menos vai comprar um *cappuccino* especial, daqueles que você diz que são caros demais, pra compensar essa ousadia? — perguntou a garçonete, recomeçando a limpar o balcão com um pano fofo.

— Ah, claro.

— Escolha um lugar e eu já levo pra você. — Elis fez um gesto amplo para a Pé de Café vazia naquela tarde chuvosa. Rodrigo, o chefe dela, mexia no celular sentado em seu recanto próximo da porta, completamente alheio ao que a garçonete fazia. Elis sempre a avisava quando o café estava vazio e poderiam conversar sem o chefe incomodá-las.

Samanta sentou-se em uma mesa alta junto da vitrine e gastou o tempo em que esperava pela amiga olhando para o lado de fora. A rua longa e repleta de árvores ficava mais bonita com a chuva e os reflexos do ambiente no asfalto molhado. Um ou outro carro passava de vez em quando, os faróis acesos para iluminar o túnel formado pelas copas das árvores.

Dez minutos mais tarde, a jovem voltou, carregando em uma bandeja um *cappuccino* de caramelo que, da outra vez que Samanta provara, achara exageradamente doce e enjoativo.

— De novo esse de caramelo? — perguntou ela.

— Mas é o meu... — Elis levantou os olhos para o chefe. — É o *seu* preferido!

Sam abriu espaço na mesa, tirando sua mochila de cima dela, onde Elis pousou a taça, jogando dois canudinhos dentro. A garota sentou-se no outro lado da mesa, em uma banqueta alta. Com as mãos apoiando o queixo, tomou um pouco do café, revirando os olhos por gostar tanto do sabor.

— Você já me devolveu o dinheiro da outra vez, não é?

— Acho que é melhor começar a manter um registro dos seus gastos — resmungou Sam, tomando um pouco do café e achando-o excessivamente doce outra vez. — Uma semana depois de eu sair do hospital eu já te devolvi, e mandei o comprovante por e-mail. Sem contar que, se eu não tivesse feito isso, provavelmente não precisaria pedir de novo.

A outra concordou, distraída.

— E com o que você quer gastar dessa vez? — perguntou Elis.

— Não vai ser outra aventura louca que vai arriscar a sua vida, e me obrigar a falar com os seus pais e mentir que não sei de nada, certo?

A outra balançou a cabeça.

— Não, claro que não. — E riu.

— Tá bem. O que vocês pretendem fazer, dessa vez?

— Pretend*em*? — Sam deu ênfase na conjugação do verbo.

— Sim, você e o Davi — disse Elis, fazendo um gesto qualquer com a mão, como se dissesse que a dupla não fosse algo inesperado. — Quero dizer, quanto tempo você ainda ia esperar pra me contar sobre vocês dois?

A jovem franziu os lábios.

— E não me enrola. Você conhece essa cidade. As pessoas sabem o que aconteceu antes mesmo que aconteça. Mas, no caso de vocês, já rolou, e todo mundo já sabe.

— Mas... como?

— Não se anda de mãos dadas por aí esperando que ninguém crie teorias e boatos dos mais diversos sobre o que aconteceu — disse Elis, dando de ombros e tomando um pouco mais do café, que supostamente era de Sam.

— E quais são os boatos?

— Surpreendentemente, nada que não seja verdade. E nada maligno, por mais que me custe a acreditar que a galera não tenha inventado todo tipo de coisa sobre vocês. — Ela passou um dedo pela sobrancelha direita. — Quero dizer, vocês tão namorando, não é?

Sam sentiu-se corar de leve.
— Não sei.
— Alguma hora vocês decidem oficializar — disse Elis.
As duas beberam um pouco do café, trocando olhares.
— E então?
— A gente tá...
— Não. E então, pra que você precisa do dinheiro? — perguntou a jovem, enrolando uma mecha do cabelo e espiando o chefe com o canto do olho.
— É a conclusão da saga — respondeu Sam.
— A saga do livro.
— É.
— Para que lugar turístico vocês vão? Pra ser sincera, fiquei surpresa que vocês tenham ido tratar de assuntos desse tipo em Foz, ao invés de ir para uma cidadezinha qualquer do interior que não tenha uma queda d'água monumental como atração principal.
— Vamos para o cânion do Itaimbezinho — disse Samanta, séria. — Nós precisamos ir até lá para procurar pela Biblioteca do Destino. Queremos falar com o Escrivão, pedir que ele mude o final do livro.
— Ok.
Apesar do que poderia parecer, Elis não estava sendo sarcástica ou duvidando do que a amiga dissera. Pelo contrário: parecia tentar assimilar a informação e concordara com naturalidade a respeito de algo que seria de se duvidar. Sam se esticou por cima da mesa e agarrou a amiga, abraçando-a apertado e quase derrubando a taça de café.
— Tá bem, tá bem, eu sei que você me ama — ela disse, rindo, se desvencilhando e limpando algumas gotas do líquido que haviam pingado na mesa.
— Obrigada, Elis.
Ela fez um gesto de "deixa pra lá", e bebeu mais um pouco do café.
— Você já... decidiu as coisas para a faculdade? — perguntou Elis.

— O que quer dizer?

— Quero saber se você já admitiu pra si mesma que curso quer fazer.

Samanta deu de ombros.

— E quanto a você? Como vai o curso?

Elis olhou para o chefe, ainda compenetrado no celular.

— Vai bem. Até acho que vou largar o café. É uma grana que me ajuda com tudo, mas... prefiro me focar em uma coisa só. Vou me dedicar mais ao curso e seguir por esse caminho — disse Elis, não muito alto. — Por mais que eu goste daqui, vai ser melhor.

— É claro! É uma boa ideia. Como vão os seus *designs*?

— Melhorando. O professor elogiou bastante os meus últimos esboços, então espero que os protótipos também sejam elogiados — ela sorriu amplamente. — Eu consegui uns tecidos lindos pra montar o vestido. Quando estiver pronto, eu te mando uma foto.

As duas conversaram por mais algum tempo sobre todos os assuntos que haviam ficado pendentes entre elas, mesmo depois de terem terminado o café e o chefe de Elis ter pigarreado duas ou três vezes para chamar sua atenção por estar confraternizando com uma cliente, ao invés de cumprir com seus deveres. Elis pegou duas balas de um pote sobre o balcão do caixa – sob o olhar atento de Rodrigo –, e meteu uma na boca, dando a outra para a amiga.

Eventualmente, Sam guardou suas coisas na mochila e levantou-se. Pagou o caro *cappuccino* e saiu pela porta, acenando rapidamente com a mão para a amiga e fazendo barulho com o pequeno sino que tocava sempre que a porta era aberta. Abriu o guarda-chuva e saiu para a rua.

— Sam? — ouviu uma voz conhecida e virou-se depois de dar dois ou três passos.

Thiago, seu ex-namorado, aproximou-se abraçado a uma garota que, alguns segundos depois, ela reconheceu como sendo a Carol, ex-namorada de Davi. Sentiu uma vontade estranha de rir por conta da coincidência do destino, mas impediu-se de fazê-lo – um pouco irritada consigo mesma por conta do pensamento fatalista.

— Thiago! — ela disse, voltando atrás.

Cumprimentou-o com um abraço e fez o mesmo com a garota.

— Se quiser, pode entrar e ir escolhendo um lugar — Thiago disse à namorada, que concordou e afastou-se, entrando no café.

— E então, Sam? Como está?

— Ah, bastante bem, eu acho — respondeu ela, casualmente.

— E você?

— Também muito bem — ele disse.

Os dois ficaram quietos e perceberam que, na verdade, não havia muito a ser dito entre ambos. Mesmo assim, o rapaz fez um esforço para continuar a conversa.

— Eu soube que você e o Davi estão juntos — disse, e Sam refletiu se aquele era o melhor tema de conversa entre ela e o ex. — Até que enfim! Quanto tempo eu tive que competir com ele pela sua atenção... Agora que a coisa finalmente está definida, sinto que os meus ciúmes eram justificados.

— Que bobagem. Eu e o Davi somos... só amigos.

Thiago riu.

— Bom, eu não posso reclamar muito — ele fez um sinal para Carol, dentro do café. — O que você tá fazendo da vida? Você sumiu por algum tempo.

— Eu sofri um acidente de carro — ela respondeu. — Mas agora tô bem. Enfim, ando estudando para o vestibular de inverno. Em breve pretendo me mudar pra capital e fazer um curso preparatório.

— Que curso você vai tentar? — perguntou ele.

Ela olhou para a rua molhada, como que para se certificar de que estavam sozinhos, mas percebeu que não fazia sentido continuar escondendo aquilo de si mesma.

— Letras.

Ele concordou com a cabeça.

— Combina com você, eu acho.

Sam deu de ombros, como se aquilo não fosse grande coisa.

Os dois se abraçaram mais uma vez, despedindo-se, e ele entrou no café. Sam virou-se, se aprumando em seu casaco e avançando pela rua ao seu ritmo. Ouviu o sino da porta do café e subitamente percebeu, com alguma leveza, que aquela cidade já não era mais o lugar dela.

EX

LIBRIS

CAPÍTULO QUARENTA E UM

A VERDADE NO BILHETE

A VERDADE
NO BILHETE

SAM PASSOU MUITO TEMPO TENTANDO FALAR COM SEUS PAIS A respeito da suposta viagem para a capital, mas sem efetivamente fazê-lo. Sempre que pensava em introduzir o assunto, surgia outro: ou algo mais interessante começava a passar na televisão, ou ela não encontrava as palavras certas para explicar a situação.

Seria mais fácil se ela não soubesse que era uma mentira. Sempre fora péssima em mentir, mas, dessa vez, teria de se esforçar para parecer convincente. Também seria mais fácil se não repousasse sobre seus ombros a culpa de ter fugido quase dois meses antes – e ter sofrido um acidente de trânsito durante sua pequena "aventura".

No domingo seguinte à volta de Davi, ela enfim decidiu trazer o assunto à tona, depois de passar o dia inteiro andando de um lado para outro. Sentava junto dos pais e abria a boca para começar a falar, mas fechava logo depois, sem falar nada.

— Pai, mãe — ela chamou, incerta.

Estavam os três sentados na sala, de frente para a televisão, assistindo a um daqueles programas de final de domingo que reúnem os acontecimentos semanais – e fazem um apanhado meio sensacionalista de assuntos que seriam, em outros casos, triviais.

— Diga, filha — disse Carlos Augusto, os olhos ainda grudados na tela, a mão sobre o braço do sofá, pronta para apertar o botão do controle remoto para começar a trocar de canais ininterruptamente a qualquer instante.

— Eu estava pensando... o que vocês acham de eu fazer um curso preparatório pro vestibular?

— É uma ótima ideia.

— Em Porto Alegre.

O homem ergueu uma sobrancelha, e Teresa olhou para a jovem.

— Você não quer ir para a capital só por causa do Davi, não é?

— Eu quero ir pra lá pra estudar — disse ela. — É claro que ter um conhecido lá não é nada ruim. Já é alguém que conhece a cidade e pode me ajudar, se eu precisar.

— O Davi ainda não mora lá — disse Carlos.

— Como ele vai ajudar você, filha? — perguntou a mãe. — É uma cidade grande, e nenhum de vocês está acostumado a morar em uma. Ele não conhece a cidade como nós, por exemplo.

— Então eu e ele podemos nos perder juntos.

A mãe riu, nervosa.

— Acho que é melhor que vocês não se percam, juntos ou separados — disse ela. — O que eu estou dizendo é que é complicado. Se você quer ir só porque o Davi...

— Não tem a ver com o Davi — disse a garota, começando a se arrepender por ter iniciado o assunto. — Tem a ver comigo. Por que vocês sempre acham que a minha vida gira em torno dele?

— Porque gira, às vezes — disse o pai de Sam.

Ela sentiu as orelhas arderem com irritação.

— Gostar do Davi e fazer as coisas com ele não significa que eu não tenha personalidade própria — disse ela, um pouco mais alto do que pretendia. — Eu não sei por que vocês implicam tanto com isso. É tão errado assim ter um melhor amigo?

— Nós não achamos isso errado. Só queremos ajudar você a não cometer erros. O Davi é uma ótima pessoa, mas nem tudo o que ele diz ou faz é certo. Às vezes, parece que você aceita tudo o que ele diz e nada do que nós dissemos — comentou sua mãe, em um tom apaziguador, mas ligeiramente na ofensiva.

— Isso não é verdade. E qual é o problema de... de eu querer ficar com ele? — perguntou ela, já esgotando seus argumentos. — Eu gosto dele, eu confio nele. Eu queria que vocês entendessem isso e aceitassem que eu tenho direito de errar, também.

Samanta respirou fundo e soltou o ar devagar, tentando se acalmar.

— Vem cá, filha.

Teresa bateu duas vezes com a mão espalmada no espaço ao seu lado no sofá. Mesmo a contragosto, a garota levantou-se e foi até ela. Sua mãe passou o braço por sobre seus ombros e a apertou de leve.

— Nós queremos o seu bem, meu amor — disse ela. — E nós confiamos em você. É que ficamos tão preocupados com... com o que aconteceu há tão pouco tempo. Eu não saberia o que fazer se te perdesse, filha. E eu não quero que nada de ruim aconteça com você.

A garota sentiu um aperto no peito.

— Eu vou ficar bem, mãe.

A mulher fez uma expressão triste.

— Não é fácil eu me desapegar de vocês — disse, apertando Sam mais uma vez. — Primeiro foi a Fernanda, que partiu daqui de casa pra construir a vida dela... foi tão difícil que eu acabei me apoiando demais no fato de você estar aqui e acreditando que você não partiria.

Samanta não sabia se devia falar alguma coisa.

— Mas eu sabia que essa hora ia chegar. É importante que você abra as asas e voe, mesmo que seja para longe de mim. — A voz dela foi diminuindo conforme falava.

— Você sabe que eu sempre vou voltar e que vocês vão poder me visitar quando quiserem, não importando onde eu esteja.

Teresa abraçou a filha mais nova com força por longos segundos e, quando a soltou, tinha os olhos marejados.

— Se quiser, eu posso ir com você para pesquisar os cursos e os apartamentos — disse a mãe. — Eu já morei lá, então conheço as regiões, sei onde é bom para morar...

— Não precisa, mãe — Sam disse o mais rápido que pôde, engenhando o restante da desculpa para impedi-la de acompanhá-la. — Eu já falei com o Davi e, por agora, só quero conhecer um pouco mais da cidade e os cursos. Depois eu volto, a gente conversa sobre eles e descobrimos quais são as melhores opções.

— Tem certeza? Seu pai e eu poderíamos levar você de carro — disse a mãe, o pai concordando com a cabeça. — Sem contar que a cidade é grande e perigosa. Eu vou ficar preocupada se não puder me certificar de que você está bem.

— Eu sei me virar. E eu vou ligar pra dar notícias — insistiu a jovem.

— Mesmo assim. Você não vai poder dar bobeira. Tem muito malandro na rua, e aquele centro é muito movimentado. A noite lá é muito perigosa. Eu sei que o Davi vai querer sair à noite para um bar, ou qualquer lugar do tipo, e levar você. Vai que você é assaltada, ou alguma coisa pior...

— Deixa a menina ir, Teresa — disse Carlos Augusto, trocando de canais com o controle remoto, a luz da televisão piscando colorida e alternando com instantes de escuridão entre um canal e outro.

— Eu não sei se é seguro...

— A Fernanda já fez coisas muito mais perigosas do que ir sozinha para Porto Alegre — disse Sam. — E eu não vou estar sozinha.

— O Davi não é...

— Teresa, ela vai saber se virar — disse o marido, enfim deixando a televisão em um canal e tirando os olhos dela para olhar para as duas mulheres. — A Sam é esperta e consegue resolver os próprios problemas. O que mais podemos esperar de alguém que nós criamos e ensinamos? — Ele esticou-se para segurar a mão da filha e deu um sorriso brincalhão.

A mulher pareceu receosa por mais alguns segundos, mas acabou por relaxar e concordar.

— Tudo bem. Mas você precisa prometer que não vai sair à noite e que vai tomar cuidado. E nada de usar a mochila nas costas, sempre na frente.

— Tá bom, mãe — disse a garota, revirando os olhos.

Falaram ainda sobre alguns bairros da cidade, sobre os aspectos técnicos da viagem até lá – pois o ônibus estaria gelado, e ela precisaria levar um agasalho – e sobre a falta de segurança na cidade, no estado, no país inteiro. Eventualmente o programa de televisão começou a falar sobre o mesmo assunto, e os três assistiram a mais uma matéria sobre a segurança pública que dificilmente mudaria alguma coisa.

A jovem não se demorou muito na sala. Logo se levantou para ler em seu quarto, pensando sobre a viagem e tudo o que precisaria levar consigo. Antes de deixar o cômodo, olhou de volta para os pais. Teresa se aproximara de Augusto e lhe estendera a mão, que ele segurava delicadamente, enquanto os dois olhavam para a tela à sua frente e comentavam os assuntos das reportagens.

Sam subiu para o seu quarto e resolveu escrever o bilhete que deixaria para seus pais quando fosse viajar.

Amo muito vocês.
Sam.

Olhou para as palavras no pequeno *post-it* rosa. Talvez não fosse a verdade sobre a viagem, ou sobre o que estava prestes a fazer, mas era uma verdade, mesmo assim. E essa verdade certamente seria o suficiente para seus pais.

Para ela, era.

CAPÍTULO QUARENTA E DOIS

OMISSÃO NÃO É MENTIRA

OMISSÃO NÃO É MENTIRA

DESSA VEZ, NÃO HOUVE QUALQUER TIPO DE INCIDENTE NA RO-
doviária, no caminho até ela ou na saída de casa.

Carlos Augusto e Teresa haviam se oferecido enfaticamente
para levar Sam e Davi até a rodoviária, então pareceu à garota que
seria suspeito recusar. Assim sendo, orientou o amigo a esconder
dentro da mochila toda a tralha que tivesse arranjado para a em-
preitada, para não dar na vista. Ele reclamou e disse que provavelmente não ia conseguir. De qualquer forma, apareceu na casa de
Sam naquele final de manhã com uma mochila grande às costas,
que não dava indicação alguma de que estavam prestes a ir para
um cânion.

— Ah, aqui está o universitário! — disse o pai de Samanta,
conforme Davi se aproximava. — Preparado para as aulas?

— Ainda falta algum tempo, mas acho que sim — disse ele, tirando a mochila das costas e pousando-a no chão, perto do carro
estacionado na entrada da garagem da casa. — Oi, dona Teresa.

— Bom dia, Davi. Fazia um tempo que eu não via você! Achei
que não ia mais aparecer aqui em casa.

Samanta agarrou a mochila dele e a colocou no porta-malas
do carro, fechando-o com um estrondo.

— Samanta, eu já disse para não bater a porta — disse seu pai,
franzindo as sobrancelhas para ela. — Tudo pronto? A gente tava
só esperando o Davi, não é?

A mãe lembrou-se de que havia preparado um lanche para os
dois e correu para dentro, pegando os sanduíches da geladeira e
entregando-os para Sam, entretida com Luna. A garota passou a
mão na cabeça da gata, que ronronava, depois mãe e filha saíram
pela porta da frente, de volta para o carro.

Sam e Davi sentaram no banco de trás e, no caminho para
a rodoviária, apenas conversaram com os pais dela a respeito da
faculdade, sobre como era bom que a jovem finalmente tivesse
tomado alguma decisão a respeito de seu futuro – já que eles só
queriam o seu bem e ajudá-la a tomar as decisões certas. Davi
concordou, como era de se esperar, embora a garota soubesse que

ele não concordava totalmente com a maneira como os pais dela a sufocavam às vezes.

Durante todo o caminho, a mão dele ficou pousada, a palma virada para cima, sobre o banco entre eles. Seus olhares não se cruzaram em nenhum momento por mais do que um milésimo de segundo. E, por mais que Sam se sentisse tentada a encaixar sua mão na dele, não sabia como seus pais poderiam reagir, ou se ela queria ter de explicar alguma coisa para eles. O que ela sabia era que nem mesmo ela própria tinha certeza de coisa alguma.

Deixou a mão dele lá e manteve as suas em seu colo.

Na rodoviária, diferente da outra viagem, ela aproximou-se de seus pais e abraçou os dois, beijando a bochecha da mãe e, depois, a do pai. Davi deu um abraço singelo na dona Teresa e cumprimentou Augusto com firmeza, como se estivesse querendo certificar sua posição acerca de um argumento.

Os pais dela fizeram questão de ficar com eles até o momento do embarque no ônibus. Ela não tinha certeza de se era por conta daquele jeito meio coruja deles – que precisava garantir de que ela estava bem e segura –, ou se eles queriam comprovar que ela realmente estava pegando um ônibus para a capital, como dissera que faria.

Sam e Davi sentaram lado a lado e acenaram para o casal do lado de fora, abraçado. A mãe da garota visivelmente tentava segurar o choro.

— Acho que ela está triste em ver a filha mais nova se despedindo de casa, como a Fernanda fez, há alguns anos — disse Davi.

Samanta sentiu os olhos marejarem de leve, mas impediu-se de chorar.

Quando os pais dela saíram de vista e o ônibus avançou pela cidade, indo na direção do trevo de acesso, a garota virou-se para seu companheiro.

— E então, onde descemos?

— Na capital, ué.

— Eu achei que tínhamos pegado esse ônibus pra não levantar suspeitas — disse a garota, erguendo uma sobrancelha.

— Sim e não. A questão é que poucos ônibus vão até a cidade dos cânions, então a nossa única opção era pegar um em Porto Alegre. E ele só sai uma vez por dia, às seis da manhã. O que significa que só vamos conseguir pegar o próximo.

— Amanhã.

— Amanhã — concordou ele.

Ela suspirou e se aprumou no banco, puxando o cinto de segurança e prendendo-o no lugar. Depois obrigou Davi a fazer o mesmo, passando por cima dele e puxando o cinto do outro lado.

— E o que vamos fazer até amanhã? — perguntou a garota.

— Pensei em fazer jus à mentira e torná-la verdade. — Davi deu um sorriso amplo. — Pesquisamos alguns cursos preparatórios, e você fica lá em casa de noite. Tecnicamente a ida até a biblioteca se torna só uma omissão, o que significa que não mentimos pra ninguém.

Ela ergueu o indicador e o balançou na direção dele, rindo.

— Ok! — Ela ficou olhando para a mão dele por alguns instantes, apenas para segurá-la logo em seguida. — E quanto ao resto, quais são os planos?

— Seria ótimo se você tivesse pensado em alguma coisa, também.

— Eu tenho outras coisas com que me preocupar — ela disse, pensando o que poderia justificar o fato de ter deixado a cargo dele resolver os detalhes da viagem. — Fiquei lendo o livro do Goularte pra tentar descobrir onde fica a biblioteca e pensando sobre o que vamos falar pro Escrivão.

— Alguma ideia?

— Além de falar a verdade? Não.

Davi ficou olhando para fora da janela, vendo a cidade passar por eles até se tornar o trevo de entrada, e os dois darem adeus ao lugar onde haviam nascido.

— E se, depois de tudo isso, não fosse nada mais do que destino a gente ir até lá? E se tiver um motivo para estarmos fazendo tudo isso?

A garota ficou calada e só esperou que ele continuasse. Ele tirou os olhos do lado de fora e encarou os dela, que brilhavam em um tom âmbar à luz que entrava pela janela.

— E se *ele* tiver algo a dizer pra gente?

Sam não sabia como responder a essa pergunta.

Ficaram juntos nos bancos do ônibus, ela com a cabeça apoiada no ombro dele, assistindo as paisagens familiares se distanciarem e, aos poucos, se tornarem cada vez mais desconhecidas.

EX

LIBRIS

CAPÍTULO QUARENTA E TRÊS

SOBRE UM FUTURO

SOBRE UM FUTURO

NÃO HAVIA COMO SABER O QUE ACONTECERIA DEPOIS DE IREM até a Biblioteca do Destino, embrenharem-se onde quer que fosse no cânion e falarem com o Escrivão – que nenhum dos dois admitira não ter certeza de efetivamente existir.

Ainda assim, e mesmo que o *Ex Libris* estivesse certo em todos os sentidos e aquele final se concretizasse, decidiram ignorá-lo, pelo menos durante aquela tarde, para tratar de um futuro que não tinham a mínima ideia se existiria.

Sam nunca gostara da capital do estado. Era uma cidade cheia, suja e bagunçada, e a garota tinha uma certeza enorme do quão perigosa poderia ser. Os telejornais – que anunciavam de forma sensacionalista os últimos crimes e denunciavam uma crise na segurança pública religiosamente todos os dias durante o almoço –, não ajudavam em nada a mudar a imagem negativa. Ela nunca conhecera a cidade de verdade, de qualquer maneira, e nunca tivera muita intenção de fazê-lo.

Naquele dia, com Davi, entretanto, a cidade parecia um pouco diferente. Ele a levou a lugares pelos quais nunca passara, que se distanciavam do aspecto do centro caótico: havia árvores, o movimento parecia mais saudável, as ruas eram um pouco mais tranquilas. Ela até reconsiderou a maneira como usava a mochila, carregando-a à frente do corpo.

Deixaram as malas no novo quarto de Davi, acessando-o através da porta que dava diretamente no corredor do prédio. O lugar era pequeno e mal iluminado, a janela dava para o telhado dos vizinhos e outro edifício mais adiante.

— Pelo menos dá pra ver o topo de uma árvore, pra você sentir que tá num ambiente mais "natural" — comentou a garota, largando a mochila junto de uma escrivaninha velha e bamba.

— Tem um parque aqui perto — disse Davi, as mãos nos quadris, examinando o interior. — Eu sei que o quarto não é grande coisa, mas já é um começo. E é só meu. Eu não consigo imaginar como seria dividir com um desconhecido. Dividir o apartamento é uma coisa, mas dividir *o quarto* é totalmente diferente.

301

— Por quê? Qual é o problema?

Sam olhou para ele e deu um sorriso com apenas um dos lados da boca.

— Primeiro que não se tem privacidade nenhuma — ele disse, e ela se aproximou devagar dele. — E segundo, não se tem privacidade *nenhuma*.

Ela riu e o beijou, passando as mãos pelo peito dele e o abraçando.

Passada uma hora, depois de Sam ter usado o banheiro do apartamento, erroneamente achando que a tia do amigo estava em casa – e espiando para fora das portas discretamente toda vez em que ia abri-las –, comeram uma refeição pronta esquentada no micro-ondas de Davi e voltaram para a rua com o intuito de fazer exatamente o que haviam combinado.

Os dois atravessaram ruas e avenidas, percorrendo-as por inteiro, avançando de um curso para outro, recolhendo panfletos e perguntando todo tipo de detalhes a respeito deles. Quem eram os professores? Qual era a área mais forte de preparação? Quais eram os tamanhos das turmas? Havia ar-condicionado nas salas?

— Isso é realmente importante? — perguntou a garota.

— Se você estivesse vindo estudar no verão, com certeza — disse Davi.

— Se você estiver supondo que eu não vou passar de primeira e vou precisar estudar até o verão, pode mudar de ideia. Eu *vou* passar de primeira — ela disse, resoluta, estufando o peito.

— O que te dá tanta certeza disso?

— *Você* passou de primeira.

A princípio ele considerou o que ela dissera um elogio. Depois percebeu o real significado da frase e riu. Quando terminaram de recolher os panfletos, sentaram-se em um banco em uma pequena praça, perto de um *playground* onde corriam algumas crianças e senhoras levavam seus cachorros para passear, e passaram os olhos por cada um deles. Havia muitas opções, e, na verdade, Sam não tinha ideia de qual poderia ser a melhor ou como decidir entre elas. Por fim, decidiram que uma boa escolha seria um curso próximo da futura universidade – para a qual ela queria passar, ainda que pretendesse fazer outros vestibulares além daquele específico –, o que significava que, arranjando um lugar pra ficar naquela região, não precisaria se mudar, caso passasse.

— Aí eu posso ficar na sua casa, se voltar tarde de alguma festa e tiver aula no outro dia — disse Davi, erguendo as sobrancelhas três vezes.

— Quem disse que você vai poder simplesmente "ficar na minha casa"?

— Não vou?

Ela olhou com o canto do olho para ele.

— Vou pensar — disse.

Voltaram para o curso preparatório que lhes parecera melhor e perguntaram se poderiam assistir a uma aula, apenas por curiosidade e para ter certeza se era a escolha certa. Havia turmas dos cursos anuais em andamento, então eles se infiltraram em uma delas e passaram uma hora ouvindo a respeito de reações químicas e ligações de carbono, ou algo do gênero.

— O que achou? — perguntou Davi, quando saíram em meio a um mar de outros jovens carregando suas mochilas e cadernos nos braços.

— Foi bastante interessante, para uma aula de química — disse Sam, balançando a cabeça positivamente. — E, como eu não gosto muito de química, ter achado interessante já é um grande passo.

Não decidiram nada em caráter definitivo, mas a garota deixou o panfleto daquele lugar em cima dos outros. Ainda precisaria falar com os pais – o curso não se pagaria sozinho –, e também teria de encontrar algum lugar para morar. Davi comentou que sabia de grupos em redes sociais que ofereciam quartos e apartamentos para aluguel, então ela poderia encontrar algo decente nas redondezas para dividir com outras meninas.

Voltaram para o quarto de Davi no começo da noite, quando do sol já se despedira da cidade, mas ainda restava alguma luz.

Ele ficou se perguntando, por algum tempo, se deveria apresentá-la à tia, mas Samanta tomou a decisão por si mesma, abrindo a porta que dava para o restante do apartamento e indo até a cozinha. A tia de Davi tinha um jeito brincalhão e alegre, dava gargalhadas muito sonoras – que provavelmente incomodavam os vizinhos – e preparou um jantar que disse ser especial por ter visitas. Os três comeram pastéis de carne e de queijo em frente à televisão, assistindo à novela, a tia sempre dando opinião a respeito das decisões das personagens na tela. Sam se aconchegou junto do melhor amigo, e ele pareceu ligeiramente receoso de estarem juntos perto de um membro de sua família, mas, no final, cedeu.

O jovem disse à tia que iam viajar no dia seguinte, para visitar uma cidade próxima que tinha algum apelo turístico, por isso iriam dormir cedo. A mulher concordou, tranquila, dizendo que ele podia fazer o que bem entendesse e dando uma gargalhada em seguida.

— Tudo pronto? — perguntou ele, quando os dois fecharam os zíperes de suas mochilas e as examinavam em silêncio.

Sam olhou para os três livros sobre a escrivaninha: o livro de autoria de Goularte e os dois *Ex Libris*. Enfiou-os dentro de sua mala, tentando não pensar neles como algo importante, mas não conseguiu. O peso de uma vida inteira contada no livro de Davi, com todas as possibilidades e impossibilidades que ele carregava, parecia esmagá-la. Não fazia ideia de se aquela viagem, se aqueles planos faziam qualquer sentido. Não fazia ideia de se conseguiriam salvá-lo, ou se o futuro que planejavam não passaria de uma ilusão – uma miragem distante e borrada, jamais realmente ao alcance de qualquer um deles.

Fechou o zíper novamente e concordou com a cabeça.

Ainda que sonhassem com um futuro, não havia como escapar do presente.

EX

LIBRIS

CAPÍTULO QUARENTA E QUATRO

IDA E VOLTA

— ÚLTIMA CHECAGEM.
— Você disse isso da última vez, Davi. E agora já não faz diferença. Se a gente esqueceu alguma coisa, não tem mais como resolver.

— Tudo é possível — ele disse, largando a mochila no chão e sentando-se em uma mureta baixa que protegia um dos jardins da praça principal de Cambará do Sul, a cidade dos cânions.

A praça era pequena e aconchegante, com calçadas de paralelepípedos que levavam até a pequena igreja, bastante interiorana, que era o ponto principal. Ao redor da praça havia ruas estreitas e casas rústicas de madeira, com um estilo específico do lugar, mas com empresas e lojas instaladas nelas. Algumas árvores faziam sombra nos bancos de madeira estrategicamente posicionados, embora houvesse nuvens no horizonte que prenunciavam chuva.

Não havia um minuto em que os pensamentos de Sam não escapassem para o assunto que eles buscavam resolver com o Escrivão. Sentando-se ao lado do amigo enquanto ele abria a mochila e revirava o conteúdo, ela não conseguia parar de pensar nos livros dentro da sua. Agora parecia que a presença dos livros e o impacto do que estavam prestes a fazer era mais palpável do que antes.

— Casaco leve; capa de chuva; repelente; protetor solar; boné; esparadrapo e pomada para os pés; água; lanche; minha carteira, claro; celular e o carregador, mesmo que eu não saiba onde poderemos carregar; desodorante; duas mudas de roupa; e meia dúzia de cuecas.

— Meia dúzia? Achei que a ideia era ficarmos no máximo dois dias!

— Tudo é possível — ele disse, começando a guardar o que havia tirado de dentro da mochila.

— E os livros.

Ele parou por um instante e fez uma careta.

— E os livros — concordou.

307 EX LIBRIS

Davi pegou o livro de Goularte e guardou-o em sua mochila para distribuir o peso com a garota. Ela também percebeu que, por algum motivo, ele *não queria* ficar com os *Ex Libris*. Guardou-os de volta e fechou a mochila.

— E agora?

— Eu pesquisei bastante a respeito de como chegar no cânion do Itaimbezinho — disse Davi —, que é onde o Goularte disse estar a biblioteca. Parece que não tem nenhum tipo de transporte público até lá, e são vinte quilômetros. Suponho que você não queira ir a pé, certo?

— Nós ainda temos todo o caminho no cânion pra fazer, além de ter de encontrar a biblioteca. Não acho que seja uma boa ideia gastar toda a nossa vitalidade logo de cara.

— Temos duas opções, mas só uma é minimamente possível: ir de táxi, o que certamente vai nos custar um rim, ou ir com uma agência de turismo.

— Que também não deve cobrar pouco.

— Mas você pediu dinheiro emprestado pra Elis, não foi?

Sam anuiu.

— A questão é que eles costumam fazer os passeios de um jeito controlado. Quem vai com eles precisa seguir o guia, percorrer a trilha com o grupo e voltar no horário certo. Pelo que eu entendi, dura a manhã inteira. E certamente eles vão fazer uma checagem de quem foi e quem voltou. Se eles notarem que não estamos na lista da volta, não sei bem o que pode acontecer.

— Mas isso não nos impede de simplesmente fugir.

Ele fez uma expressão surpresa, como se não acreditasse que ela estava sugerindo quebrar as regras.

— Claro que não, mas se conseguirmos encontrar uma maneira de evitar esse tipo de problema, melhor.

Levantaram-se e foram para a pacata avenida principal da cidade, pela qual passavam carros de quando em quando sobre as pedras irregulares que a compunham. Havia algum comércio, principalmente de padarias, cafés e muitas agências de turismo.

Para uma cidade daquele porte, havia mais agências de turismo por metro quadrado do que qualquer outro tipo de loja. Era compreensível, considerando-se que a principal atração do lugar eram os cânions.

Decidiram pesquisar os preços de cada uma, já que eram tão próximas entre si, e acabaram optando pela mais barata. Como o objetivo era somente ir até os cânions, qualquer uma serviria.

— Vocês querem o pacote completo, certo? — perguntou o rapaz atrás do balcão, que também era um dos guias, com seu porte atlético e carisma contagiante.

Havia também uma moça tratando de alguns papéis em uma escrivaninha. A agência em si era bastante simples, com um balcão não muito longe da porta de entrada e três cadeiras junto da janela.

— O que é o pacote completo? — perguntou Sam.

— Nós levamos vocês daqui a... — Ele olhou para seu relógio de pulso excessivamente grande. — Bem, daqui a uns dez minutos. Vocês deram sorte de virem na baixa temporada. Caso contrário, não haveria lugares disponíveis a essa hora. Enfim, levamos vocês, fazemos a trilha principal, que vai até o mirante, e voltamos. É um programa bastante rápido. Ao meio-dia já estamos de volta pra vocês experimentarem a gastronomia da cidade.

— Tem uma outra trilha também, não tem? — perguntou Davi.

— Sim, mas, devido ao tempo de duração do passeio não ser muito grande, acabamos sempre fazendo a mesma, que tem as melhores vistas do cânion. Torçam para que não haja nevoeiro.

— E não teria como fazer a outra trilha? — perguntou o jovem, com um tom que o denunciava como alguém com intenções de transgredir as regras.

— O grupo todo deve permanecer junto — disse o rapaz, resoluto. — Infelizmente não temos como permitir que vocês se separem do restante do pessoal, pois é feito um controle rigoroso de quantas pessoas estão no parque.

Davi refletiu por alguns instantes, parecendo considerar qual era a mentira mais adequada para aquele momento – uma que lhes daria mais tempo no cânion e a chance de escapulir para fora das trilhas para procurar pela biblioteca.

— Eu li a respeito do serviço de vocês na internet — disse ele, por fim. — Vi algumas reclamações sobre o tempo que se passa no cânion ser muito curto, por isso nem valeria a pena ir com as agências.

O sorriso do atendente diminuiu um pouco, mas ele não se deixou abalar.

— Bem, sempre há outras opções para chegar ao parque e passar mais tempo lá. Vocês podem contratar um táxi e combinar uma hora para voltar que lhes dê mais liberdade para passear por lá. Infelizmente, as agências não podem modificar seus programas. Vocês também poderiam tentar uma carona.

Davi pareceu ficar contente com a última palavra. Olhou com o canto do olho para Samanta – como se quisesse falar algo em voz baixa para ela –, mas acabou puxando o rapaz da agência para o lado, e sussurrou para ele:

— Essa é justamente a questão — disse, lançando olhares furtivos para a garota. — Eu e a minha namorada nos envolvemos em um acidente há pouco tempo, justamente enquanto pegávamos carona na estrada. Foi uma experiência muito traumática para mim, mas para ela foi muito mais. Ela... bateu a cabeça. Desde então não tem sido mais a mesma pessoa. Eu acho que talvez ela tenha desenvolvido um transtorno obsessivo com relação a algumas coisas. Ela ficou obcecada com o cânion, por exemplo, e eu não queria que ela perdesse a chance de aproveitar a visita. Sem contar que talvez acabássemos atrasando o grupo.

O rapaz não parecia disposto a ceder.

— Desculpe, senhor — disse, com aquela forma engraçada de se referir de maneira formal a pessoas mais novas do que ele —, mas realmente não há nada que eu possa fazer. A melhor opção seria resolver com um taxista...

— Vocês também fazem excursões à tarde para o Itaimbezinho, não? — perguntou Davi, subitamente mudando de tom outra vez, falando mais alto, como se agora a garota pudesse ouvir o que estava dizendo. — E se fôssemos pela manhã com vocês e voltássemos no final da tarde? Tecnicamente estaríamos dentro da contagem dos visitantes que entram e saem, então a diferença seria apenas o horário. Nós já preparamos nosso almoço para ficar por lá e... bem, é baixa temporada, certo? Seria ótimo se vocês quebrassem esse galho pra nós.

Os dois apenas se encararam por alguns instantes.

— Podemos pagar o valor da alta temporada, para compensar — disse Davi.

O atendente finalmente pareceu mudar de postura. Ele olhou para a moça que arranjava os papéis, e ela deu de ombros, como se a questão não fosse especialmente complicada de ser resolvida. Então, ele voltou-se para os dois sorrindo amplamente.

— Acho que não há nada de errado em vocês aproveitarem esse tempo juntos no cânion e voltarem à tarde — disse. — Realmente é um lugar muito lindo, vale a pena ficar por lá e apreciar. Se houver nevoeiro, é bom esperar um pouco para ver se o tempo fica limpo.

Davi sorriu também, satisfeito consigo mesmo.

Os dois pagaram pelo passeio com seus cartões, enquanto Samanta confirmava quanto Elis tinha lhe transferido e refletia sobre como arranjaria o dinheiro para pagá-la de volta. O rapaz da agência entregou alguns panfletos a eles – inclusive um que informava questões relativas à preservação do parque dos cânions – e circulou os horários de ida e volta no panfleto, reforçando o horário em que deveriam voltar no final da tarde.

— Os jipes estão na rua de trás. Como já estamos no horário, acho que podemos reunir o pessoal e partir, né, Ana? — ele falou, virando-se para a moça atrás de si.

Ela concordou, e ele pegou algumas coisas no balcão e equipamentos atrás de uma coluna. Sam e Davi o seguiram para fora.

Não demorou muito para que outros turistas se reunissem na frente da agência – pelo menos dez –, e o rapaz os encaminhasse para a rua de trás.

311 EX LIBRIS

— Isso foi muito errado — resmungou Sam, com uma expressão severa. — Você mentiu pro cara sobre um acidente pra levar vantagem!

— Nós sofremos um acidente, e você bateu a cabeça.

— Eu não desenvolvi nenhum transtorno.

— Mas ficou obcecada com a biblioteca, que fica *no cânion* — disse Davi, em um tom que pedia desculpas. — Eu sei que não foi totalmente certo, mas é uma situação muito específica. Você sabe que nós temos que ir até lá com tempo. Eu não queria ter feito isso, mas era o único jeito.

Ela torceu a boca e decidiu encerrar o assunto. Realmente não via alternativa, e eles precisavam chegar à biblioteca e resolver o assunto. Tudo o que haviam feito até então era em função disso. Não podiam simplesmente desistir.

Eles se sentaram no banco de um dos jipes, perto de outro casal, e os dois veículos partiram em seguida. Logo estavam fora da cidade, avançando por uma estrada de terra esburacada, repleta de solavancos e planaltos amplos que se estendiam para ambos os lados.

Sam olhou fundo nos olhos de Davi e apertou a mão dele, como se quisesse saber se o que estavam fazendo era certo.

Ele devolveu o aperto.

EX

LIBRIS

CAPÍTULO QUARENTA E CINCO

NUNCA MAIS VOLTAR

NUNCA MAIS
VOLTAR

MEIA HORA DEPOIS DE TEREM EMBARCADO NO JIPE, PASSARAM pelo posto da entrada do parque, onde o motorista – o mesmo rapaz que os atendera na agência – conversou por alguns instantes com o homem que controlava as entradas. Depois, avançaram para dentro do parque por mais alguns metros até um estacionamento em meio à terra, onde o veículo parou e todos desceram.

— Sejam bem-vindos ao cânion do Itaimbezinho! — disse o guia, sorrindo e fazendo um gesto para abranger todo o lugar, ainda que não conseguissem ver grande coisa exceto os cantos de pedras e escarpas. — Vamos seguir pela trilha do Cotovelo, que nos levará até um ponto avançado do planalto, de onde teremos uma vista lindíssima desse lugar maravilhoso.

Ele começou a se movimentar, devagar, levando o grupo consigo e falando mais a respeito do lugar.

— São até setecentos metros de profundidade ao longo de quase seis quilômetros. Na parte mais larga, o desfiladeiro tem dois quilômetros — disse. — Como vocês sabem, um cânion é formado pela ação de um rio, então não se surpreendam com as cachoeiras que encontraremos pelo caminho.

Os turistas pareceram contentes por descobrirem que encontrariam cachoeiras, e Sam e Davi também se entreolharam com uma pontada de deslumbramento.

Enquanto o rapaz que guiara o jipe explicava como o grupo deveria acompanhá-lo, qual seria o caminho que seguiriam, quanto tempo de intervalo teriam e onde seria a parada principal para fotos, chegaram a uma pequena encruzilhada onde havia uma placa e um chalé. Supostamente aquele era o centro de visitantes, por isso o guia orientou-os a utilizar os banheiros do lugar, já que não haveria outras oportunidades.

Pouco depois, com todos já prontos, o grupo se reuniu novamente em frente à placa. Uma seta indicava a direita e informava tratar-se da Trilha do Cotovelo; a outra, que apontava para a direção oposta, era acompanhada da inscrição "Trilha do Vértice". Sam concordou com a cabeça quando Davi apontou para essa segunda opção.

315

O grupo e o guia viraram-se para um lado, e eles ficaram parados.

— O que fazemos? Precisamos dizer alguma coisa para o guia? — perguntou a garota.

— Ele já sabe o que faremos. Certamente não falou nada para não deixar os outros turistas saberem que vamos ficar até o final da tarde, enquanto eles têm só dez minutos no final da trilha e a volta imediatamente depois — disse o jovem, olhando-os se afastar. Nenhum deles olhou para trás.

— Dez minutos? É tirar fotos *ou* observar o lugar. Não dá pra fazer as duas coisas.

Ele deu de ombros.

— Acho que é melhor nós irmos.

Os dois viraram-se para a esquerda e encararam a Trilha do Vértice, que seguia adiante por alguns metros e depois desaparecia no meio do mato. Não era mato cerrado, então parecia ser um caminho fácil de seguir, mas, para eles, significava muito mais do que um passeio pela beira do cânion.

Começaram a caminhar devagar, enquanto ele tirava o livro de Goularte de sua mochila e o entregava à amiga.

— Pelo que eu entendi, nós temos que ir até o final da trilha e... bem, sair dela. Depois disso é que vamos precisar tomar cuidado e procurar pelas pistas.

— Pistas?

— É o que conta a história. Não sei até que ponto o Goularte realmente colocou um manual de como chegar à biblioteca nesse livro, ou se tem alguma coisa que não seja ficção.

Davi arrumou sua mochila nas costas, e os dois aumentaram o ritmo da caminhada.

A trilha do Vértice passava por dentro do mato, o que dificultava a visão deles do cânion. Conseguiram ver algumas rochas no começo do caminho, mas muito pouco além disso. Quando viram uma abertura entre as árvores, a vista era de pura névoa, o que era de se esperar para um dia nublado como aquele.

Sam deixou os braços penderem, desapontada.

— Eu tinha lido a respeito disso — disse Davi, fazendo uma careta. — Parece que os nevoeiros são bem comuns aqui, mesmo nos dias de tempo bom... vamos torcer para abrir, mais tarde.

O vértice que dava nome à trilha não demorou a aparecer no campo de visão deles. Era o ponto onde o chão firme da trilha se transformava a cada passo em uma rachadura na terra, que se abria até subitamente despencar na direção do fundo do cânion. Os dois sentiram-se assoberbados com o tamanho do lugar, apesar de não conseguirem admirá-lo em sua totalidade. De alguma maneira, a escala impressionante era sentida nos ossos, não apenas vista com os olhos.

Havia poucas pessoas percorrendo aquela trilha, naquela manhã. Além de se tratar da temporada baixa, a Trilha do Cotovelo era muito mais impressionante, segundo os comentários que eles ouviram, o que talvez justificasse a pequena quantidade de gente. Toparam com outro casal, que andava de mãos dadas apesar do esforço de caminhar; uma família de cinco pessoas, que planejava um breve piquenique no horário do almoço junto do centro de visitantes; e um viajante solitário, andando com um cajado de caminhada e todo tipo de apetrecho do gênero.

— Eu não sei se você sentiu o mesmo — começou Davi, subitamente, enquanto avançavam pelo percurso em meio à terra e ao mato —, mas, quando saímos de Santa Cruz, foi como se eu estivesse me despedindo de lá para sempre.

Ela diminuiu o passo e olhou para ele, um pouco preocupada.

— Por que se sentiu assim?

— Não sei — admitiu o jovem, sem devolver o olhar, encarando as pedras pelas quais passavam. — Talvez tenha sido porque eu sei que o final do livro está inevitavelmente próximo. Eu tentei ignorar isso por muito tempo e fingir que não era verdade. Mas agora que estamos aqui, é difícil não pensar na seriedade da situação.

A garota estendeu a mão para ele. Davi olhou para os dedos delicados em sua direção e entrelaçou os seus nos dela.

— Não sei bem se é possível, mas eu amo e odeio esses livros — disse ela. — Eu odeio o fato de que seu livro narra a sua

morte, o acidente de carro, o incêndio no sebo, o... o acidente da sua mãe. — A jovem apertou mais forte a mão dele. — Mas eu não consigo apagar da memória que foi ele que nos uniu definitivamente. Apesar de essa parte não estar escrita, apesar de ter dependido única e exclusivamente de nós dois, é como se fosse destino que ficássemos juntos. Como se não houvesse nenhum outro caminho para seguir. E eu, sinceramente, não iria querer percorrer outro caminho.

Ele levantou os olhos para ela.

— Mas não é justo — resmungou.

Andaram mais alguns metros.

— O que está escrito é cruel — disse, pensativo. — Por que o destino nos reuniria apenas para que eu morresse logo depois? Por que nos dar o gosto de algo que sabemos que vai terminar?

Samanta torceu a boca, e, apesar de não ter certeza a respeito do que dizia, sabia quais eram as palavras certas.

— É por isso que estamos aqui — disse. — Estamos aqui porque não queremos que termine assim. Não queremos que o final da história seja esse.

Davi não abriu a boca para protestar ou dizer que sentia que o destino não podia ser modificado, assim como sentira que o adeus à sua cidade natal era definitivo.

Andaram até o final da trilha, que levava até um mirante. Sam largou a mão do melhor amigo e foi até o parapeito, olhando para a imensidão à sua frente. Davi foi logo atrás e parou ao lado dela.

A névoa ainda estava presente, mas não era mais tão espessa. As minúsculas gotas de água dançavam ao sabor do vento, abrindo a visão para o cânion. A impressão era de que a terra simplesmente rachara como a casca de um ovo e quebrara naquele ponto, formando um rochedo altíssimo e estreito. Os paredões de rocha nua ladeavam a fenda colossal composta por pedras afiadas que despencavam em um ângulo inacreditável. Cachoeiras caíam pelas encostas vertiginosas, tão longas que se diluíam no ar antes de chegar ao fundo. A luz mal chegava ao rio que corria lá embaixo,

tão distante, serpenteando entre as pedras e desaparecendo numa curva mais adiante. Pássaros saíam de ninhos feitos nos recantos das rochas, tomando o lugar por inteiro e espalhando os sons de suas asas e pios, grasnados e assobios por todo lado. O que viam dificilmente poderia ser captado em uma fotografia. A sensação de pequenez que os tomava era única. O cânion era titânico.

Nenhum dos dois tinha fôlego para soltar o suspiro ou a exclamação que seriam adequados ao momento. Eram incapazes de desviar os olhos do que viam. Suas mãos se juntaram novamente.

— É... lindo — murmurou Sam, depois de algum tempo, quando enfim conseguiu respirar novamente.

Davi apenas concordou com a cabeça.

Pareceu apenas certo que se beijassem, que eternizassem aquele momento, nem que apenas em suas memórias, então eles se encararam e seus lábios se uniram. O vento frio e a névoa bagunçaram os cabelos dos dois, mas eles permaneceram à beira da imensidão próxima de seus pés. Quando seus rostos se afastaram de leve, Davi olhou cada mínima porção da face dela, como se quisesse memorizar a forma de seus lábios, a pele delicada de seu rosto, os olhos cor de mel, os cabelos dourados que pareciam vivos, mesmo sem a luz do sol. Ele correu os dedos pelas longas mechas onduladas e segurou sua nuca.

— Nos livros, antes do clímax — disse ele, em voz baixa, para que apenas ela pudesse ouvir, e mais ninguém na solidão que os cercava —, o herói e a mocinha sempre têm tempo para um último beijo.

Sam quis ignorar o verdadeiro sentido do que ele acabara de dizer, então encarou profundamente os olhos dele e puxou-o para mais perto de si outra vez.

— Esse não é nosso último beijo. Esse não é o final da nossa história.

Apesar do que disse, o gosto que tinha na boca era de despedida.

CAPÍTULO QUARENTA E SEIS

UM GIGANTE ADORMECIDO

UM GIGANTE ADORMECIDO

PASSARAM ALGUM TEMPO APENAS ENCARANDO A PLACA.

FINAL DA TRILHA
NÃO ULTRAPASSE

Ela estava pendurada em uma cerca de arame simples, que qualquer pessoa seria capaz de ultrapassar sem dificuldade. A grande questão residia, no entanto, no fato de eles saberem que, depois de sair da trilha, estariam à beira de um cânion gigantesco, em um território onde não deveriam entrar, sem saber exatamente para onde estavam indo.

Entreolharam-se, receosos.

— Bem, nós dois sabemos que não há opção que não seja ultrapassar a cerca e seguir em frente — disse Davi, mas sem avançar.

— Eu não duvido que muita gente faça isso só por lazer, aliás — resmungou a garota.

— Com certeza. Eu imagino que todo mundo passe por cima disso e saia desbravar por aí — concordou Davi.

Ainda assim, ambos ficaram parados, de frente para a placa, olhando para o final demarcado da trilha e para o campo que se estendia na frente deles, à borda do penhasco.

— Quero dizer, certamente não existe outro caminho para a biblioteca.

— Não, acho que não.

— O que diz o livro?

Ela puxou o volume de *O Livro do Destino* e abriu-o na página marcada com um pequeno *post-it* sem muita cola, que escapou do papel e voou embora. Os dois observaram enquanto ele se tornava uma pequena mancha rosa flutuando no ar, depois sendo pego em uma corrente de vento e sugado para dentro da fenda logo ao lado, desaparecendo de vista.

Sam demorou-se um instante para voltar os olhos para o livro.

— Aqui diz que o personagem saiu do final da trilha e se embrenhou no mato. — Ela olhou em volta e apontou para um

321

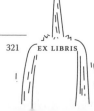

amontoado de árvores que começava não muito em frente. — Imagino que seja ali.

— Então só nos resta passar pela cerca e ir andando — disse Davi, em um tom definitivo, mas ficando parado ao lado da melhor amiga, que segurava o livro aberto nas mãos, as páginas se enrugando aos poucos por conta da umidade do ar.

O nevoeiro estava ficando espesso novamente, e a luz do sol se tornava menos intensa, cada vez mais impedida de iluminar o lugar devido às nuvens escuras que vinham do litoral.

Ouviram o som de vozes não muito distantes.

— Vamos — disse Sam, por fim, fechando o livro e passando por baixo do arame, vendo-se subitamente em meio ao pasto alto que cobria o campo.

Davi fez o mesmo, e os dois começaram a correr na direção do mato, evitando ao máximo ficarem próximos da beira do precipício à sua direita. A garota espiou por cima do ombro umas cinco vezes, sempre feliz em perceber que as pessoas ainda não haviam chegado até onde haviam estado.

A cinco metros de alcançarem as árvores, o jovem olhou para trás e viu um grupo de seis pessoas, aparentemente uma família, chegando até o mirante. Felizmente estavam todos absortos com a nesga de vista que lhes sobrara em meio ao nevoeiro, o que deu tempo ao casal de esconder-se em meio aos troncos, galhos e folhas. Começaram a rir, mas Sam percebeu que o mato fazia ecoar os seus sons, então pôs o indicador sobre a boca do namorado.

— É melhor não fazermos muito barulho — disse, em voz baixa. — Principalmente agora, com esse pessoal aqui perto.

Espiaram de detrás do tronco onde estavam, vendo que o grupo tirava fotos em frente ao cânion. Certamente as fotos seriam com apenas uma parede branca de névoa ao fundo, sem qualquer vista do que realmente importava.

— Ok, saímos da trilha e estamos em um território natural protegido, sem qualquer permissão para isso — disse o jovem, respirando fundo e recuperando o fôlego aos poucos depois da

pequena corrida. — Suponho que estejamos *mesmo* fazendo isso. Acho que eu não acreditava cem por cento até agora.

— *Precisamos* fazer isso.

— É, eu sei.

Andaram um pouco mais para dentro do mato, se afastando de onde poderiam ser vistos. Uns dez ou quinze metros para dentro, não conseguiam mais vislumbrar o campo e estavam de fato embrenhados na mata. Sam abriu o livro novamente.

— Não tem muitas indicações específicas — disse ela, virando algumas páginas e passando o dedo sobre as linhas que sublinhara a lápis. — O Goularte só escreveu que o personagem "avança na direção do sol nascente", então imagino que a gente só precise ir em frente.

— "Em frente", em qual direção? — perguntou Davi, zombando da orientação imprecisa.

— Você é que sabe se localizar. Me diga você onde é que o sol nasce.

Ele apontou para uma direção, depois de olhar em volta.

— Suponho que a melhor maneira de fazer isso seja contornando a beirada do cânion, mas não sei se seria muito seguro — disse ele. — Acho que devemos nos aproximar um pouco do penhasco, mas só o suficiente para vermos ele de longe. Até onde precisamos ir?

Ela passou o dedo sobre outra linha, sublinhada duas vezes.

— Supostamente, em algum lugar nessa direção, vamos encontrar uma pedra com a inscrição do desenho de... uma pena. Depois disso, vamos ter que procurar outras inscrições iguais, "algumas sutis e outras mais evidentes", até encontrarmos um *"gigante"*. A entrada, segundo ele, fica nesse gigante.

— O quão detalhado é isso aí?

— Não muito — disse ela. — Como eu disse, não sei se ele pretendia fazer um manual de como chegar à biblioteca.

— Não tá parecendo.

Samanta deu de ombros.

— É tudo o que temos, e é melhor do que nada. Vamos.

O mato era realmente cerrado. As árvores não eram especialmente altas, mas haviam nascido muito próximas umas das outras, além das trepadeiras e cipós atravessados entre elas. No chão havia plantas rasteiras, arbustos e todo tipo de obstáculo como pedras, galhos, folhas e, surpreendentemente, algum lixo. Não muito, mas viram uma garrafa de plástico, uma sacola de supermercado toda rasgada e uma camisinha. Parecia que nenhum lugar estava a salvo da depredação e da sujeira das pessoas.

Conforme o que Davi dissera, foram até um ponto dentro do mato de onde conseguiam ver o nevoeiro, que indicava tratar-se do precipício que caracterizava o cânion. Depois, seguiram em frente, costeando-o a uma distância segura.

Somente depois de, pelo menos, quarenta minutos andando e desviando dos obstáculos, abrindo caminho em meio ao mato e ouvindo os animais que viviam nele, viram uma pedra com metade da altura de Sam em meio a quatro troncos, como se tivesse sido colocada ali propositalmente. Não parecia o caso, entretanto, pois emergia do solo de maneira abrupta e parecia ter sido muito pontiaguda um dia. Tinha o aspecto de uma pirâmide e era consideravelmente simétrica. Em um dos lados, quase imperceptível, havia a tal pena.

— Achamos — disse Davi, com um tom de comemoração e, ao mesmo tempo, de desânimo.

— O que significa que não estamos andando a esmo no meio do mato, procurando por um lugar que não existe — disse Sam, sentindo uma pontada de esperança surgir em seu peito.

Examinaram a inscrição com mais cuidado.

— Parece ser antiga — comentou a garota. — Acho que já foi mais profunda um dia. — Passou o polegar por ela, sentindo a textura da pedra. — O que será que significa?

— No ponto em que chegamos, eu diria que a resposta mais adequada seria "tudo e nada" — respondeu Davi, irônico.

O cânion fazia uma curva lenta e constante para a esquerda. Seguiram o margeando, e Davi puxou o celular para ver o mapa

que havia salvo. Segundo ele, se continuassem naquela direção, chegariam a outro vértice.

Alguns metros mais à frente, viram o que fora uma árvore, mas agora não passava de um toco muito seco, desfazendo-se aos poucos. Por dentro havia uma pequena placa de metal com o mesmo símbolo entalhado, presa por um prego enferrujado à casca podre. Estavam no caminho certo.

— Como você acha que é esse Escrivão? — perguntou Davi.

— Em que sentido?

— Esse cara é o responsável por escrever as histórias de todo mundo — disse o jovem, como se isso fosse algo trivial. — Eu ainda não consegui decidir se imagino ele como uma pessoa ou um ser onipotente da quinta dimensão com uma estranha capacidade de escrever à mão caracteres tipográficos perfeitos.

Ela deu uma risada.

— Talvez ele tenha um computador.

— Não exagere. No máximo uma máquina de escrever.

Os dois riram, pensando em um homem sentado atrás de um computador, resmungando, com uma aparência que lembrava a mulher que lhes atendera na biblioteca de Foz.

— Falando sério, você acha que é apenas... uma pessoa? — perguntou Davi.

Sam não pensara muito a respeito, mas concordou.

— Sim, acho que é apenas uma pessoa. Não acho que vamos chegar lá e encontrar algo do gênero d'*O Mágico de Oz*.

— Sem contar que o Mágico de Oz era uma farsa.

Ela assentiu com a cabeça.

Aproximaram-se um pouco mais da beirada do cânion ao verem mais uma pedra, com um formato quadrado, em cujo topo, bem no centro, estava a pena novamente. Continuaram em frente.

— E como é que ele consegue escrever todas essas histórias do começo ao fim? — perguntou Davi. — É *muita* coisa. E são *muitas* pessoas.

— Talvez eles tenham filiais da biblioteca em cada país.

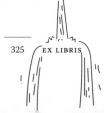

Samanta riu alto logo em seguida, e o namorado a acompanhou.

A verdade era que nenhum dos dois conseguia imaginar o que esperava por eles na Biblioteca do Destino.

Encontraram mais dois sinais da pena – em uma árvore e em uma pedra pequena, chata e circular no chão – antes de toparem com uma formação geológica inusitada. Eram pedras enormes empilhadas e encostadas umas às outras, em um equilíbrio aparentemente instável, mas que as mantinha no lugar. Algumas apoiavam-se transversalmente sobre as outras, formando minúsculas, ou nem tão pequenas, cavernas. As árvores e trepadeiras haviam tomado conta de tudo, mas as pedras ainda eram claramente visíveis.

— Apesar de não parecer em nada com um gigante, eu acho que é esse o lugar — disse Sam.

Davi deu a volta nas pedras, examinando tudo com cuidado. Sam observou-o, sentindo um pingo de chuva cair em sua testa.

— Acho que está começando a chover — disse.

O namorado concordou com a cabeça, continuando a circular a formação. Ele desapareceu fazendo a volta, e em seguida estava perto dela de novo, do outro lado. Ficou ereto e pôs a mão no queixo.

— Com alguma imaginação, poderia ser um gigante — disse ele. — Tem uma pedra naquela ponta que poderia ser uma cabeça, e duas mais compridas do outro lado que seriam as pernas. Em cada lado há uma que parece um braço; acompanhada de outras menores, as mãos; e diversas fininhas, os dedos. E a maior, no meio, é a barriga.

Sam estreitou os olhos, tentando visualizar o gigante. Apesar de não ser muito literal, a coisa começou a tomar a forma de alguém deitado, adormecido há muito, muito tempo. As árvores já haviam começado a crescer por seu corpo e as trepadeiras tomaram sua pele, deixando-o completamente irreconhecível.

— E agora? Acha que a entrada fica em alguma dessas pequenas cavernas ou algo do tipo? — perguntou ela.

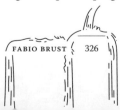

— É possível — respondeu Davi, ainda olhando para o gigante e com a mão no queixo. — Eu vou examinar do outro lado, e você olha aqui.

Ele se afastou, e a jovem aproximou-se das pedras, agachando-se junto de cada uma das pequenas cavernas. Ela começou a se achar um pouco ridícula ao meticulosamente analisar o espaço minúsculo entre algumas pedras, já que não passariam por ali de nenhuma maneira. Duas das cavernas eram grandes o suficiente para ela conseguir entrar. Quando se encaminhou para a segunda, a chuva começou.

Olhou para fora, girando o corpo no próprio eixo. A chuva viera subitamente, como uma onda turbulenta, chegando com vento forte e muita água, que rodopiava para todos os lados e respingava para dentro de onde Sam estava.

— A chuva começou! — gritou ela para fora.

— Ah, sério? — ironizou seu melhor amigo, em uma voz surpreendentemente límpida, apesar de ele estar do outro lado das pedras.

Samanta virou-se para dentro da caverna outra vez.

— Davi? — chamou.

— O quê?

Ela notou que a voz dele ecoava um pouco, o que definitivamente significava que havia uma caverna maior em algum lugar próximo. Sam batucou nas rochas, se sentindo boba logo a seguir por perceber que nenhuma delas faria um som diferente apenas por haver uma galeria por baixo. Continuavam sendo pedras sólidas.

— O que foi? — ele perguntou de novo.

A voz ecoava vindo de nenhum lugar em específico, então Sam começou a tatear os cantos e recuos das rochas, procurando por algum tipo de abertura ou fenda. Parou por alguns instantes e ouviu o barulho de água batendo no chão, o mesmo das pequenas cascatas que se formavam nos dias de chuva a partir do telhado de sua casa ao atingir a calçada. Esse som era ainda mais límpido do que a voz do namorado.

Procurou avidamente por alguma abertura pela qual o som estivesse escapando. Enfim, encontrou uma fenda pequena entre duas pedras pela qual passava uma corrente de ar gelado muito fraca, quase imperceptível. Abaixou-se ainda mais e conseguiu espiar por ela. Não conseguia ver muita coisa, mas enxergava o movimento da água caindo, logo notando que a galeria que existia por baixo das pedras se estendia dos pés à cabeça do gigante, subindo na direção desta.

— Eu encontrei alguma coisa! — disse Sam. — Tem uma caverna maior aqui embaixo, mas não temos como chegar até ela de onde estamos. Eu acho que a entrada é pela cabeça do gigante.

Ouviu a movimentação do melhor amigo, que saiu de onde estava para a chuva. Sam tentou abrir a mochila para pegar a capa, mas não havia espaço para isso, então acabou saindo para a chuva também, ficando ensopada cinco segundos depois.

Correu até a cabeça do gigante, onde Davi já estava ajoelhado, procurando alguma coisa. Ele meteu os dedos nas beiradas da pedra que representava a cabeça, puxando e tentando movê-la.

— Me ajuda. Ela cede um pouco.

Sam também se ajoelhou em meio à terra, enfiando os pés na lama recém-formada e empurrando a pedra para o lado. Só conseguiram na terceira tentativa, e a garota fez tanta força que os sons ao seu redor ficaram abafados e sua cabeça pareceu dilatar por um instante.

A pedra rolou para o lado, apoiando-se em outra e ficando parada. Davi não esperou um segundo sequer. Logo já havia passado pela apertada entrada da caverna. A garota jogou sua mochila para dentro e entrou em seguida.

Teve de se arrastar apenas no começo, pois um metro depois a galeria expandia-se, e a jovem desceu até onde estava Davi. O lugar não estava na escuridão completa, mas a luz que entrava por inúmeras pequenas fendas não era suficiente para deixá-lo iluminado. Por muitas das entradas de luz também descia água da chuva, caindo no chão em jorros.

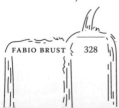

— Na sua lista de equipamentos você lembrou de incluir uma lanterna? — perguntou Sam.

Ele tirou o celular do bolso e ligou a lanterna do aparelho, iluminando o entorno. A caverna não era muito grande – deveria ter, no máximo, dois metros de altura e quatro de largura. O teto era formado pelas pedras do lado de fora, arrumadas de uma maneira que apoiavam umas às outras e, todas, a maior que ficava no centro. Ainda assim, o aspecto não era muito estável, por isso o jovem buscou a mão da namorada, segurando-a com força. A luz branca da lanterna do celular refletia na água que caía, dando a tudo um aspecto bruxuleante. O chão já estava todo molhado – apesar de a chuva ter começado há pouco tempo –, e a água que se acumulara corria na direção oposta à entrada da caverna. Davi iluminou a continuação: um corredor escuro e assustador que penetrava nas entranhas da terra.

— Acho que é naquela direção. Infelizmente.

Samanta concordou com a cabeça, sentindo um arrepio em sua espinha.

Davi olhou para ela, como que para se certificar de que realmente iam encarar a escuridão do corredor, mas não esperou resposta. Os dois avançaram de mãos dadas, já de mochilas nas costas, na direção do breu.

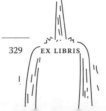

CAPÍTULO QUARENTA E SETE

CAMINHOS TORTUOSOS

TODO O CHÃO ESTAVA MOLHADO, COM A ÁGUA CORRENDO POR debaixo dos pés dos dois e deixando a rocha muito escorregadia. Sam quase caiu duas vezes, e Davi foi ao chão pelo menos uma. Aproximadamente trinta metros em frente, entretanto, a água começava a se canalizar, correndo apenas pelo lado direito do túnel, o que lhes permitia andar com um pouco mais de segurança à esquerda.

O celular de Davi iluminava o corredor cavernoso à frente deles: era um túnel alto o bastante para que andassem ligeiramente abaixados, o que logo fez com que suas costas doessem. Em alguns pontos havia colunas rústicas esculpidas na pedra, que deixavam o caminho mais estreito, forçando-os a caminharem muito próximos um do outro para conseguir passar. Também havia estalactites, que por vezes eram tão compridas que quase tocavam o chão. Talvez fossem colunas, um dia, mas a ação da água desgastara suas bases.

— Está sendo um pouco menos glamouroso do que eu tinha imaginado — resmungou Davi, apontando a luz do celular para lá e para cá.

— O que você esperava? Um tapete vermelho?

— Não necessariamente, mas alguma luz no corredor não faria mal.

Sam concordou com a cabeça, mesmo que ele não conseguisse vê-la atrás de si. Andaram pelo menos mais meio quilômetro no escuro total. A garota já estava se sentindo claustrofóbica quando finalmente viram uma luz fraca à frente.

Caminharam rápido até ela, mas era apenas uma pequena fenda na pedra, à direita de ambos, pela qual não conseguiam ver nada. Davi desligou a lanterna para descobrir se já conseguiam enxergar melhor, e perceberam que havia mais luz à frente, em fendas cada vez maiores no corredor.

Depois, as fendas eram tão grandes que começavam a se parecer com janelas. Em meio às outras rachaduras e degraus na rocha, as janelas deviam ficar praticamente invisíveis. Ainda assim, de onde estavam, a vista era esplêndida: elas se abriam no paredão e permitiam ver os rochedos em meio à chuva e ao vento do lado de fora.

Davi espiou por uma das aberturas, olhando para baixo e recuando logo em seguida. Sam olhou também e se apavorou com a queda vertical à beira da qual estavam.

— É incrível — disse Sam, em voz baixa, abraçando-se a Davi, com frio por estar completamente molhada. Ele passou o braço por cima dos ombros dela, e eles seguiram em frente juntos, tentando se aquecer.

Gradativamente, as janelas foram tomando forma e, em determinado ponto, ganharam pequenas colunas ornamentadas. O arco tornou-se mais delicado, e o beiral, mais pronunciado. Na arquitetura do lugar, identificaram um estilo que conheciam através de ilustrações da antiguidade, mas estas colunas tinham um aspecto mais único, sem assumir uma identidade específica. Sam passou os dedos pela pedra. Tudo havia sido esculpido diretamente nela.

O próprio corredor também foi, aos poucos, se transformando de uma caverna em um lugar que claramente sofrera interferência humana. O chão tornou-se mais regular e, embora a água da chuva continuasse correndo, agora descia por uma canaleta específica no encontro do chão com a parede.

Caminharam por mais alguns metros até chegar ao fim do corredor. Era apenas uma parede de pedra lisa.

— Ah, ótimo — disse Davi, desanimado. — Andamos até aqui para dar em um beco sem saída.

Ainda assim, ele tateou as paredes, olhou para a janela mais próxima, examinou a placa de pedra à sua frente. No lado esquerdo, encontrou algumas falhas na rocha e alguns sinais que pareciam ser resultantes de uma raspagem na pedra. Ele olhou para a garota, incerto, mas empurrou um dos lados da parede, que girou em um eixo central, abrindo caminho dos dois lados. Uma forte corrente de vento começou a soprar.

Ela sentiu o corpo inteiro tremer e apertou o casaco em volta de si mesma. Davi estendeu-lhe a mão, e os dois passaram por um dos lados da porta de pedra.

Aparentemente haviam chegado a um poço, pois havia uma área circular em torno da qual havia janelas, como no corredor. Davi espiou por cima do parapeito e soltou o ar.

— Nossa! — exclamou.

Sam aproximou-se também e precisou segurar-se no parapeito para não perder o chão. O poço descia vertiginosamente, com uma escada em espiral o contornando até o fundo distante, sobre o qual havia o mosaico de uma pena. As janelas acompanhavam a escada até lá. No topo, via-se uma abertura no teto de pedra – parecida com o que formava o gigante por onde haviam entrado –, de onde caía uma cascata de chuva, que chegava ao fundo e respingava para todos os lados, o som ecoando alto em seus ouvidos.

— Quer dizer que temos que ir até o fundo do poço? — perguntou Sam, olhando para o fundo mais uma vez.

— É o que parece. — Davi avançou para o primeiro degrau da descida e pisou no seguinte. — Os degraus são bastante altos, precisamos tomar cuidado. E tá tudo meio molhado, então é melhor irmos devagar.

Ela concordou com a cabeça e segurou-se na mão dele para descer.

Na descida, encontraram patamares nos quais podiam parar e olhar novamente para a arquitetura surreal do lugar, daquela torre invertida que mergulhava na terra e levava até sabe-se lá onde. Demoraram muito mais tempo do que deveriam para chegar ao final, tudo porque era impossível manterem-se alheios ao que os rodeava. Era inimaginável que estivessem em um lugar como aquele, ou que ele sequer existisse.

— Como é que os *Ex Libris* chegam nas mãos das pessoas? — perguntou Sam. — Eu não acho que venha um carteiro aqui todas as semanas recolher os livros para levar para sebos em cidades distantes.

— Por mais que seja difícil de chegar à biblioteca, sabemos que pelo menos uma pessoa já veio até aqui. E eu duvido que não tenha havido muitas mais — disse Davi, espiando para fora das janelas da escada.

— E será que todos os livros saíram daqui através dos... personagens das histórias dos *Ex Libris*?

O jovem deu de ombros.

— E o que essas pessoas vêm fazer aqui?

— Talvez o mesmo que nós. — Ele virou-se para ela, sério.

— Você acha?

— Talvez. — Ele voltou a olhar para as escadas e recomeçou a descer. Já não faltava muito para o final. — E, quem sabe, se for verdade, isso signifique que há muitas histórias com as quais as pessoas não concordam. E não temos como saber se alguém já conseguiu mudar um destino.

— O que significa que há metade das chances para qualquer das hipóteses.

Davi parou outra vez e, em um degrau abaixo dela, virou-se e encarou-a. Por um instante, ele pareceu muito pequeno, muito inseguro e frágil, diferente de como ela costumava enxergá-lo. Sentiu uma estranha vontade de abraçá-lo e de ficar onde estavam: em um dos patamares daquela escada em espiral, embaixo da terra. Só queria esquecer de absolutamente tudo e se esconder ali para sempre.

— Então, por que eu sinto que tudo isso não vai dar em nada?

— Não temos como saber se não tentarmos, Davi.

Ele balançou a cabeça, desanimado.

— O que diferencia a nossa da história de qualquer outra pessoa? — perguntou ele. — O que me faz tão diferente a ponto de o Escrivão aceitar mudar meu destino, mas não o da esposa do irmão do Álvaro?

— O irmão dele nunca chegou à biblioteca.

— Será? E se ele tiver chegado, mas não tiver conseguido alterar o destino? — questionou o rapaz, e ela viu que uma lágrima correu de seu olho, praticamente invisível pelo fato de os dois ainda estarem molhados. — Ele morreu antes da mulher, tentando mudar o final do livro dela. E se ele tiver morrido *aqui*?

— Você está sendo paranoico.

— Não estou — respondeu ele. — Se está escrito, vai acontecer. Nós fomos incapazes de mudar qualquer coisa do meu livro. O sebo pegou fogo; Rosa morreu; nós sofremos um acidente. Até as pequenas coisas... nós chegamos até a usar o livro como guia!

— E não usamos mais, depois disso — replicou a garota.

— Tudo que estava nele aconteceu! — insistiu Davi, a voz instável. — Absolutamente tudo. Quem sabe, virmos até aqui seja apenas selarmos o meu destino.

Apesar de ter sentido durante o caminho todo que estavam chegando perto demais de ver o desfecho do livro de Davi se tornar real, Sam manteve a postura que prometera a si mesma que teria. Ela não queria desencorajar o namorado na mais decisiva jornada de sua vida. Por isso, segurou as mãos dele com força, impedindo-o de falar qualquer outra coisa e de continuar gesticulando. A garota puxou-as para sua boca e beijou os dedos dele, um a um, colocando as palmas dele contra seu peito em seguida.

— Davi, não importa o que aconteça, não importa se o final do livro pode ser mudado ou não. Nós ficaremos juntos — disse ela, em voz baixa, quase inaudível por conta do som da água que caía perto deles. — O final da sua história está em aberto, e a minha está em branco. Isso pode ser o suficiente para justificar a nossa vinda até aqui, e a possibilidade de mudar o seu... os *nossos* destinos.

Ele abriu a boca para protestar, para argumentar a partir de seu medo, mas ela não o deixou falar. Forçou-o a se virar e a continuar.

— Não vamos desistir agora.

Davi olhou por cima do ombro para ela, anuindo, e continuou descendo os degraus altos da escada estreita.

Alguns minutos mais tarde, alcançaram o fundo do poço e olharam para o topo distante e todos os patamares que haviam superado. O mosaico do fundo estava desgastado e também havia uma depressão no centro, onde a água caía toda vez que chovia, de forma que podiam ver a rocha original por debaixo. Demoraram-se apenas um instante ali, pois viram que havia um novo corredor em frente, novamente em meio à escuridão.

Davi ligou a lanterna de seu celular mais uma vez. O corredor fazia uma curva a poucos metros do poço, e o jovem desligou o celular. Havia luz.

— Acho que é aqui — disse ele.

O corredor terminava em um amplo salão esculpido na pedra. Aparentava ter sido uma caverna um dia, lapidada e transformada em um átrio circular enorme, com círculos concêntricos e mosaicos por todo o chão. Havia uma teia complexa de arcos segurando o teto, que se ramificavam a partir de seis colunas uniformemente dispostas no perímetro do lugar. Tudo era atravessado ao meio por um canal que começava no teto – caindo como uma pequena cascata junto de uma parede – e continuava até o outro lado – derramando-se para fora do paredão, na direção do fundo do cânion.

E finalmente, do outro lado do canal, estava a entrada da biblioteca.

A porta de folha dupla ricamente ornamentada, com altos-relevos por toda a sua extensão, indubitavelmente dava acesso aos corredores repletos de livros que contavam as histórias de pessoas ordinárias e extraordinárias. Duas colunas menores ladeavam a porta aberta, mas tudo o que conseguiam ver do interior eram pequenos focos de luz amarelada bruxuleantes no escuro. De dentro também fluía água, não exatamente em abundância, mas o suficiente para que se perguntassem o que justificava que uma biblioteca mítica como aquela estivesse vazando.

— Acho que sim — concordou Sam, tempo demais depois de Davi falar para ser considerada uma resposta.

Era, antes, um pensamento expresso em voz alta, como se fosse impossível não atestar que se tratava, de fato, do lugar ao qual queriam chegar durante todo aquele tempo. Atestar que era *real*.

— Estamos aqui! — disse Davi, abrindo um sorriso, apesar do tom triste que estivera em suas palavras há pouco, no poço. — Nem dá pra acreditar que esse lugar existe de verdade. É como se nós tivéssemos... ultrapassado um portal pra outra dimensão em algum momento sem que percebêssemos.

A garota concordou. Estavam em um daqueles lugares místicos do planeta que não parecem pertencer a ele.

— Por que tem água saindo de todos os lados, inclusive de dentro da biblioteca? — perguntou Sam, aproximando-se do canal e o analisando.

Não havia propriamente uma ponte entre os dois lados. A distância entre ambos não era grande, mas não seria possível saltar de um lado para o outro, ou nadar, devido à força da correnteza. A garota percebeu que todo o salão parecia um pouco inclinado na direção da fenda na rocha pela qual a água escapava.

— Acho que tem muito a ver com a chuva — disse Davi, examinando o rio e a água que tomava o chão, saindo também do corredor por onde haviam chegado ali. — Esse lugar é todo furado. Não duvido que também tenha buracos no teto da biblioteca, e por isso a chuva corre pra fora.

— Não faz muito sentido que chova em cima de livros — declarou a jovem.

O melhor amigo assentiu sem pensar muito. Enquanto observavam o entorno, viram um livro subitamente surgir de dentro da biblioteca, carregado pela água, escapar pela porta da frente, cair no canal e desaparecer na cascata. Os dois se entreolharam, surpresos.

— Acho que descobrimos como os livros saem daqui — disse Davi. — Certamente o rio vai dar em alguma cidade. Os livros devem ficar presos em pedras pelo caminho ou chegar ao mar, e alguém os encontra.

Samanta e Davi olharam para a extensão do canal e vislumbraram algumas pedras que faziam o papel de ponte, estrategicamente colocadas no meio da água com a distância de um passo entre si, formando um caminho até o outro lado.

O rapaz jogou com força as duas mochilas para o outro lado, onde elas caíram sem fazer muito som, devido ao tamanho e quantidade de roupas que havia dentro para amortecer o impacto. Depois, deu um ligeiro pulo para cima da primeira pedra e voltou-se.

— Vamos ter que fazer isso um por vez, em cada pedra — disse. — Não tem espaço pra duas pessoas. Você consegue?

Ela mexeu enfaticamente a cabeça em afirmativa, ainda que tivesse algum receio. Sem pensar muito a respeito para não ficar mais preocupada, saltou para a primeira pedra assim que Davi saiu dela, aterrissando tranquilamente.

— Ótimo. — Davi sorriu. — Vamos em frente. Não é muito largo, não deve ser um problema.

Ainda que o espaço entre as pedras não fosse grande, era necessário tomar cuidado com as superfícies muito lisas e o limo que crescia em pequenas fissuras e nas laterais delas. Samanta encarou cada uma como se fosse uma inimiga em potencial, tentando, a todo custo, manter-se firme a cada passo.

Seu namorado subiu do outro lado e estendeu a mão para ajudá-la no final. Os dois viraram de frente para a entrada da biblioteca.

— O que serão todas essas imagens nas portas?

Mesmo que toda a caverna e o caminho até ela fossem colossais, sua beleza não chegava aos pés das portas duplas da Biblioteca do Destino. Como nos livros que ela continha, suas bordas eram douradas, e uma moldura de ouro trazia inscrições antigas em idiomas que eles não conseguiam compreender. Dentro das molduras havia símbolos diversos, páginas, penas e ampulhetas que pareciam contar uma história – mesmo que eles não fizessem ideia de qual era.

— Está pronta? — perguntou Davi, olhando para a namorada.

Ela agarrou a mão dele e concordou com a cabeça.

— Então vamos.

E, de mãos dadas, os dois atravessaram as portas e entraram na Biblioteca do Destino.

CAPÍTULO QUARENTA E OITO

OS LIVROS DO DESTINO

OS LIVROS
DO DESTINO

AO CONTRÁRIO DO QUE SE PODERIA ESPERAR, AS ENORMES POR-tas não se fecharam com estrondo assim que eles passaram. Elas não os aprisionaram no interior daquele lugar ancestral e misterioso, obrigando-os a vagar até a morte por entre os corredores infinitos repletos de livros. Quando olharam para trás, quase ansiosos pelo baque assustador que elas fariam, as portas permaneceram abertas, convidando-os a desistir e voltar pelo rio, pelo poço, pelo corredor e de volta para suas vidas normais.

Não se permitiram aceitar o convite.

Encararam o ambiente à sua frente. Um salão colossal, com corredores intermináveis de estantes altíssimas. Cada detalhe era banhado pela luz amarelada de velas simples sobre pedestais altos, além de uma aura esbranquiçada e enevoada da claridade que entrava por outros buracos no teto. Os orifícios ficavam muito distantes entre si, mas também jorrava água da chuva, que corria por todo o chão.

Havia um silêncio ensurdecedor no ambiente, como o que se experimenta em uma sala à prova de som. Era como se barulho algum fosse digno de macular a divindade do lugar, incapaz de sobrepujar a imensidão da Biblioteca do Destino ou a importância de todas as histórias contadas nos livros que se enfileiravam na eternidade daquelas estantes.

Samanta, enfim, largou a mão de Davi e, assoberbada, avançou na direção de uma delas.

Os dedos ágeis e finos correram pelas lombadas dos livros cuidadosamente organizados na estante. As unhas curtas, machucadas pelos incidentes do caminho, arranharam os títulos dourados no dorso daqueles exemplares esquecidos, repletos de nomes antigos e histórias há muito não contadas.

Virou-se para Davi.

— É inacreditável — sussurrou, como se qualquer som mais alto pudesse desencadear uma avalanche.

Ele deu dois passos à frente, mas parou novamente. Seus olhos perscrutavam aquela biblioteca gigantesca e acompanharam o caminho que se estendia à frente: inúmeras, incontáveis fileiras de estantes que se estendiam até o horizonte do fim da sala, que ele não conseguia imaginar o quão longe ficava. A luz das velas, numerosas, ia se dissolvendo na escuridão em frente e, em determinado ponto, estavam tão longe que nem chegava a seus olhos.

— Você acha que as histórias de todas as pessoas do mundo estão aqui? — perguntou o jovem.

— Eu não faço ideia. Mas já imaginava que uma biblioteca que contivesse as histórias de todo mundo seria grande.

— Mas não é grande — disse Davi. — É titânica. É um gigante adormecido.

Ouviram o som de pássaros. O teto era tão alto que parecia haver outra atmosfera no interior da biblioteca. A revoada passou por cima de algumas estantes a alguns metros de onde estavam, suas sombras passando rapidamente pela frente da luz difusa que entrava pelos buracos no teto.

Subitamente, com os olhos mais acostumados à semiobscuridade do lugar, os dois viram que havia árvores no teto que haviam crescido, por algum motivo, de cabeça para baixo, inclinadas na direção da luz do dia em meio à água da chuva ininterrupta. Cipós pendiam até quase tocar o topo das prateleiras de livros, e, onde não havia outras plantas, trepadeiras preenchiam o espaço.

— Isso é surreal — disse Sam. — Eu nunca vi nada assim.

Davi concordou com a cabeça.

Não se sentiam plenamente aptos a continuar. Aquele território parecia sagrado.

— Não foi assim que eu imaginei. O que o Goularte escreveu é totalmente diferente — disse a garota. — Eu não tinha ideia de que era tão grande.

Davi tocou cada um dos níveis das prateleiras até onde alcançava e contou até o topo. Eram cinquenta andares de livros enfileirados, cada um com uma lombada de tamanho diferente. Alguns eram muito grossos. Outros, desesperadoramente finos. Não havia nenhuma folga entre eles. Todos os livros que deveriam estar ali, *estavam* ali. Longas escadas ornamentadas corriam por trilhos presos à base e ao topo das estantes para dar acesso aos volumes do alto. Como o metal estava enferrujado, Sam não achava que as escadas ainda pudessem ser movimentadas.

O garoto tirou um livro da estante e o abriu.

— De quem é? — perguntou Sam.

— Não é bem essa pergunta que você deveria fazer — disse ele, passando os olhos pelas primeiras páginas, onde havia as iniciais da pessoa a quem pertencia aquele *Ex Libris*.

Ele folheou até encontrar a primeira entrada do texto.

A garota aproximou-se e puxou o volume para si. A data de nascimento marcada era de três séculos antes.

— Mil e setecentos? — perguntou ela, arregalando os olhos e encarando Davi.

Eles tiraram alguns outros livros do lugar e os compararam. Todos possuíam datas muito antigas. Devolveram-nos aos seus lugares em seguida e se entreolharam.

— Nós sabemos que os livros recentes saem daqui de alguma maneira — disse o rapaz. — Os antigos estão, obviamente, muito bem acondicionados.

Viram outro livro deslizando pela água na direção da porta aberta da biblioteca. Davi adiantou-se e pisou em cima dele para impedi-lo, apavorando a garota com sua falta de cuidado.

— Eu sei que esses livros são indestrutíveis, mas não precisa exagerar — ela disse, chegando mais perto dele enquanto ele se abaixava e pegava o *Ex Libris*.

Quando Davi abriu a capa, ela estava pingando. Ele virou a primeira página e ela estava ensopada por ter submergido na água quando ele pisara no volume.

— Parece que não são tão indestrutíveis assim.

Sam examinou as páginas do exemplar, as bordas molhadas e a tinta ligeiramente manchada em alguns pontos.

— Não faz sentido — disse. — Meu livro ficou no sebo durante todo esse tempo. Ele sobreviveu ao incêndio e às chuvas. Mas este...

— Deve ser o lugar — disse seu melhor amigo, largando o livro de volta na água e deixando-o fugir da biblioteca. — Foi o que o Álvaro disse: quem sabe o fato de eles serem criados aqui signifique que também podem ser destruídos aqui.

Com uma curiosidade mórbida, o jovem voltou para a estante onde estavam antes e tirou dela um livro aleatório. Foi até uma das velas acesas e o abriu, deixando as folhas sobre a pequena chama. Ela se multiplicou sobre o papel em poucos segundos, então Davi fechou o livro e jogou-o no chão, pisando sobre ele para apagar as chamas, um pouco de fumaça escapando na direção do teto.

O garoto sorriu para a namorada.

— Sabe o que isso significa?

Ele foi até as costas de Sam, abrindo o zíper de sua mochila, tirando os dois livros que os haviam levado até aquele lugar e olhando para suas capas de couro com o maldito título em dourado.

— O que você está pensando? — perguntou Sam, tentando se virar.

— Essa pode ser a solução! — disse ele. — Se o nosso grande problema era minha morte estar escrita, podemos resolver isso aqui e agora. Quando meu livro deixar de existir — ele foi na direção da mesma vela, abrindo seu livro na direção do fogo —, minha morte volta a ficar em aberto, não é?

Sam olhou para ele, irrequieta.

— Eu não sei se é assim que funciona, Davi.

— Por que não seria? Se eu não tiver um livro, minha história vai ser como a sua — ele pôs as folhas sobre o fogo. — Vou ser livre.

A jovem se encolheu um pouco quando ele pôs o papel sobre a vela. O livro não pegou fogo.

Davi tirou-o de cima da chama e colocou novamente. E outra vez.

Ele olhou para ao livro em suas mãos, então empurrou-o sobre a vela. A chama se extinguiu, e mesmo assim o exemplar não sofreu qualquer dano. Ele se abaixou e colocou o livro na água, mas ele também não passou por qualquer mudança.

Sam aproximou-se muito devagar. Davi olhou para o *Ex Libris*, incólume, e então segurou com força o livro da garota. Quando colocou o papel na água, ele ficou molhado.

— Eu não consigo ler o meu livro e também não consigo destruí-lo — refletiu, em voz baixa. — Mas *você* consegue, Sam.

Ele fechou o livro dela e entregou o próprio nas mãos da melhor amiga, que encarou a capa, dividida. Davi andou até outra vela acesa e esperou ao lado dela.

— Não sei se eu consigo fazer isso — disse Sam.

O garoto voltou para a jovem e segurou sua mão com convicção.

— Eu preciso que você tente.

— Não foi para isso que viemos até aqui — disse ela, relutando a ir até a chama, ainda que Davi a puxasse naquela direção. — Nós viemos para resolver o final do jeito certo. Precisamos falar com o Escrivão.

— E onde ele está? — perguntou Davi, fazendo um gesto para o entorno. — A biblioteca está abandonada!

— Nós não sabemos.

— Está vendo alguém?

— Os livros continuam sendo escritos, então eles devem vir de algum lugar — insistiu Sam, soltando o braço da mão do namorado e apertando o *Ex Libris* contra o peito. — Eu não vou fazer isso desse jeito.

Davi ficou parado em frente a ela.

— Você *precisa*.

— Não, eu não preciso — respondeu ela, tirando o próprio livro das mãos dele e olhando para as capas. — Isso pode até não significar nada para você, mas... é muito importante pra mim.

— Eu *odeio* esses livros — disse ele, o sentimento trazido à tona na rudeza de suas palavras.

— Eu não posso simplesmente botar fogo no seu livro e esperar que tudo se resolva. Acho que nós dois já sabemos que as coisas não são tão simples assim.

Ele deixou os ombros caírem.

— Além disso, as nossas histórias não são solitárias — disse Samanta. — Pode até ser que a sua história não esteja escrita na minha, como nós esperávamos, mas ela está escrita na de outras pessoas. Mesmo que o seu livro não exista mais, o seu final continuará escrito em outros livros e continuará acontecendo.

— Podemos botar fogo em *tudo*.

Samanta encarou Davi com seriedade, mas não sabia dizer se ele estava falando sério ou se era uma brincadeira.

Por fim, ele balançou a cabeça, desapontado, e devolveu o livro para a dona, deixando os dois sob o cuidado da melhor amiga. Sam examinou as bordas úmidas de seu livro e constatou que a parte interna das páginas não havia molhado. Guardou-os dentro da mochila.

— Qual é o próximo passo, então? — perguntou o namorado.

— Encontrar o Escrivão. — A garota voltou-se para o corredor principal e para o fluxo de água por onde haviam visto os livros escaparem. — Se seguirmos o sentido contrário dos livros fugitivos, vamos encontrar os mais recentes.

O jovem concordou com a cabeça, e os dois começaram a andar na direção do coração da biblioteca.

O corredor principal era largo, e eles logo deixaram de contar as estantes pelas quais passavam, perdendo de vista a entrada do lugar. Começaram a ficar um pouco preocupados com a possibilidade de a porta se fechar enquanto não a viam, prendendo-os lá dentro. Por outro lado, os livros só saíam dali porque a porta estava aberta – o que, aparentemente, acontecia há anos, então a porta devia estar aberta há um bom tempo.

A atmosfera interna do lugar estava úmida. As inúmeras cascatas desaguavam somente em corredores formados pelas prateleiras, nunca sobre elas. De vez em quando aproximavam-se dos livros para descobrir qual era a data marcada neles, avançando pelos séculos muito lentamente. Quanto mais longe chegavam, mais devagar os anos passavam.

— Há mais pessoas e mais histórias do que antigamente — comentou Davi.

— Que tamanho você acha que esse lugar tem?

— Não faço ideia. Mas não me surpreenderia se fossem quilômetros. — Ele olhou ao redor mais uma vez. Era difícil não se assombrar toda vez que olhavam para cima.

— Como é que uma pessoa sozinha conseguiria escrever todas essas histórias? — perguntou Sam. — Ainda mais hoje, com tanta gente no mundo. Quem sabe no começo dos tempos fosse diferente. Mas e atualmente?

— Quem sabe seja por isso que haja livros em branco. — Davi deu uma risadinha.

Outro livro fugitivo surgiu no fluxo de água, e Sam abaixou-se para agarrá-lo no meio do caminho. Era um livro fino, e, quando ela o abriu, a história não se alongava muito. Os parágrafos eram curtos e relaxados, e a narrativa terminava abruptamente com um final tão incerto quanto o de Davi.

— Acha que isso pode significar alguma coisa?

— Provavelmente sim — disse ele. — Mas não sei o quê. Quem sabe o tal Escrivão possa nos dizer o motivo de sua escrita estar deixando a desejar nessas histórias recentes.

Sam ficou tentada a guardar o livro em algum lugar, protegê-lo de alguma maneira, mas não sabia como fazê-lo. Espiou a estante mais próxima, em busca de um refúgio para ele, mas não havia espaço algum. Davi percebeu sua dúvida, então tirou o exemplar de suas mãos, jogando-o de novo na água para que escapasse da biblioteca.

— Deve ser o destino dele.

Ela captou a ironia na voz do jovem, percebendo que tratava-se de um mecanismo para se proteger. Era evidente que ele estava nervoso.

Seguiram em frente pelo corredor, passando pelas incontáveis estantes e olhando para todos os lados, incapazes de ver o final da biblioteca em qualquer direção. Seria fácil perderem-se ali dentro, principalmente se o lugar fosse um labirinto, como Goularte narrara em sua história. Samanta estava feliz por poder seguir sempre em frente e saber que, para fugirem, bastava correr em linha reta para fora. Ainda que a linha reta fosse muito, muito longa.

Não viram nenhum outro livro fugitivo por algum tempo. Ainda que houvesse muitos *Ex Libris* espalhados por sebos e mansões aleatórias em cidades distantes, proporcionalmente eram poucos os volumes que saíam dali.

— Veja.

Davi apontou para a frente e, em meio à aura enevoada do lugar, Sam conseguiu vislumbrar um vulto, sem uma forma definida, assomando do chão. Os dois se entreolharam, mas, ao chegar mais perto, perceberam que eram apenas livros. *Muitos* livros. Todos empilhados, de maneira desajeitada e caótica, caídos uns por cima dos outros e espalhados pelo chão. As capas escuras de couro traziam todas o mesmo título, embora as iniciais fossem sempre diferentes.

— Devem ser esses.

Não viram alternativa que não andar por sobre as obras para continuar avançando, mesmo que o coração da garota apertasse a cada passo. Davi parecia até um pouco satisfeito por poder pisar em um mar de livros daqueles, e Sam até captou uma sombra de sorriso em seu rosto por conta disso.

As estantes seguiam em frente apenas por mais alguns metros. E então restava apenas aquela montanha de livros, que eles perceberam estender-se para todos os lados. Em frente os livros subiam e se empilhavam em uma rampa bastante íngreme e perigosa.

— Suponho que temos que seguir para cima — constatou Davi.

— Imagino que sim. O Escrivão não estaria em um lugar fácil de chegar, não é?

Ele deu de ombros, e os dois começaram a subir.

Como haviam imaginado, tudo era muito escorregadio. Além de haver água caindo diretamente sobre os livros e levando alguns consigo, as capas eram escorregadias. Quando pisavam sobre os volumes, os objetos se espalhavam e abriam, então os jovens perdiam o equilíbrio e caíam por sobre a montanha, tentando não escorregar por todo o caminho que haviam subido.

Davi escorregou uma décima vez e revelou pedra por baixo da montanha de livros.

— Será... um degrau? — refletiu ele, puxando outros exemplares para o lado e descobrindo uma escada por debaixo daquilo tudo.

— A ideia é mesmo subir, pelo jeito — disse Sam.

O namorado tentou avançar, tirando os livros do caminho e liberando os degraus, sem sucesso. Dava muito mais trabalho do que levantar-se toda vez que caía, então ele desistiu, e os dois continuaram o caminho, subindo pelos livros e desabando de vez em quando.

A montanha escasseou logo à frente, e a larga escada apareceu em meio a ela. De onde estavam, conseguiam ver uma porta e uma janela na parede de pedra. Havia um livro fragilmente apoiado na borda da janela e, enquanto olhavam, ele perdeu o equilíbrio e caiu, acertando a rampa com os demais volumes e derramando a si mesmo e a inúmeros outros na direção do chão, lá embaixo. Os dois examinaram tudo e concordaram que aquela era, de fato, a maneira como os *Ex Libris* chegavam ao lado de fora da biblioteca, ao "mundo real".

Subiram os vinte degraus que faltavam até a porta. A abertura era simples, embora dupla, feita de madeira maciça, com rebites prateados e uma maçaneta antiga que consistia apenas em um puxador, espelhado em cada folha. Na soleira havia um cadeado enorme, aberto e pousado com cuidado em um canto sobre uma corrente grossa.

— Estamos aqui. — Davi estendeu a mão para Sam, e ela a agarrou rapidamente, sentindo seu coração bater com força.

— Estamos aqui — ela concordou.

Ficaram na dúvida a respeito do que deveriam fazer. Davi ergueu o punho para bater, mas, em seguida, apoiou a mão sobre a madeira e olhou para a garota, pedindo que ela fizesse o mesmo. E ela o fez.

Os dois empurraram com força. Finalmente haviam chegado ao seu destino.

CAPÍTULO QUARENTA E NOVE

TERMINAL

A PORTA SE ABRIU DEVAGAR; A FORÇA QUE PRECISARAM FAZER
para movê-la era muito maior do que haviam imaginado. O caminho, então, se revelou à frente deles e, embora uma parte deles desejasse que não tivessem de fato chegado até ali, era aquele o lugar onde deveriam estar.

Tratava-se de uma comprida câmara de pé-direito baixo, completamente esculpida na pedra, cujo teto era suportado por colunas junto das paredes. As velas estavam ali outra vez, a intervalos pequenos, iluminando o lugar com sua luz amarela e laranja. Um longo tapete esverdeado se desenrolava até o final da câmara, onde ficava uma mesa e uma cadeira.

E na cadeira estava um homem.

Sam apertou a mão de Davi com ainda mais força – os nós de seus dedos já estavam brancos, e ela notou que, os de Davi, também. Prenderam a respiração.

O homem, entretanto, não pareceu notar que os dois estavam ali.

Davi olhou de esguelha para a namorada, e nenhum dos dois fez qualquer movimento por alguns instantes. Havia um silêncio solene no interior da câmara, embora menor e menos imperioso do que na biblioteca.

O homem estava encurvado sobre um livro, escrevendo.

Ao contrário do que haviam imaginado, ele não era velho. Tratava-se de um homem de aproximadamente quarenta anos de idade e sua barba não era comprida ou branca. Sua pele era negra e suas mãos moviam-se com alguma agilidade pela página – ainda que fosse possível ver delicadeza nos floreios que elas faziam e uma certa crueza na forma como ele virava as folhas de papel. Ele vestia uma túnica roxa. Havia muitas velas ao seu redor, na mesa, iluminando seu trabalho. E, em sua mão, viram uma longa pena de algum pássaro exótico, listrada de preto e branco.

Antes que qualquer um dos dois falasse alguma coisa, o escritor se levantou e levou o livro em que estivera trabalhando até a janela ao lado deles, sem erguer os olhos por um instante que fosse.

351 EX LIBRIS

Não aparentava tê-los visto. Ele o colocou no interior da janela, onde havia um mecanismo giratório. O homem acionou o mecanismo, que girou e levou o livro para o outro lado. Sam e Davi o ouviram caindo do lado de fora, deslizando até o chão da biblioteca. O escritor voltou-se e retornou para a mesa. Ele pegou outro livro de uma pilha ao seu lado e abriu-o na primeira página, recomeçando a escrever.

Davi olhou para Sam novamente e abriu a boca para falar.

— Qual é o teu nome? — perguntou o homem, antes que o jovem falasse.

— Davi Ferreira da Rocha.

— O *teu* nome. — Ele apontou para a garota com a pena, ignorando sumariamente o nome de Davi.

— Samanta Vidal — ela respondeu, incerta.

— Você é o Escrivão? — perguntou Davi.

Ele não respondeu, mas parou de escrever e ergueu a cabeça. Seus olhos eram muito brilhantes.

— Tu és uma escritora?

Samanta não esperava ser confrontada com essa pergunta naquele lugar e momento, mas ficou surpresa com a facilidade com a qual a resposta saiu de seus lábios:

— Sim.

O homem sorriu. O sorriso em seu rosto parecia genuíno, e seus olhos não mostravam maldade alguma – como eles imaginavam que a entidade responsável pelo destino de todos os seres humanos poderia demonstrar. Ele parecia apenas uma pessoa qualquer e estava feliz por vê-los.

— Você é o Escrivão? — Davi perguntou mais uma vez.

— Estás vendo mais alguém aqui? — perguntou o homem, um pouco rude.

Sua voz era ligeiramente rouca, como se não falasse muito, mas clara e audível. Soava como se qualquer coisa que ele dissesse pudesse ser entendida, simultaneamente, como uma sugestão e uma ordem.

As sobrancelhas de Davi se uniram no meio de sua testa, em algo como uma mescla de respeito e irritação. Samanta afrouxou um pouco o aperto em sua mão.

— Então é você o responsável por escrever todos esses livros? — perguntou Sam, sinalizando com a mão a porta pela qual haviam entrado.

Ainda estavam a uns bons metros da mesa e do homem.

— Não todos. Os mais antigos são de outros Escrivães. Os meus são só a partir do último século até o começo desse. — O Escrivão deu de ombros, então pousou a pena ao lado do livro que estava escrevendo e fechou-o. — Foram duas décadas a mais do que o previsto. Vocês chegaram atrasados.

O Escrivão levantou-se com o livro e a pena na mão, parou à frente dela e colocou ambos em suas mãos relutantes, dando-lhe dois tapinhas no ombro.

— Tu sabes o que fazer. Boa sorte.

O homem, então, se afastou e foi na direção da porta aberta da câmara, saindo por ela e desaparecendo do lado de fora. Sam e Davi olharam, apavorados, um para o outro, e então correram para fora.

— Como assim? — perguntou Davi, sua voz ecoando no interior da biblioteca.

O Escrivão estava parado nos degraus, olhando para a pilha gigantesca de livros junto da escada, as mãos na cintura. Ele virou-se e olhou para eles.

— Perdão?

— O que você quer dizer com isso? — perguntou o jovem, descendo os degraus até ele. — Seja o que for que você queira de nós, não foi para isso que viemos até aqui. Você nem ao menos nos escutou.

— Não foi para isso que *tu* vieste até aqui, mas *ela*, sim. — O escritor meneou a cabeça na direção da garota. — Ela é uma escritora.

— E só por isso devo assumir o seu papel? — perguntou ela, mostrando o livro e a pena.

Ela levou ambos para o homem e tentou devolvê-los. Ele pegou o livro, mas descartou-o na pilha ao seu lado.

— Não, claro que não — ele disse, condescendente. — Deves assumir o meu papel porque é o teu destino.

Ele empurrou alguns livros com o pé para liberar o degrau e conseguir descer.

— O meu livro está em branco — disse Sam, puxando-o de dentro de sua mochila e mostrando-o aberto para o Escrivão. — O meu destino está em aberto.

— Só porque não está escrito, não quer dizer que não seja teu destino — ele respondeu, desvencilhando-se das páginas em branco. — E, de qualquer maneira, tu não precisas me mostrar esse livro. Eu sei quem tu és. Me lembro perfeitamente bem de ter deixado teu livro em branco.

Ele parou de limpar os degraus e fez um sinal para a pilha de livros.

— Por sinal, a maior parte desses livros está em branco. O que significa que tu não és tão especial quanto pensas.

A jovem respirou forte, indignada.

— E o que isso significa? Qual é o objetivo disso?

O homem virou-se outra vez, erguendo uma sobrancelha.

— Os bibliotecários não explicaram nada a vocês na entrada?

— Que bibliotecários? O lugar está deserto! — disse Davi, sua voz ecoando mais uma vez, como que para confirmar o que ele dissera.

Os olhos do escritor exploraram o lugar, passando pela pilha de livros e pelas cascatas de água que caíam do teto, pelas árvores, cipós e trepadeiras que se espalhavam por ele. Também escutou os sons dos pássaros que fizeram seus ninhos nos recantos das pedras. E, então, ergueu os olhos para a porta de sua câmara e para um recuo na pedra que havia acima, que nenhum dos dois amigos percebera antes.

— Não há ninguém — ele murmurou, sua voz assumindo um tom mais pesado e sério.

O homem subiu os degraus e foi até a porta da câmara. Ele se abaixou e pegou nas mãos o pesado cadeado que os dois haviam visto sobre a corrente grossa. Nenhum dos dois jovens soube o que fazer ou dizer, então limitaram-se a observar o Escrivão. E o homem ficou abaixado por um minuto inteiro, olhando para o objeto inanimado, esperando que ele lhe confidenciasse um segredo.

— Há quanto tempo estou livre? — perguntou ele, mas em voz baixa, e parecia estar falando consigo mesmo.

— Você... estava *preso* nessa câmara? — questionou Sam, inclinando-se de leve na direção dele.

Quando o homem olhou para ela, seus olhos brilhavam ainda mais do que antes.

— Ninguém em sã consciência se tornaria Escrivão por vontade própria — ele disse, com a voz calma, mas com uma nota de fúria no fundo, que eles conseguiam sentir na aura dele. — Ninguém gostaria de escrever as histórias alheias por um século, incapaz de fazer qualquer coisa com a própria vida.

— Você *estava* preso.

Ele largou o cadeado, que caiu sobre a corrente grossa com um baque surdo.

— Cada Escrivão deve cumprir com seu dever durante um século — disse ele, olhando em volta, analisando a biblioteca. — É o que tem sido feito há milênios, das mais diversas maneiras. Somos responsáveis por fazer o mundo girar, por determinar os rumos da história e da humanidade. Nosso papel sempre foi o de encontrar o caminho certo e guiar as pessoas para ele.

Davi cruzou os braços.

— Nem sempre deu muito certo — disse.

— Não. Nem sempre deu certo — concordou o Escrivão, limpando as mangas de sua túnica. — Muitas vezes foram necessárias décadas para corrigir erros que existiam apenas em um livro.

Ele balançou a cabeça, como se percebendo que o que estava dizendo não importava para eles.

355 EX LIBRIS

— Eu nunca quis estar aqui ou assumir esse papel. Imagino que nenhum Escrivão tenha querido — disse. — Mas fomos trazidos para cá pelas nossas próprias histórias, e, a partir do momento em que está escrito, é definitivo.

Sua mão deslizou para dentro da manga da túnica e, de lá, tirou um *Ex Libris* antigo, com o mesmo título dourado na capa e iniciais na parte de baixo. O Escrivão abriu o livro, e ele estava vazio.

— Um livro estar em branco já significou muito — disse ele.

— Significava que a pessoa seria o próximo Escrivão. Ter o poder de tomar suas próprias decisões e criar seu próprio destino é algo especial. Eu apenas não sabia disso. Eu pude fazer o que bem entendia por trinta anos, até perceber que não estava envolvido com ninguém. Eu não estava na história de ninguém. Então o destino me trouxe até aqui.

Ele fechou o livro.

— O trato era que eu estaria livre ao final de um século, mas o Carrasco não cumpriu com sua palavra — ele disse. — Enquanto estiver aqui, eu não serei capaz de envelhecer ou de fazer parte do mundo. Não serei capaz de *viver*.

Seus olhos voltaram a subir para o recuo acima da porta.

— Onde estão eles? Eles abandonaram a biblioteca.

— O que isso significa? — perguntou Davi.

O homem balançou a cabeça devagar.

— Eu não sei.

Ele entrou pelas portas outra vez, apesar de parecer se encolher um pouco ao fazê-lo, como se tivesse medo de ser encarcerado outra vez. Depois, apontou para a mesa, olhando para Sam.

— Tu deves assumir teu destino e escrever o meu — decretou.

— Por que você não escreveu sua própria história? — perguntou Davi, já que Sam aparentava estar paralisada.

— Não achas que eu o teria feito, se pudesse? — perguntou ele. — Há um motivo para que ninguém seja capaz de ler o próprio livro. E o mesmo motivo se aplica à regra de um Escrivão não poder escrever sua própria história. As pessoas são gananciosas.

F.R.B.　356

Ele refletiu por um instante.

— *Eu* sou ganancioso, *eu* sou ambicioso — admitiu. — Eu faria de tudo para ter o poder de mudar meu destino. Mas não tenho. Preciso que alguém o faça por mim. Assim como eu fiz pelo Escrivão que libertei mais de cem anos atrás.

— Mas por que eu? — perguntou Sam. — Você disse que há muitos *Ex Libris* em branco.

O Escrivão concordou.

— Não passou despercebido por mim que algumas pessoas estavam tendo acesso aos seus livros — disse ele. — Eu não sabia exatamente como, mas sabia que isso estava acontecendo. Os livros têm vida própria, sabem? Às vezes, enquanto escrevo, as palavras não parecem estar saindo de mim; é como se estivessem escrevendo a si mesmas. E, relendo as palavras escritas sozinhas, percebi que algumas pessoas os encontravam.

O homem voltou à sua mesa e olhou para as velas acesas. Elas não derretiam e as chamas eram muito estáveis. Ocorreu a ambos que talvez elas nunca se apagassem.

— Foi quando comecei a imaginar que havia algo de errado com a biblioteca. Não achei que não havia mais ninguém aqui, mas sabia que havia algo errado. Com a passagem da data para a entrada de outro Escrivão e o não aparecimento do candidato que eu havia escolhido tive de partir para outras... estratégias.

Samanta e Davi se entreolharam. Seria possível que o candidato fosse Goularte?

— Ao longo dos anos entreguei muitos livros em branco por aquela janela. — Ele olhou para a janela e o mecanismo giratório. — Eu tinha esperança de que alguém, algum dia, aparecesse aqui para me libertar.

"A questão é que não é fácil fazer com que as pessoas cheguem até aqui, principalmente quando nem mesmo o candidato a Escrivão conseguiu. Talvez hoje existam menos motivos para buscá-la, ou, quem sabe, esses livros já não façam sentido. Deve ser por isso que os bibliotecários e o Carrasco abandonaram esse lugar. E eu tentei muito, eu tentei com todas as minhas forças trazer alguém até aqui, alguém para assumir esse fardo. Foi sempre em vão. Foram milhares de livros em branco, mas nenhum foi capaz de me trazer um novo Escrivão.

"Demorei muitos anos para perceber que estivera fazendo isso da maneira errada. Ninguém viria até a biblioteca sem ter um motivo. Sem ter um motivo verdadeiramente forte para guiá-la até esse fim de mundo, até esse pedaço de inferno na Terra."

Ele passou os olhos por Samanta e, então, pousou-os em Davi.

— Por isso eu escrevi a sua história — disse ele.

Então tudo se encaixou.

EX

LIBRIS

CAPÍTULO CINQUENTA

LIBERTAÇÃO

FICARAM EM SILÊNCIO POR UM MOMENTO. ERA UM SILÊNCIO tenso, pesado, que fazia os ouvidos doerem, e o coração de Samanta bater forte e descompassado. Ela não tinha ideia se Davi percebera o real sentido de tudo aquilo, se sentira no âmago – como ela – que haviam sido enganados. As mãos da jovem tremeram, segurando a pena do Escrivão, e ela sentia que alguma coisa dentro de si se quebrara.

Seus olhos baixaram para as mãos de seu melhor amigo, e ela notou que estavam cerradas em punhos.

— Minha história... era só um joguete? Uma estratégia para que você fugisse?

O Escrivão não parecia envergonhado, receoso ou mesmo arrependido. Seus olhos permaneciam muito brilhantes, mas não havia sequer uma sombra de remorso em seu rosto.

— Não é difícil compreender a situação em que eu me encontrava — disse ele, em voz baixa, mas calma e clara. — Depois de cem anos escrevendo as histórias, sem nunca perceber quaisquer consequências, incapaz de fazer com que elas refletissem na minha própria, é impossível não se tornar cínico. Não é minha culpa, sabem? Com o tempo, as pessoas nas histórias viram apenas personagens com as quais brincar de Deus.

— *Brincar de Deus?* — perguntou Davi, elevando a voz.

Sam pousou sua mão no braço dele, tentando acalmá-lo. Mas ela própria sentia-se furiosa.

— Você já sabia que viríamos. Já sabia o que queríamos — afirmou ela.

— Eu não sabia que vocês viriam — negou o homem, lentamente. — Eu apenas *esperava* que isso acontecesse. O livre-arbítrio é complicado. É difícil organizar um mundo no qual as pessoas têm opções. O caos é perigoso.

"Por isso sempre existiram esses livros, e por isso os livros em branco são especiais. A questão é que eu não poderia simplesmente narrar a vinda de alguém até aqui, ou me inserir na história de outra pessoa. Como eu disse, nada que me envolva pode estar escrito. Nada me impedia, porém, de influenciar alguém a partir de outras narrativas.

"Pode não parecer muito simples a princípio, mas, na prática, bastou que eu deixasse um livro em branco e o acompanhasse de outro, que guiasse a história do primeiro em paralelo. Eu precisava de duas pessoas que fossem muito importantes uma para a outra, que não vivessem sem a outra. Pessoas que se conhecessem desde sempre, com uma paixão entre si e... bem, por livros. Eu não posso definir a personalidade de alguém, mas posso moldá-la através dos acontecimentos de sua vida.

"Não foi complicado organizar a sua vida para que o livro em branco estivesse quase tão preenchido quanto qualquer outro devido às outras histórias que se conectam com a sua. Era necessário haver uma conexão profunda entre os personagens, acontecer a descoberta da existência dos *Ex Libris* e da biblioteca, e existir uma razão para a vinda até aqui. A maneira mais garantida de fazer isso era através de uma reviravolta dramática, que pesasse na vida dos dois e os obrigasse a tentar mudar. Mudar o destino."

Ele sorriu – não ironicamente, não cinicamente. Apenas sorriu, seus olhos brilhantes tirando todo o foco de sua boca.

— Eu preferiria não precisar fazer isso. Preferia não ter de abreviar o fim do teu livro — ele olhou para Davi —, mas não tive opção.

Davi ia retrucar, falar alguma coisa, despejar seu ódio sobre o Escrivão, mas o homem se antecipou.

— De qualquer maneira, receio dizer que a história de vocês não está mais escrita a partir deste ponto — disse ele. — Assim como aconteceu comigo, que não estava conectado com ninguém, não poderia estar nas páginas de nenhum outro livro, precisei fazê-lo contigo também.

Ele virou-se para Sam.

— Peço desculpas por depositar esse fardo sobre tuas costas — ele disse, lentamente, a voz enfim assumindo um tom que demonstrava algum arrependimento. — Não tive escolha. Meu ciclo deve ser encerrado, e o teu deve começar. Sempre foi assim, e assim continuará sendo.

A garota balançou a cabeça.

— Não foi para isso que vim até aqui.

— Eu sei. Também não foi para assumir o papel de Escrivão que *eu* vim. Mesmo assim, tive de fazê-lo. Era meu destino.

Davi seguia sem falar nada.

— Eu não posso.

— É claro que pode. — O Escrivão anuiu discretamente com a cabeça, como se não houvesse discussão. — Eu já tratei do restante de teu destino. Já fechei o teu arco em todas as histórias que te envolviam, então está tudo arranjado. Não há necessidade de te preocupares.

Sam percebeu que uma lágrima escapara de seu olho e limpou-a nervosamente com as pontas dos dedos.

— Eles vão sempre lembrar de ti com carinho.

Ela sentiu as mãos tremerem. E o que quer que tivesse quebrado em seu interior se espatifou mais um pouco.

— Dos dois. Sempre lembrarão de como eram, juntos. De como, mesmo que por pouco tempo, tiveram um ao outro. Era o destino de vocês, sabem? Eu posso ter escrito muitas coisas, mas fico feliz de não ter escrito isso. Acho que realmente era para ser.

Sam olhou para Davi, e ele devolveu o olhar. Suas mãos não estavam mais em punho, e tudo o que ela conseguiu perceber foi que os olhos do amigo lacrimejavam. Ela também mal o via em meio ao mar que embaçava sua visão.

A garota aproximou-se de seu melhor amigo e tocou o rosto dele, beijando sua face em seguida e aproximando-se do Escrivão.

— Eu assumo o papel, se você mudar o destino do Davi.

O homem estreitou os olhos brilhantes, duvidando ou pensando sobre o que ela dissera.

— Não se pode negociar com o destino.

— Você não *é* o destino. Você é apenas um escritor incapaz de mudar sua própria história.

Davi foi até a garota e segurou seu braço.

— Não, Sam. Não viemos aqui para isso.

— Me desculpem por me intrometer, mas devo dizer que não há alternativa — declarou o homem, escondendo as mãos nas mangas da túnica. — Está escrito.

— Mas você poderia mudar o final do Davi, não poderia? — perguntou Sam.

O Escrivão não respondeu. Limitou-se a estender seu *Ex Libris* para ela, implorando com o olhar para que ela fizesse o que ele pedia. Ela, em contrapartida, tirou da mochila o livro de seu namorado e estendeu-o também. Trocaram os livros, e ela viu-se com o do Escrivão nas mãos, tão vazio quanto o dela, mas com as páginas amareladas e uma curiosa borda queimada na parte inferior.

Ela encarou o nada por alguns instantes, absorta em um pensamento.

— Você precisa, antes, me libertar — disse o Escrivão, em voz baixa.

— Sim — ela disse.

A garota dirigiu-se para a mesa e a cadeira perto deles, as velas iluminando a superfície da madeira. Davi puxou-a para trás.

— Eu não quero isso.

— Nem eu — disse ela. — Mas precisa ser feito.

— Não vou sair daqui sem você.

— É... o único jeito — ela respondeu, ainda que continuasse pensativa e um pouco apática.

— Não. Nós podemos encontrar uma solução, podemos fazer diferente.

Ela beijou os lábios dele rapidamente.

— Em nenhum momento nós entendemos de verdade o que isso significava — murmurou, perto do ouvido dele. — Não precisávamos vir até aqui por sua causa. Era por *minha* causa. Esse é o *meu* destino, não o seu. E se eu posso salvá-lo, eu vou.

Davi deixou as lágrimas correrem por seu rosto, então soltou o braço dela.

Samanta concordou com a cabeça e andou até a cadeira. Puxou-a para trás e sentou-se, pousando o livro com cuidado sobre a mesa e abrindo-o.

Tomou em suas mãos a pena do Escrivão, sentindo-a muito leve e agradável, como se não fosse nada menos do que natural a forma como se encaixava entre seus dedos e girava para lá e para cá, retornando à posição correta. Deslizou os dedos pelo papel rugoso, sentindo sua textura. Incerta, mergulhou a ponta da pena em um recipiente de tinta e tirou-a de dentro, deixando o excesso escorrer.

— O que devo escrever? — perguntou ela.

— Tu és uma escritora — murmurou o homem, esperando pacientemente junto da escrivaninha. — Tu sabes o que escrever.

Ela concordou com a cabeça, ainda que não tivesse a mínima ideia de quais eram as palavras certas. Olhou para a página em branco e, por alguma razão, ao invés de repeli-la, a folha finalmente a chamava, pedindo para que fosse usada, para que ela escrevesse de uma vez por todas e assumisse quem sempre se recusara a ser.

Uma escritora.

Ao pousar a ponta da pena no papel, era também a Escrivã.

Seus gestos eram naturais pelo papel, e sua escrita era muito mais fluida do que em qualquer outro momento. Os movimentos cursivos foram rápidos e curtos. Demorou pouco tempo para que estivesse pronto e um ciclo de mais de um século fosse fechado.

Davi olhava para as mãos da garota, hipnotizado, ainda que continuasse chorando e parecesse inconsolável. Ele segurava as mãos juntas perto do peito, apertando os dedos, sem saber o que fazer.

Sam simplesmente girou o livro na direção do homem à sua frente, que se inclinou para ler o que ela escrevera. Seus olhos passaram pelas poucas palavras e ele sorriu.

— Tu és mesmo a Escrivã. Sabes o meu nome.

João Pedro da Guerra é um homem livre.

Sem sorrir, ela concordou.

O homem concordou com a cabeça também e pousou o livro de Davi sobre a mesa, sem abri-lo ou fazer qualquer coisa com ele.

— Acho que, na posição em que estamos, não podemos mentir um ao outro.

— Não — ela disse, sem tirar os olhos dele.

Surpreendentemente, eles já não tinham mais o mesmo brilho, como se libertar-se do fardo de ser Escrivão tivesse lhe retirado essa característica.

— Então já deves saber que, mesmo como Escrivão, eu seria incapaz de mudar o destino de teu namorado — disse ele, deixando seu próprio livro sobre a mesa e virando-se lentamente na direção da porta. — O que está escrito, está escrito. Apenas não aconteceu ainda, mas *vai* acontecer, independentemente do que se faça.

Ele deu alguns passos lentos na direção da saída da câmara.

— Pelo menos terás companhia por alguns anos — disse ele.

— Eu passei cento e vinte anos sozinho.

Parou.

— Sob a sombra do Carrasco e o olhar atento dos bibliotecários.

— Nenhuma dessas pessoas está aqui — disse a jovem, em pé atrás da escrivaninha, o livro de Davi e a pena na mão.

— Talvez não precisem estar.

— Então poderíamos simplesmente sair daqui? — perguntou Davi, parecendo recuperar-se ligeiramente de seu torpor.

— É claro que não — o homem virou-se para eles. — Não se pode dar liberdade às pessoas. Elas não sabem fazer escolhas, não sabem como proceder para alcançar um futuro minimamente aceitável. Irão se autodestruir se esses livros deixarem de ser escritos. Esse lugar é sua única salvação.

Sam olhou para Davi e parecia ter certeza do que fazer. Ela largou o livro de Davi e pegou o do Escrivão. Decidida, abriu as páginas sobre a vela mais próxima enquanto o homem voltava a andar na direção da saída.

— O mundo precisa de ti — disse.

Ele deu dois passos em frente e então virou-se ao ouvir um baque às suas costas. Sobre o chão repousava seu *Ex Libris*, envolto em chamas que rapidamente se espalhavam pelo tapete, engolindo as páginas e o couro em uma velocidade surpreendente.

O antigo Escrivão não pareceu surpreso, mas prestes a dar uma gargalhada. Ergueu os olhos para a jovem, ainda em pé atrás da mesa, e sorriu.

— Alguém precisava fazer isso — disse.

Então correu para fora. Segundos depois eles viram um brilho laranja também fora da câmara. E, em instantes, a biblioteca estava em chamas.

CAPÍTULO CINQUENTA E UM

REDENÇÃO

SAMANTA ABRIU O LIVRO DE DAVI NA ÚLTIMA PÁGINA E MO-
lhou a pena na tinta.
— O que está fazendo? — perguntou Davi, com urgência na voz. — Nós temos que sair daqui! O homem enlouqueceu!
— Precisava ser feito — disse a garota, séria, mas plenamente consciente da decisão que acabara de tomar.
— Vamos!
Ela ainda ensaiou escrever com a pena, mas desistiu ao ver que o fogo já se espalhava por todo o tapete e alcançava os livros virgens perto da escrivaninha. A contragosto, fechou o livro do namorado e meteu-o, junto do seu e da pena, em sua mochila – enquanto era puxada por um Davi apavorado.
— Rápido! — ele disse, puxando seu braço e tentando escapar do tapete.
Os dois foram até a porta aos tropeços. Quando a ultrapassaram, viram que realmente havia algo de diferente no fogo que provinha daquelas velas. As estantes estavam sendo consumidas de baixo para cima, por labaredas implacáveis completamente alheias às cascatas de água da chuva que ainda caíam do teto – estas, incapazes de conter a fúria e fome daquelas chamas.
A pilha de livros junto da escada começava a queimar também, e eles viam que sua base fora tomada pelo fogo. Olharam para o cenário, desesperados, vendo que o brilho laranja no interior da biblioteca surgia aos poucos, cada vez mais longe deles.
— O que esse homem estava pensando? — gritou Davi, colocando as mãos na cabeça. — Ele deveria ter nos esperado! Vai nos sepultar aqui dentro!
Ele segurou-a pelos ombros e olhou fundo nos olhos dela.
— O que *você* estava pensando?
— Você disse que deveríamos queimar tudo. Assim, estaria livre do seu destino e também do que havia sido escrito sobre você nos livros de outras pessoas — disse ela, desvencilhando-se das mãos dele e começando a descer os primeiros degraus, tomando cuidado para, na pressa, não cair. — Assim estaremos livres, os dois.

— Então jogue os nossos livros no fogo!

— Não, não é assim que—

Samanta pisou em alguns exemplares sobre os degraus, e eles escorregaram. Ela caiu sobre os livros empilhados, o que a levou até a borda do fogo, perto demais das chamas. A jovem impulsionou-se para cima, tentando escapar, e agarrou a mão de Davi, que surgiu acima de si. Ele a puxou para longe do fogo.

— Sam, nós precisamos sair daqui *agora*! Jogue os livros no fogo!

Ela discordou enfaticamente e então olhou em volta, buscando um caminho que ainda fosse seguro. Viu uma faixa de livros ainda intacta e seguiu naquela direção o mais rápido que pôde, empurrando os volumes ao seu redor e avançando. Com alguma dificuldade, conseguiu chegar ao chão firme, mas a estante mais próxima deles estava prestes a desabar.

— Nós não vamos conseguir sair pelo corredor principal! — gritou Davi, aproximando-se. — Precisamos fazer a volta nessas estantes e torcer para que haja outro corredor no final!

Sam estendeu a mão para ele, que a agarrou com força. Os dois começaram a correr ao longo da parede do fundo da biblioteca, acompanhando a estante que, aos poucos, era consumida pelas chamas. Longe da entrada da câmara, entretanto, ela ainda estava incólume.

Foram longos os minutos que se passaram enquanto eles avançavam, mas enfim encontraram uma abertura em meio às estantes: outro corredor interminável que, esperavam, seria capaz de levá-los até a porta da biblioteca.

— E se não conseguirmos sair por onde entramos? — perguntou Sam, enquanto corriam.

— Vamos conseguir! — disse Davi, embora sua voz não transmitisse tanta confiança quanto queria.

À frente deles despencava uma das cascatas de água da chuva, que eles atravessaram, se ensopando. A água estava gelada, o que aumentou a percepção que tinham do quão quente a biblioteca se tornara em pouco tempo.

— Para uma biblioteca ancestral tão importante, ela pega fogo muito fácil! — gritou Davi, ofegante.

— *É tudo uma questão de intenção!* — gritou o Escrivão.

À esquerda deles, em meio a um corredor já repleto de fumaça, o homem aproximava-se rápido, derrubando os pedestais e as velas nos livros e nas estantes. Surpreendentemente a combustão era instantânea. Mesmo em meio ao caos que ele mesmo instaurara naquele lugar, ele parou junto dos dois.

— O fogo não se espalharia a menos que quiséssemos que isso acontecesse — disse, e seus olhos brilhavam de novo. — Nunca, em toda a minha vida, quis alguma coisa tanto quanto quero que essa biblioteca queime.

Os dois decidiram ignorar a falta de sentido ou lógica que toda aquela situação apresentava, então limitaram-se a concordar. Tanta coisa infundada já acontecera que teriam de simplesmente aceitar o fato de que havia alguma coisa profundamente discrepante naquele lugar – algo capaz de incendiar aqueles livros, indestrutíveis em outras circunstâncias.

— Precisamos sair daqui! — disse Davi.

— Eu não vou sair — respondeu o homem. — É aqui que eu devo estar. Vou cair com este lugar. Incendiá-lo é minha redenção por tudo o que escrevi em todos esses anos.

Ele sorriu.

Estavam prontos para continuar, mas o Escrivão segurou o braço de Sam.

— Estás com a pena? — perguntou.

— Sim.

— É possível reverter tudo — ele disse —, se escolheres as palavras certas.

Samanta concordou e apertou a mochila junto de si.

— Não percas tempo.

O Escrivão não lhes deu tempo de falar mais nada, simplesmente virando-se e continuando seu caminho por entre as estantes, derrubando as velas e desaparecendo em meio à fumaça.

Quando continuaram avançando, Sam percebeu que o fogo alto alcançara os cipós das árvores do teto e já se espalhava por todo ele, engolindo a madeira e as folhas, abrindo-se em fractais vermelhos para todos os lados. Pássaros gritavam e voavam. Uma profusão deles escapava pelos buracos, enfrentando a água e a tempestade do lado de fora.

Cinco minutos depois, houve o primeiro desmoronamento.

O som era muito alto e parecia preencher seus corpos por inteiro. Sentiram-se obrigados a parar, ainda que o pânico crescesse dentro deles. Viraram-se e viram que o teto colapsara no fundo da biblioteca em uma montanha de pedras e escombros, esmagando tudo que havia embaixo, esmigalhando as estantes como se não fossem nada. Viram o céu do lado de fora, muito escuro, e a chuva invadindo o lugar com força. O vento forte que tomou a biblioteca auxiliava as chamas a se multiplicarem mais rápido ainda.

Davi puxou-a com força, ainda que ela se sentisse cada vez mais impelida a tirar o livro dele de dentro da segurança de sua mochila.

— *Vamos!*

Ela o acompanhou, e os dois voltaram a correr de forma desastrada pelo corredor enfumaçado na direção do que acreditavam ser a entrada do lugar. Assim que chegassem lá, ainda precisavam fugir pelo poço e pelo corredor, mas, com sorte, o incêndio se limitaria à biblioteca em si.

Quando chegaram a uma área que aparentava estar mais ordenada, ainda não atingida pelas chamas, Samanta ajoelhou-se e abriu sua mochila, metendo a mão lá dentro para pegar o livro de Davi e a pena.

Ele olhava em volta e, quando a viu com o livro, ficou desesperado.

— O que há com você, Sam? — perguntou ele. — *Nós não temos tempo para isso!*

O jovem aproximou-se e tentou levantá-la, mas ela se recusou a ficar em pé. Ela buscou com dedos trêmulos o pote de tinta que metera na mochila, mas não conseguia encontrá-lo.

— Nós precisamos sair daqui!

Ela puxou com força o braço da mão dele.

— Viemos até aqui para salvar você — disse a garota, mais séria do que jamais estivera em toda a sua vida, os olhos brilhando. — Agora eu posso fazer isso. Eu *devo* fazer isso.

— *Você não vai conseguir nos salvar se ficarmos no meio de um incêndio!* — gritou ele para ser ouvido em meio à chuva e ao vento, mas também pela sua irritação com a teimosia dela.

O fogo voltou a aproximar-se de ambos, avançando pelas estantes próximas e liberando uma fumaça preta. Davi olhou para a fumaça e para Samanta, depois para a pena que ela começava a molhar na tinta. Então, agarrou seu *Ex Libris* pelas páginas abertas e lançou-o na direção do fogo.

A garota encarou-o embasbacada.

— Você... — Começou a dizer.

— *Está terminado!* — disse ele. — "Precisava ser feito"!

Ela negou com a cabeça, mas ele ignorou a resistência dela e puxou-a pelo braço, consciente demais da proximidade das labaredas e do que significava ficarem para trás.

Samanta ainda tentou desvencilhar-se das mãos dele, olhando para o livro caído no chão em meio à água que restava, completamente seco. Ele, então, puxou-a de volta e prendeu-a em seus braços, forçando-a a encará-lo. E deu-lhe um beijo muito rápido.

— Eu não vou me perdoar se algo acontecer com você — ele disse. — Nós precisamos sair daqui *agora*, ou não haverá mais ninguém para salvar.

Ela concordou timidamente, sem falar nada.

Davi abaixou-se e enfiou tudo na mochila dela, sabendo que ela não a deixaria para trás. Ergueu os olhos para o livro e para as chamas, muito próximas dele, então virou-se e arrastou a garota consigo.

Samanta não falou nada por um bom tempo, e ambos simplesmente correram na direção em que acreditavam estar a saída. Depois de atravessarem mais alguns corredores, já quase não havia como se orientar pela visão, pois a fumaça estava em todos os lugares. Ergueram as mãos e apalparam as estantes, a madeira e os livros, buscando o caminho certo e tossindo.

Subitamente, ouviram outra vez o som de desmoronamento – mais próximo, dessa vez. Continuaram em frente, mas tropeçaram em algo que impedia seu avanço em linha reta. Uma das estantes colapsara e agora bloqueava o caminho.

— Temos que ir por cima! — disse Davi.

Sam concordou e, apesar de a madeira parecer frágil e a ideia não ser a melhor de todas, não tinham alternativa.

Eles subiram na parte da estante que caíra, pisando sobre livros e madeira, e depois toparam com outra estante caída, provavelmente por conta da queda da primeira. Chegaram a uma terceira, e a uma quarta, ainda em pé, mas fracamente sustentada daquela maneira. Quando se apoiaram nela, ela cedeu e caiu para a frente, batendo na seguinte.

— Eu acho que isso não vai dar certo! Temos que voltar! — disse Sam.

Atrás deles brilhava o fogo, e a fumaça continuava a nublar tudo ao redor.

— Não temos opção — disse Davi.

Então, continuaram em frente, subindo até o topo da estante seguinte, usando as prateleiras como degraus. Na parte de cima, o vento dissipava a fumaça possibilitando a vista da biblioteca em sua imensidão, perpassada por inúmeros incêndios que, pouco a pouco, tornavam-se um só. Não havia mais som de pássaros, as árvores e os cipós do teto já estavam enegrecidos. Tudo o que restava era iluminado pela luz das chamas.

— Temos que ir para a próxima estante! — disse Davi.

Ao redor deles, o fogo se aproximava muito, muito rápido, e já não sobravam muitos móveis de pé. A maioria caíra, atrás deles, e às que ainda estavam em pé restava o mesmo destino. O jovem olhou para o teto e viu que ainda havia alguns cipós presos e firmes, ao alcance da mão.

— Acha que aguentam nosso peso? Não seria melhor simplesmente pular? — perguntou a garota.

— A distância é muito grande.

Ela olhou para o espaço entre onde estavam e a estante seguinte. Achava que seria possível pular, mas não tinha como garantir que conseguissem.

Davi agarrou um cipó e deu-lhe um puxão. Ele aguentou firme, então o jovem testou colocar um pouco de seu peso nele.

— Eu vou primeiro para ter certeza de que não vai arrebentar — disse ele.

Em seguida, impulsionou-se para a frente e chegou ao outro lado, soltando o cipó e jogando-o de volta para Sam. Ela não perdeu tempo em analisar mais nada, então simplesmente se impulsionou também, Davi ajudando-a a aterrissar sem problemas.

A estante onde haviam estado um instante antes se moveu e depois envergou para a frente. Davi abraçou Sam para protegê-la instantes antes de o móvel anterior bater onde estavam, também tombando para a frente e acertando o seguinte, que ficou em pé. Os dois chocaram contra os livros e as prateleiras, precisando subir mais uma vez até o topo.

— Não temos tempo para isso, nós precisamos pular! — disse Samanta.

Então virou-se e, sem pensar, lançou-se na direção da estante seguinte. Bateu contra o lado dela, mas conseguiu se segurar firme e alçar para a parte de cima. Sentiu uma dor forte nas costelas pela pancada.

Olhou para um Davi apavorado do outro lado, de mãos na cabeça.

— Vamos, não temos tempo a—

— Sam, pule!

Ela não entendeu a princípio o motivo de precisar ir adiante, então olhou para baixo e viu o inferno de fogo junto do chão. Toda a base de sua estante estava condenada, e ela a sentiu ceder um pouco. Pulou para a próxima um instante antes de ela desmoronar sobre si mesma.

Escorregou na beirada por um momento, mas conseguiu se colocar em pé sobre o topo e virar-se para o namorado.

Davi estava no topo do único móvel que ainda permanecia em pé em um mar de chamas.

— Davi, você...

Ele olhou em volta, parecendo plenamente ciente do que estava prestes a acontecer.

À esquerda, direita, atrás e à frente dele havia apenas fogo. A biblioteca era um inferno de fumaça e chamas. Não havia para onde fugir. Se a garota se virasse, ela poderia continuar seu caminho até a entrada, que agora não ficava muito distante de onde estavam. Mas, se fizesse isso, seria sozinha.

Sam abriu a boca para dizer alguma coisa, para tentar resolver a situação, mas nenhuma ideia vinha à sua mente.

Davi não a permitiu continuar pensando ou tentar falar.

Ele balançou a cabeça e deu um sorriso.

— Nós dois sabíamos que ia terminar assim, não é? — perguntou ele, de maneira trivial, como se estivesse falando a respeito de qualquer outra coisa, e não sobre o término de seu livro. — Estava escrito.

— O seu livro... — Sam percebeu que Davi se tornava embaçado conforme lágrimas brotavam em seus olhos.

Ela as secou furiosamente.

— Eu já estava preparado.

Davi deu de ombros, ainda sorrindo.

Um pedaço da estante onde ele estava cedeu, então era uma questão de segundos até que o restante colapsasse também. Ela não conseguia olhar, mas seria incapaz de ignorar o momento. *O que poderia fazer?*

— Está tudo bem — disse ele, em voz baixa, e ela não deveria ser capaz de ouvir o que ele dizia, com o som do fogo e do vento. Mas ouviu. — Nós viemos até aqui para salvar você. Eu vim até aqui *por você.*

FABIO BRUST   376

E as últimas palavras, as que ele dissera naquela noite chuvosa que os dois haviam compartilhado, que agora parecia tão distante e incerta, ficaram não ditas. Mas sua aura flutuou no ar e atingiu Samanta em cheio.

Então, como se não houvesse mesmo qualquer outro final possível, a estante cedeu e Davi Ferreira da Rocha, seu melhor amigo e amor de sua vida, mergulhou em direção ao fogo.

CAPÍTULO CINQUENTA E DOIS

UM FIM

A HISTÓRIA DECIDIDAMENTE HAVIA CHEGADO A UM FIM.

Mas não o fim que ela esperava.

Samanta limitou-se a ficar de frente para a entrada da biblioteca por muito tempo, sentada sozinha no chão, segurando com força a pena do Escrivão em suas mãos, apenas aguardando enquanto as lágrimas corriam pela sua face e ela as ignorava, incapaz de secá-las.

Ou talvez pudesse, mas não quisesse. Como se chorar fosse algo que não poderia deixar de fazer.

Surpreendentemente, conseguira deixar a biblioteca para trás não muito depois do que acontecera no topo das estantes. O fogo obrigou-a a avançar, ainda que quisesse tentar salvar Davi ou ficar naquele lugar, esperando que ele miraculosamente aparecesse são e salvo em um corredor qualquer. Ela teve de descer pelas escadas enferrujadas da estante e correr mais uma vez, olhando para todos os lados em busca dele, ignorando completamente o fato de que Davi não sairia da biblioteca.

E, mesmo sabendo disso, quando finalmente conseguiu atravessar a porta de entrada, sabia que não poderia simplesmente ir embora.

Então, sentou-se e esperou. Viu o fogo consumir a biblioteca por inteiro, mas não passar da porta. Viu o teto desabar em mais alguns pontos, mas algumas colunas ficarem de pé. Todas as estantes vieram ao chão, e ela conseguiu vislumbrar o incêndio pouco a pouco se apagando, sem ter mais o que queimar.

O que ela queria ver, no entanto, não aconteceu.

Ela tinha essa esperança cega, essa vontade de ver Davi sair pela porta da frente, incólume, como o livro dela em meio às cinzas do sebo, como se ele também fosse imune às chamas.

Mas ele não era.

O final de Davi estivera escrito durante todo aquele tempo. Os dois sabiam que ele morreria em um incêndio, mas ela não imaginava que o incêndio ocorreria justamente na tentativa de salvá-lo.

Ou salvá-*la*.

Um sentimento profundo de culpa ocupava seu peito.

Tomara atitudes desesperadas e impensadas, fora inconsequente ao tentar resolver tudo de uma vez. O Escrivão enlouquecera pelo tempo que passara sozinho naquele lugar e já não dava valor a mais nada. Por que se importaria em botar fogo na biblioteca com eles lá dentro? Não faria diferença para ele.

Samanta sabia que Davi morrera por conta de suas atitudes. Não adiantaria nada liberá-lo do destino escrito em outros livros quando o dele nunca mudara. Deveria ter cedido, deveria ter lançado o livro nas chamas e o destruído, mas ela queria... queria salvar mais. Queria salvar quem eles eram antes, o sebo, Rosa...

Sentada de frente para a porta ornamentada, pensou no que realmente guiara toda aquela história. Fora mesmo a tentativa de salvar Davi que os levara até aquele lugar? Se dependesse do Escrivão, a morte de seu melhor amigo não era nada mais do que um joguete, uma maneira de fazer acontecer o que realmente importava. E o que realmente importava era que Samanta Vidal – a garota que adorava livros desde que se conhecia por gente, que vivera a vida inteira com a vontade de ir ao sebo e encontrar Davi nas almofadas no porão – finalmente descobrisse e aceitasse quem era.

Samanta era uma escritora.

Refletiu sobre esse ser o motivo de estar ali. Sobre o final da história não ser necessariamente a morte de Davi, mas a definição de seu próprio destino.

Chacoalhou a cabeça por um instante. Ainda que fosse verdade, pensar nisso era um ato muito egoísta. Os dois haviam brigado e se tornado namorados, haviam viajado e se acidentado em busca de um novo destino para *ele*. Descobrir a si mesma fora apenas uma feliz consequência disso.

Já era madrugada quando finalmente a garota decidiu se mover novamente.

O incêndio há muito fora extinguido, e já não havia luz nenhuma no interior da biblioteca, assim como no saguão onde se encontrava. Suas roupas já haviam secado, e a chuva parara. Não tinha ideia se o mundo exterior testemunhara a queda da

Biblioteca do Destino, mas imaginava que não. As nuvens negras e a chuva deviam ter camuflado o fogo e a fumaça.

Estariam procurando por ela e Davi?

O Escrivão dissera que suas histórias, o resto delas, estavam escritas nos livros das pessoas próximas a eles. Agora que os livros estavam extintos, subitamente acometeu a garota o fato de que não havia mais histórias ou narrativas a serem seguidas. Em sua redenção, o Escrivão libertara a todos, incluindo a si mesmo.

Ela olhou para a pena em suas mãos, pouco visível na quase completa escuridão em que estava mergulhada.

Puxou sua mochila para mais perto de si e a abriu, tateando o interior até encontrar seu celular. Pressionou o botão e conferiu quanta bateria ainda tinha: seria o suficiente para o que pretendia. Ainda precisaria ligar para alguém para conseguir retornar à sua cidade e à sua casa quando tudo estivesse terminado.

Topou com seu próprio *Ex Libris*.

Quando o pegou nas mãos e tirou de dentro da mochila, ele já não parecia mais tão pesado. Não parecia carregar consigo tudo o que carregara até o dia em que a biblioteca ardeu. Abriu-o e encarou as páginas em branco, sabendo que elas nunca seriam preenchidas.

Ainda assim, decidiu testar.

Encontrou a tinta que guardara na mochila e molhou a ponta da pena do Escrivão nela. Escreveu o nome de Davi em uma página qualquer, mas não surtiu qualquer efeito. A tinta desaparecia no mesmo instante em que tocava o papel. Como o homem dissera, era impossível escrever sua própria história.

Samanta levantou-se e lançou seu livro na direção do canal que cortava o saguão onde estava. Ele bateu no chão e escorregou na direção da água, onde mergulhou e desapareceu, reaparecendo em seguida na superfície, completamente seco, mas seguindo o fluxo e caindo pela cachoeira. A garota jamais o veria novamente.

Resoluta, ela virou a luz da lanterna na direção da porta da biblioteca e, sem pensar duas vezes, retornou para o interior escuro e queimado do lugar.

CAPÍTULO CINQUENTA E TRÊS

AS PALAVRAS CERTAS

PAVOR ERA A PALAVRA CERTA PARA O QUE SENTIA A RESPEITO de voltar para lá e encontrar alguma coisa – ou alguém – no meio das ruínas.

O que faria se encontrasse o Escrivão? Ou Davi?

Não tinha certeza se teria coragem de continuar e sabia que, se isso acontecesse, ficaria abalada demais para fazer qualquer coisa. E, mesmo assim, também sabia que não poderia ir embora sem fazer o que pretendia.

Já não havia corredores no interior. Tudo era um caos de madeira e papel queimados, espalhados por todos os lados. Havia pedras empilhadas aqui e ali, e grandes montes de escombros onde o teto colapsara. Também havia folhas amarronzadas, cipós carbonizados e grandes troncos de árvores caídos por toda parte. Infinitos obstáculos que precisaria transpor até seu destino.

Avançou com cautela por sobre tudo o que havia naquele lugar. Ainda parecia colossal em área, mas a biblioteca deixara de existir como o local devastadoramente grande e belo de antes. Fora necessária apenas uma noite para que séculos, milênios de história se perdessem.

— É uma pena — murmurou Samanta, a voz saindo meio rasgada da garganta.

Ainda assim, sentia alguma outra coisa dentro de si ao ver aquelas ruínas. Por mais belo que aquele lugar fosse, por mais que tantas histórias tivessem saído dali, talvez, mesmo que destruidor e caótico, aquele tivesse sido um final digno para a Biblioteca do Destino. Seu arco fora fechado e já não havia mais nenhuma narrativa para ocorrer nela.

Não.

Ainda havia uma.

Um final.

Um final diferente.

Samanta escalou pedras e pisou sobre uma ou outra brasa ainda acesa, sentindo o chão morno e vendo cinzas flutuarem no ar, para sempre erguidas e levadas pelo vento, nunca deixando aquele lugar, rodopiando nas correntes. Algumas pousaram em seu cabelo e chegaram ao seu nariz. Ela abriu a boca e ficou parada por alguns momentos, prestes a espirrar. Mas não o fez.

A garota fez seu caminho com alguma leveza – o que não era de se esperar de alguém que testemunhara o que acontecera ali e perdera o melhor amigo há tão pouco.

Ela desviava de pedras aqui, pilhas de livros enegrecidos ali, objetos caoticamente espalhados nos cantos e no meio do caminho. Seus olhos, porém, jamais deixavam seu propósito, algum ponto à frente que ela ainda desvendaria, como se não houvesse nada no mundo capaz de pará-la.

Sequer torceu o pé em algum buraco nas pilhas de escombros ou arranhou os braços nas farpas das estantes quebradas. Jamais escorregou nas cinzas e páginas vazias a seus pés ou soltou a pena que segurava firmemente em suas mãos, avançando por aqueles irreconhecíveis corredores.

E, então, achou estar no lugar certo.

Não havia como ter certeza, mas ela sentia, dentro de si, que era ali.

Parou no meio do corredor principal desfigurado e virou-se para a esquerda, para o espaço entre montes de madeira quebrada e queimada, para onde permanecia em pé uma coluna de sustentação do teto – que agora já nada sustentava. E, no chão, iluminado pela luz fraca, mas constante, do aparelho em suas mãos, estava o *Ex Libris* de Davi.

Samanta ajoelhou-se junto do volume, perfeitamente intacto em meio à destruição à volta. Pousou o celular ao seu lado com a luz voltada para cima, que tornou-se um facho rasgando a escuridão, os flocos de cinza flutuantes evidenciados por aquele mínimo farol. A jovem colocou a pena ao lado do livro e olhou para a sua capa.

Lembrava-se perfeitamente bem do momento em que o encontrara no porão do sebo, quando Davi dissera que poderia ser um bom caderno. Lembrava-se de quando encontrara o nome dele escrito no miolo e, ao ler o final, desesperara-se com a forma como terminava. E também lembrava-se de como correra até o sebo e o encontrara ardendo.

Apesar do que pensara em todos os momentos ao longo do caminho, quando acreditava gostar daquele livro, ela percebeu que, afinal, concordava com Davi.

Ela *odiava* aquele livro.

Davi errara ao lançá-lo ao fogo. Samanta deveria tê-lo feito, mas não tivera coragem. Quando seu namorado o fez, selara seu destino. Ele não poderia destruir seu próprio livro. Por isso, o volume sobrevivera ao fogo. E matara Davi.

Samanta o destroçaria por completo. Ela o colocaria no fogo, rasgaria as páginas uma a uma, arrancaria a capa de couro e a destruiria de todas as formas possíveis. Ela o lançaria ao fundo do oceano para que fosse completamente esquecido ou o deixaria apodrecer e desaparecer para sempre sem pensar duas vezes.

Era tarde demais.

Mesmo que quisesse destruí-lo, já não fazia sentido.

Ela tirou a tinta de dentro de sua mochila mais uma vez e pegou a pena do Escrivão, molhando a ponta no líquido preto dentro do pote e abrindo o livro de Davi na última página.

Olhou para o final.

Havia um espaço pequeno depois do último parágrafo.

Não havia como saber se seus esforços surtiriam efeito. Ela não fazia a mínima ideia se a pena ainda funcionaria depois da queda da biblioteca. Tudo o que lhe restava era a esperança de que fosse a coisa certa, a esperança de saber o que deveria escrever.

Parou com a ponta da pena a milímetros do papel, onde havia espaço, receosa de que pudesse errar, de que aquilo não fosse o suficiente. De que não saberia o que escrever, de que acabasse deixando a página em branco, incapaz de preenchê-la com o que a preenchia por dentro.

Aquela seria a última vez que Samanta duvidaria de si mesma.

Inspirou fundo e fechou os olhos.

E, então, tocou o papel com a pena, a tinta negra manchando suas fibras e espalhando-se de leve para os lados, absorvida e eternamente gravada.

Subitamente, era como se todos os seus pensamentos, todos os seus sentimentos percorressem seu corpo e fossem até sua mão, deslizando suavemente pela pena até serem escritos no papel. Cada palavra que saía em sua letra parecia ser a certa, como se não houvesse espaço para qualquer outra que não aquela.

Samanta escreveu.

Ignorou o fato de que estava mais uma vez chorando e sua mão dançou pelo final do livro de Davi para modificá-lo. O que era destino já não seria mais.

Afinal, era muito mais simples do que ela imaginava.

O final certo, para ela, era aquele no qual Davi sobrevivera aos incêndios, aos acidentes e a todos os obstáculos em sua vida. No final certo, o sebo ainda estava intacto, e as almofadas vermelha e azul continuavam debaixo da escada no porão – para onde os dois voltariam sempre, mesmo anos, décadas depois, lembrando-se da primeira vez em que haviam se encontrado lá. E os donos do sebo, Álvaro e Rosa, também estariam lá, dedicados àquele lugar sagrado e a tudo o que ele significava. Tudo estaria bem.

E, apesar da tristeza que haviam sentido, Samanta e Davi não se esqueceriam do que acontecera. Tudo o que se passara desde o momento em que haviam encontrado aquele livro em meio a tantos outros continuaria em suas memórias. Para o bem e para o mal, o *Ex Libris* selara seus destinos. Aquele seria o livro de ambos.

A Escrivã pousou a pena ao seu lado e releu tudo o que escrevera, limpando o rosto e sorrindo. Olhou para a última frase.

Um livro para duas vidas.

Teriam de ser as palavras certas.

"

A Escrivã pousou a pena
ao seu lado e releu tudo
o que escrevera, limpando
o rosto e sorrindo.
Olhou
para
a
última
frase.

Um
livro

para duas vidas.

Teriam de ser
as palavras certas. ”

Este livro foi composto em Warnock
Pro (textos) e Alegreya Sans, Galahad,
HaloHandletter, Myriad Pro, Sanvito Pro
e Univers (inserções) em julho de 2020
para a Avec Editora, e impresso em papel
Supremo 250g/m² (capa) e Pólen Soft
80g/m² (miolo) pela Gráfica Pallotti.